書下ろし

修《しゅ》羅《ら》の契《ちぎ》り

風の市兵衛 弐《に》㉒

辻堂 魁

祥伝社文庫

目次

『修羅の契り』の舞台

北
西
東
南
不忍池
大久保東馬の屋敷（裏猿楽町）
佐久間町四丁目
新シ橋
神田川
向柳原
両国橋
石原町
吉岡町一丁目
報恩寺橋
新大橋
江戸橋
三四の番屋
神田橋御門
北町奉行所
大川
永代橋
南町奉行所
白魚橋
柳井宗秀の診療所（柳町）

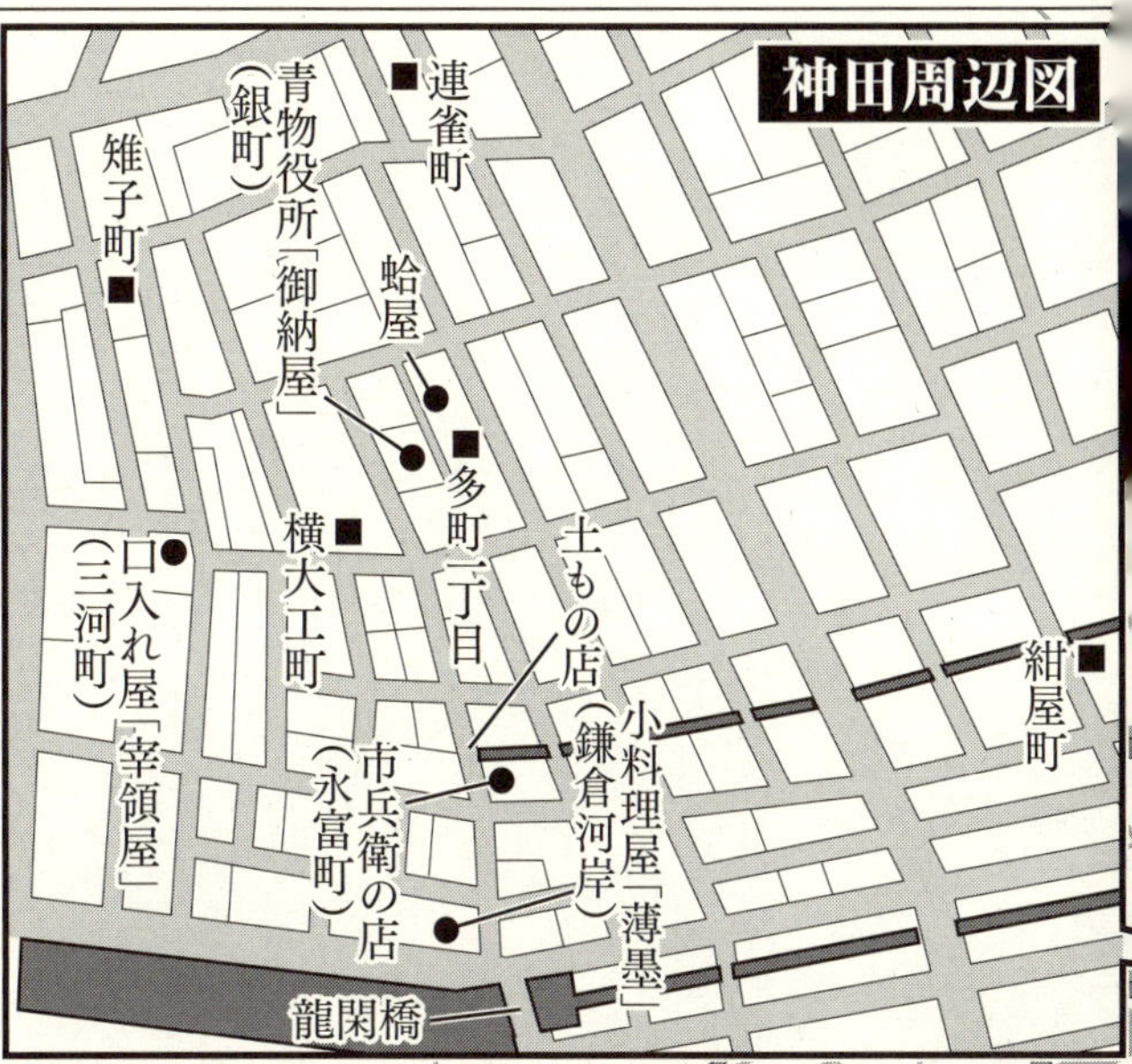
神田周辺図
連雀町
青物役所「御納屋」（銀町）
雉子町
蛤屋
多町一丁目
横大工町
口入れ屋「宰領屋」（三河町）
土もの店（鎌倉河岸）
市兵衛の店（永富町）
小料理屋「薄墨」
紺屋町
龍閑橋

玉川上水
四谷大木戸
四谷御門
片岡家屋敷（諏訪坂）
鮫ヶ橋坂
安鎮坂
権田原
六道の辻
千駄ヶ谷
古川

地図作成／三潮社

序　章　六道《ろくどう》の辻《つじ》

質屋《六道《ろくどう》》の亭主は、肩幅があり、厚い胸板を反《そ》らした屈強そうな身体《からだ》つきの男だった。

白髪《しらが》が少々まじる黒髪は、たぼをふっくらと出し、髷《まげ》の位置を上へ跳《は》ねさせ、はけ先をわざと散らす《たばね》に結《ゆ》っていた。ほりの深い目鼻だちとひと筋に引き締《し》めた唇《くちびる》が、亭主の相貌《そうぼう》を何かしら物思わしげな陰翳《いんえい》で隈《くま》どっている。

歳《とし》のころは四十代の半ばに見え、大柄にまとった鳶色《とびいろ》の羅紗羽織《ラシャばおり》が似合《にあ》った。

名を、松右衛門《しょうえもん》、と言った。

八品商《はっぴんしょう》の亭主には珍しい仮人別《かりにんべつ》のため、生国は信濃上諏訪《しなのかみすわ》あたりの小さな村の名をあげ、いずれ本人別をとり寄せますので、と店の家主には伝えている。

質屋は、玉川御上水《たまがわごじょうすい》の御改《おあらため》場《ば》で南に分流する古川《ふるかわ》の東方にあり、とき折り、試し撃ちの轟音《ごうおん》が界隈《かいわい》に響きわたる御鉄炮場《おてっぽうば》のある御先手組《おさきてぐみ》の組屋敷や、小役人の屋敷に囲まれた千駄ヶ谷町《せんだがやちょう》の飛び地に、土蔵造りの二階家をかまえていた。

そこは片側町で、往来《おうらい》を隔《へだ》てた町家の南側は大名屋敷の土塀がつらなって、さらに半町（約五四・五メートル）ほど東へゆくと六道の辻《つじ》に出た。

六道の辻は、北は四谷《よつや》、南は麻布《あざぶ》方面、東は権田原《ごんだわら》、安鎮坂《あんちんざか》、鮫《さめ》ヶ橋坂《はしざか》をへて喰違《くいちがい》や四谷御門方面へ向かう路、西は内藤新宿《ないとうしんじゅく》南方の千駄ヶ谷の武家地へと、東西南北に六道が交わるため、《六道の辻》と呼ばれていた。

亭主の松右衛門は、近所の六道の辻と、いっさいの衆生《しゅじょう》が生まれ変わる地獄、餓鬼《がき》、畜生《ちくしょう》、修羅《しゅら》、人間、天上の六界をかけ、屋号を《六道》とした。

表戸は往来を折れた路地に面し、南向きの日あたりのいい往来側の店がまえは、仕舞屋《しもたや》のように見える工夫がしてある。

往来を薄暗い路地へ折れると、すぐに、片引きの表戸に吊《つ》るした鼠色《ねずいろ》の半暖簾《はんのれん》に、《六道》と黒く染めて、質札の反古《ほご》紙をはたきのように束《たば》ね、軒庇《のきびさし》に吊るした質屋とわかる目標《めじるし》が見えた。

享保《きょうほう》のころの質屋は、その下に《質》と記した将棋の駒形の板をさげていた。将棋の駒形は、金、に替える謎かけである。だが、当節は質屋に入るのは傍《はた》目《め》に遠慮があるゆえ、駒形の板はどこの質屋もさげなくなっている。

土蔵造りながら、二階座敷は南側の往来に連子格子《れんじこうし》の窓が開いていた。

その窓から、大名屋敷や百人組の組屋敷、御家人屋敷の家々、神社仏閣の社殿や堂宇《どうう》の銅葺《どうぶき》屋根や甍《いらか》屋根がなだらかな丘陵《きゅうりょう》へとつらなり、丘陵をのぼった先には、青山《あおやま》家の広大な下屋敷の、くすんだ緑の中に、紅や黄のまだらに染まり始めた晩秋九月の森が眺《なが》められた。

西方へ目を転ずれば、御上水御改場から分流する古川の向こうに、千駄ヶ谷の田畑や森、茅《かや》の原が折り重なって、大名屋敷や武家屋敷、寺院神社、散在する百姓家などの景色が、広大な空と織りなす一幅《いっぷく》の水墨画のように見わたせた。

亭主は、連子格子の窓ごしに南方から西方へと見廻し、気だるく感じられるほど静かな語調で言った。

「この界隈は、大名屋敷と組屋敷などの武家屋敷が多く、町家は小さな集落や百姓町が、武家地の間と神社や寺の門前に散らばっているばかりです」

と、ひと筋の高い鼻梁《びりょう》に含み笑いの皺《しわ》を薄く寄せ、後ろ手に組んだ両手をやおら組み替えた。

「しかし、武家地にも明地《あきち》や明屋敷が、かなり残っておりましてね。千駄ヶ谷では、武家地の明地を借り受けて商いをしている植木屋が目だちます。大名屋敷といっても、下屋敷かせいぜい中屋敷。広い邸内に主家のご隠居《いんきょ》と勤番のわずかな供侍、それと下働きの使用人らが暮らしているのみで、それはもう、鄙《ひな》びたのどかな田舎《いなか》です。新宿まで足を延ばせば、盛り場の茶屋や旅籠《はたご》が夜更《よふ》けまで賑《にぎ》わっておりますがね。このあたりへ見廻りにくる町方は、滅多《めった》におりません。それに、界隈の組屋敷のお武家は家禄の低い御家人さんが殆《ほとん》どです。ならばこそ、案外に質屋は重宝《ちょうほう》されるのではないかと踏んだところ、案《あん》の定《じょう》でした。暮らし向きの大変なお武家は、多いようですから」

亭主は座敷の三人の客に背を向け、窓際に佇《たたず》んでいる。

客の二人は縹《はなだいろ》色と鈍《にび》色の羽織《はおり》姿で、ひとりは黒木綿《くろもめん》の着流しに縞《しま》の半纏《はんてん》だった。羽織姿のふたりは目だたぬ町人風体《ふうてい》ながら、半纏姿の客は、坊主頭にささくれだったように黒い毛が生《は》えかけ、ひげを剃《そ》らず、破戒僧《はかいそう》を思わせる無頼《ぶらい》な風貌《ふうぼう》に見えた。

「多見蔵《たみぞう》さんがこちらで、このようにお暮らしとは、まったく思ってもいませんでした。ただもう、驚いておりますよ」

客のひとりが、羅紗の羽織の背中に声をかけた。

すると、多見蔵と呼ばれた亭主は顔をふり向け、客に微笑《ほほえ》んだ。

「経司郎《きょうじろう》さん。わたしは、ここでは質屋の亭主の松右衛門です。多見蔵ではありませんので、何とぞよろしく」

「ああ、そうでした。呼び慣れていますので、つい……」

経司郎は苦笑いをかえした。

多見蔵は人通りのない寂《さび》しい往来を見おろし、連子格子の障子戸を閉めた。四半刻《しはんとき》（約三〇分）ほど前、新宿追分にほど近い天龍寺《てんりゅうじ》の時の鐘が昼の九ツ（正午頃）を報《しら》せた。昼を廻《まわ》った薄日が、閉じた障子に窓庇と連子格子の薄墨色の影を映している。

経司郎の隣に淳之助《じゅんのすけ》、坊主頭の石庵《せきあん》と並んだ客と向き合い、端座《たんざ》した。膝《ひざ》の上に節くれだった大きな手をそろえた。それぞれの膝の前に茶托《ちゃたく》の茶碗《ちゃわん》、多見蔵と客の間に煙草盆《たばこぼん》がおかれている。

「運よく、この界隈の質屋組合の仲間株が売りに出ていたのです。いろいろ細工やら無理をして手に入れ、店《たな》もここに移しました。もう十一年になります。あんなところに店を移すので、と初めのころは行事役に驚かれました。千駄ヶ谷町と言っても、このあたりは、武家地の隙間《すきま》のような土地が町家になったばかりの、家作も建ち並んでおらず、明地だらけの町家でしたからね」

「十一年前だと、元締めはまだ、旅の薬売りが表向きの生業《なりわい》だったのでは？」

経司郎が意外そうに訊《たず》ねた。

「旅の薬売りの多見蔵が、江戸の場末の千駄ケ谷町で、質屋の六道を営む松右衛門と知っていたのは、当人のわたしと、季之助《ときのすけ》だけです。半月か二十日、長いときで三月《みつき》ほどをおいて、お得意廻りを装《よそお》ってこの店の暖簾をくぐり、数日、松右衛門になって商いの具合や帳簿などを確かめ、寄合などにも顔を出しました。それからまた、旅の薬売りの多見蔵に戻るのです。二重の暮らしを使い分けるのは厄介《やっかい》でしたが、若かったのですね。苦になりませんでした」

「元締めは四十代の半ばだ。まだまだこれからじゃねえですか」

隣の淳之助が口を挟《はさ》んだ。

「地獄いきは間違いない生業です。ほんの一歩の間違いが命とりになります。正体がばれないようにするのは、骨が折れました。仲間も失いましたしね。人並みの四十代の半ば、というわけにはいきません。運よく、ここまでやってこられました。それも季之助が、わたしの留守《るす》の間、番頭役でこの店をよく守ってくれたからです。季之助を松右衛門の弟ということにし、兄に店を任《まか》されている、というわけです」

季之助とは、多見蔵が留守の間、六道の番頭としてひとりで店をきり盛りしている、腕利きの多見蔵の腹心である。

「ですが、いよいよ、店仕舞《じま》いをするときがきました」

多見蔵がしみじみと言い、三人の客はしおらしく目を伏せた。

ここまでやってこられた運のつきたことが、それぞれの腹に沁《し》みていた。

およそ三年半前、多見蔵は旅の薬売りの生業を止めた。小石川《こいしかわ》の牛天神龍門《うしてんじんりゅうもん》寺《じ》門前の裏店《うらだな》の二階家に住まいを定め、書画や骨董《こっとう》の趣味を楽しみ、悠々閑々《ゆうゆうかんかん》と句会に遊ぶよろず自由な、勝手気ままな好《す》き者《しゃ》の顔を持った。

江戸の暮らしが始まってからは、書画の会や句会の戻り、周りに遠慮しながら質屋に用のある客のふりをして、六道に寄り道をした。用心のため、仮令《たとえ》、どれほど夜更けになっても、龍門寺門前の裏店に戻った。

しかし、ひと月半前の七月末のある日、龍門寺門前の裏店を岡っ引に嗅《か》ぎつけられ、町奉行所の捕り方が裏店を囲んだ。

捕り方が踏みこんでくると、多見蔵は二階の屋根に逃げた。

むささびのように、二階家の屋根から牛天神境内裏の喬木《きょうぼく》へ飛翔し、木から木へと飛び移り、牛天神わきの広大な水戸《みと》家上屋敷の深い森に姿をくらませた。

「それにしても、よくご無事で」

経司郎がしわがれた小声で言った。

「あっしら、元締めが見事に逃げ遂《おお》せた子細《しさい》を噂《うわさ》で聞き、元締めが捕まるはずはねえと思ったものの、町方に追われて逃げまどっているんじゃねえか、疵《きず》を負《お》って苦しんでいるんじゃねえかと、気をもんでおりやした」

「元締めがあっしらの店に、もしかして現れたときは、元締めとともに江戸に見きりをつけ、姿を消す手だてをたてていたんですぜ」

淳之助と石庵が、経司郎に続いて言い添えた。

「気にかけてくれて、礼を言います。ただし、今後はわれらの中で誰かが捕まったときは、兄弟であれ仲間であれ、いっさい情を捨ててすぐに姿をくらましてくださ い。わたしもそうさせていただきますのでね」

三人は互いに顔を見合わせ、頷《うなず》き合った。

「それにしても、さすがは元締めだ。こういうところにちゃんと隠れ家を用意していたとは、大したもんです。あれからひと月半。てっきり、元締めは江戸を出たのに違いねえ、もう元締めに会う機会はねえだろうと思っておりました。だから、今朝方、元締めが津久戸前《つくどまえ》町の店に現れたときは吃驚《びっくり》しましたよ。ひょっとしたら元締めの幽霊じゃねえかと、思ったくらいで。もしかしたら、婆婆《しゃば》のあっしらに何か言い残したことがあって、成仏《じょうぶつ》できねえんじゃねえかと……」

経司郎が続け、多見蔵はうっすらと笑みを浮かべて訊《き》きかえした。

「幽霊は、何を言い残したと思われますか」

「ただ、吃驚したもんで、そんな気がしただけです。相すいません。幽霊とか成仏とか、縁起でもねえことを言っちまって」

「いいのです。幽霊ではありませんが、経司郎さんたちにお願いすることがあって、店をお訪ねしたのは確かです。中《あた》らずと雖《いえど》も遠からずです」

「また、元締めの仕事を、お始めになるんで？」

「始めるのではありません。し収めるのです。先ほど申しました。店仕舞いをするときがきたと。じつは今、質屋組合の仲間株と、この六道の店を居抜きで売りに出しておりましてね。数日中に買い手がつくと、思われます。店の買い手がつき、し残した仕事を済ませ次第、わたしと季之助は江戸を離れます。二度と、江戸の土を踏むことはありますまい」

経司郎は、かすかな落胆を目に浮かべた。

「そこで、元締めとしてし残した仕事を、あなた方三兄弟に、最後にお願いしたいのです。とともに、これまでわたしのような者とおつき合いいただいたお礼の印に、あなた方と一献《いっこん》を酌《く》み交《か》わしたいと思いました。千駄ヶ谷町の仕出し料理屋に、ほんの心ばかりの料理と酒を頼んでおります。われらが酌み交わす最後の酒になります。ゆっくりと召しあがってください。が、その前に、まずはし残した仕事の話をさせていただいても、よろしいでしょうな」

「どうぞ、元締め」

即座に、経司郎がかえした。淳之助と石庵は、眉間《みけん》に冷たい皺《しわ》を刻《きざ》み、身を乗り出した。

「経司郎さんは、元締めのわたしが差配する仕事の仲間を、どなたもご存じではありませんね。自分たちだけではないだろうと気づいてはいても、どこの誰が、どんな仕事を、わたしより請《う》け負《お》っているのか、何もご存じではない。淳之助さんも石庵さんも、同様に……」

三人は首肯した。

「この仕事は、それでよいのです。元締めひとりが承知している。むしろ、そうでなければなりません。江戸にねぐらを定めてから、わたしはあなた方に、龍門寺門前の裏店で悠々閑々とすごす好き者の顔のほかに、この場末の千駄ヶ谷町で質屋を営む亭主の顔を持っていたことは、明かしてはいませんでした。あなた方を信用していないのではなく、他人は他人、おのれはおのれ、誰の助けも借りずに生き延びる算段を常に廻《めぐ》らし、いつでも死んでみせる覚悟を腹に据えているのが、地獄の生業に就《つ》いた者の性根だと考えているからです。侍の面目《めんもく》、名門の誉《ほま》れ、由緒ある血筋、そんなものにわたしは、かかり合いがありません」

　三人はまた、黙って首肯した。

「しかしながら、これまでの地獄の生業の元締めの役割はもう不要です。なぜなら、このたびは、元締めとしてあなた方が手がける仕事の差配をするのではありません。多見蔵と言うわたしが、客として、一個の男として、経司郎さんと淳之助さんと石庵さんに、し残した仕事を依頼するのです。これが最後の仕事なのですから、質屋の亭主の顔を明かしても、差しつかえあるまい。そう思って、この店にきていただきました」

「元締めには、言葉にならねえ世話になりました。どんな仕事でも、やらせてもらいますぜ」

　経司郎が言った。

「神田《かんだ》の紺屋《こんや》町に、文六《ぶんろく》と言う岡っ引がおります。歳《とし》は六十三か四。頭は白髪の、とうに隠居をしてもおかしくない年寄ですが、未だ、南町奉行所臨時廻り《みなみまちぶぎょうしょりんじまわ》方同心《かたどうしん》の、宍戸梅吉《ししどうめきち》の御用聞を務めております。しかも、南北町方の誰もが、あの文六ならと認める腕利《うでき》きです。お糸《いと》と言う二十余、歳の若い女房がおります。お糸は、十代のころは手に負えない不良だった。その不良娘が、あるとき文六に捕らえられて、それがきっかけになって心を入れ替え、子細は知りませんが、父親ほど歳の離れた文六の女房に収まった。女の身ながら男並みの上背があり、男勝りに滅法《めっぽう》腕っ節が強く、お糸は文六の右腕として、文六の下っ引を務めております。この紺屋町の文六と女房お糸を……」

多見蔵は三人に笑みを投げた。

三人は、固く押し黙った。

「めがね屋でござい。めがねの玉のとりかえはよう……」

質屋の前の往来を、眼鏡《めがね》屋の売り声がのどかに通りすぎていった。

経司郎が沈黙の殻《から》を破った。

「元締め、承知しました。文六と女房お糸、やらせてもらいます」

淳之助と石庵の声が、「やらせてもらいます」と続いた。

「請けてくれてありがとう。では……」

多見蔵が座を立ち、部屋に備えたひと棹《さお》の箪笥《たんす》の抽斗《ひきだし》から、紫の袱紗《ふくさ》のくるみをとり出した。それを、節くれだった大きな掌に載せ、三人の前に戻った。

「仕事の請負料です。このたびは、わたしは依頼人ですから、元締めはおりません。よって、元締めの仲介料はかかりません。どうぞ」

と、袱紗のくるみを三人の前の畳《たたみ》においた。

経司郎が頷き、手をのばして袱紗を左右に開いた。

小判と思われる美濃紙《みのがみ》の厚い包みが、三つ並んでいた。

「仲介料がかかりませんので、いつもの三十両を全額お支払いします。ひと包み三十両。三つあるのは、おひとりずつに三十両、ということです」

あっ、と淳之助が息をつめた。石庵は目を瞠《みは》っていた。

「何しろ、このたびはむずかしい相手です。危険を覚悟していただかねばなりませんのでね。それからこれは……」

多見蔵はかまわず羽織の袖《そで》に手を入れ、白紙を帯にしてくるんだこれも小判を抜きとり、袱紗の横においた。

「依頼をお請けいただけなくとも、おわたしするつもりでした。長い間、仕事を請けていただいた感謝の印です。十両です。これはみなさんで」

するると、経司郎は袱紗から手を離し、さり気なく身体を起こした。

「元締め。あっしら、いつだって危険を覚悟で仕事を請けてきました。元締めのし残した最後の仕事だとしても、これまでと変わりはしません。あっしらの仕事ぶりが、急に上達するわけじゃありませんからね。これまでどおり、ちゃんとお請けしますすよ」

「けっこうなことです」

「それにしても、いつもはひとり三十両。半額が元締めの仲介料。半額の十五両が請け負ったあっしら三人分です。このたびは文六とお糸の二人で倍になったとしても、こちらの十両を合わせて、あっしらが手にする金額はいつもの三倍以上だ。これだけのまとまった金がありゃあ、この稼業から足を洗って、堅気《かたぎ》の商売をする元手には十分です」

「これが、足を洗う元手になるなら、なおけっこうなことです」

「元締めのご厚意、ありがたく頂戴《ちょうだい》します。ですがね、元締め。元締めが江戸でし残した、おそらく、ご自身が客になってでもやり遂《と》げなきゃあ気が済まねえ仕事なら、さぞかし、わけありなんでしょうね？　元締めとあっしらが一心同体、と言うのは痴《おこ》がましいが、同じ地獄の釜《かま》の飯《めし》を食った仲じゃありませんか。

水臭いじゃありませんか。これが最後の仕事になるんなら、あっしらにも、気が済まねえわけを聞かせてくだせえ。手伝えることがほかにもあれば、あっしら、喜んでやらせてもらいますぜ」

経司郎が言うと、淳之助と石庵が決意を漲《みなぎ》らせて多見蔵を見つめた。

多見蔵は腕組みをし、低くうなった。

「紺屋町の文六は、町方に腕利きと認められる御用聞というだけではなく、紺屋町界隈じゃあ顔役で、表店をかまえるれっきとした商人らからさえも一目おかれている男です。当然、腕のたつ下っ引も少なからず抱えているでしょうし、裏稼業の貸元や博奕《ばくち》打ち、盛り場を縄張りにするやくざや地廻りにも、文六の息のかかった者らは多いに違いありません。間違いなく、文六と女房のお糸はむずかしい相手です」

「相手は六十すぎの爺《じい》さんに、男勝りと言ったって、所詮《しょせん》、女じゃあ……」

「経司郎さん、油断は禁物ですよ」

多見蔵が言いかけたとき、階段を二階にあがってくる足音が聞こえ、襖《ふすま》の外の廊下で声がかかった。

「兄《にい》さん、膳《ぜん》の支度《したく》が整《ととの》っています。運びますか」

「そうかい。整ったかい。運んでおくれ。季之助も一緒にいただこう。戸締りをしてあがっておいで」

「はい。ではただ今……」

季之助の足音が、階下へおりていった。

「なぜ、龍門寺門前裏の多見蔵に文六が疑いの目を向けたのか、なぜあの日、捕り方が龍門寺門前裏の店に踏みこんできたのか、なぜあの日、あの男がおびき出され、百間長屋の通りで誰に斬られたのか、料理をいただき、酒を呑《の》みながら、お話しさせていただきます」

階下で、季之助が店を仕舞い戸締りをする物音が、何かしら秘密めかして怪しく、それでいてどこか儚《はかな》く、物寂しく聞こえた。

第一章　土《つち》もの店《だな》

一

そこは、龍閑橋《りゅうかんばし》の北詰から鎌倉町《かまくら》の往来《おうらい》を北にとって、鎌倉横町をすぎた土《つち》もの店《だな》の裏店だった。

土もの店とは、神田青物《あおもの》市場の多町《たちょう》、連雀《れんじゃく》町とともに、青物三ヵ町と認められ、青物御納屋役所《おなややくしょ》へ町内の問屋《といや》を当番勤めに出している永富《ながとみ》町の、根菜を主に扱う店が二階家を並べる、そこも神田の青物市場である。

唐木市兵衛《からきいちべえ》が、信夫平八《しのぶへいはち》と妻・由衣《ゆい》の遺《のこ》した小弥太《こやた》と織江《おりえ》を連れ、雉子《きじ》町から土もの店の永富町に引っ越したのは、この八月だった。

紺屋町の文六が、引っ越しにお糸と若い衆の富平《とみへい》、良一郎《りょういちろう》を手伝いにいかせ

ますよ、と申し入れてくれた。だが、市兵衛は恐縮し、

「男のやもめ暮らしで、手伝いが要《い》るほどの荷物はありません。子供たちの布団《ふとん》や着物は新しく作るつもりです。どうぞ、お気遣いなく」

と、丁重《ていちょう》に断った。

市兵衛の荷物は、布団と少々の衣類を仕舞《しま》った行李《こうり》、何冊かの書物や帳面や算盤《そろばん》、食器や台所道具などの細々《こまごま》した物の葛籠《つづら》が二つばかりと一台の文机《ふづくえ》で、大《だい》八車《はちぐるま》一台で引っ越しは事足りた。

織江を大八車の荷の上に坐《すわ》らせ、小弥太と織江の着替えなどのわずかな衣類と、母親の由衣と父親の平八の位牌《いはい》を入れた小行李を背負った小弥太は、大八車を引く市兵衛と並んで引っ越していった。

雉子町から銀《しろがね》町へ抜け、銀町の青物御納屋役所の往来を南へとる。銀町の次が横大工《よこだいく》町。その横大工町の辻《つじ》をすぎ、永富町三丁目の土もの店の小路を東に折れると、小路の十数間先に今度は北へもうひと曲がりする路地があって、路地を挟《はさ》んで東に二階家の五軒長屋、西に家主の安左衛門《やすざえもん》の一軒と、三軒長屋がつらなる安左衛門店が引っ越し先である。

土もの店の往来と板新道の往来の間の町内を藍染《あいぞめ》川の細流が、椿《つばき》や猫柳や楢《なら》や

楓《かえで》や桂《かつら》の木々の枝葉を水面に映して東西に流れている。路地の奥は、藍染川でいき止まりになっていた。路地の西側の藍染川端《ばた》に便所と掃溜《はきだ》めがあり、井戸は西側の安左衛門の一軒家と三軒長屋の間の明地《あきち》にあった。

明地の奥には稲荷《いなり》の祠《ほこら》が祭ってあり、一間（約一・八メートル）ほどの高さの鳥居《とりい》が建っている。

路地の入口には木戸があって、木戸をくぐって路地の東側の三軒目が、市兵衛と子供らの新しい住まいだった。

店の間取りは、引き違いの腰高障子《こしだかしょうじ》の表戸を入り、横一畳ほどの表土間続きに三畳の寄付き、腰障子で間仕切した三畳の台所と竈《かまど》や流しのある土間、その奥に少し広い四畳半と押入が襖《ふすま》で間仕切されている。

表土間の片側に二階へあがる階段があって、二階にも四畳半と押入があり、四畳半の窓は物干し台の出格子《でごうし》になっていた。

小弥太と織江の父親の信夫平八は、胸の病を患っていて、何かの用で出かける途中の小石川水戸家上屋敷の百間長屋の通りで、突然、喀血《かっけつ》して意識を失い、道端に倒れた。そして、そのまま帰らぬ人となった、と言われていた。

平八は、この夏の初めにやはり胸を患って亡くなっていた母親の由衣と同じ、牛込の赤城明神下の小さな寺にひっそりと葬られたのだった。

銀町の正蔵店《しょうぞうだな》の家主の正蔵は、住人の信夫平八が亡くなり、幼い小弥太と織江が残され、厄介《やっかい》な事態になったと頭を抱えた。

裏店の住人で両親を失った幼い子供の面倒は、家主が見なければならない。

子供を引きとる縁者を捜したり、養子先を見つけたり、見つからなければ見つかるまで家主が養っていくしかなかった。

だが、雉子町の八郎店《はちろう》の住人である浪人者の唐木市兵衛が、小弥太と織江は自分が引きとると申し入れてきた。念のため、家主の八郎に市兵衛の暮らしぶりや町内の評判を確かめたうえで、子供らも市兵衛には父親のようになついていたから、「よろしゅう、お願いします」と、内心は安堵《あんど》した。

小弥太と織江が越したあとの店の始末は、正蔵が引き受けた。

父親も母親も胸の病で亡くなったので、それを気にして、少しでも早く厄介払いをしたかったのかもしれない。

家主の安左衛門に挨拶《あいさつ》を済ませ、荷物の運び入れはすぐに終った。

小弥太と織江を連れ、路地の一軒一軒に引っ越しの挨拶をして廻《まわ》った。土もの店で働く亭主とおかみさん、隠居夫婦、易者《えきしゃ》とおかみさん、出職《でしょく》の職人の家族、商家の手代夫婦、大工夫婦など、みな夫婦者で子供らもいた。

市兵衛は小弥太と織江の父親で、妻のいないやもめ暮らしの浪人者と見られた。

ただ、町家に住む二本差しの侍は、天下泰平が続く当代でもやはり珍しいらしく、生国は、生業《なりわい》は、なぜ江戸に、とあれこれ詮索《せんさく》された。

「臨時雇いの用人《ようにん》務めを、生業にしております」

そう言うと、ようにんづとめ？　とみな首をかしげて訝《いぶか》しんだ。それでも、小弥太と織江を連れているので、怪しまれることはなかった。

浪人が江戸の町家に居住するには、保証人をたて、町奉行所の許可を得なければならなかった。武家屋敷や寺社に浪人者をおくことは許されなかった。

そのため、あてもなく食扶持《くいぶち》を求めて江戸に出てきた浪人者の多くは、日陰者の身となり、無頼《ぶらい》な暮らしを送るしかなかった。

浪人者でもこれならばと信用のおけそうな、たとえば、妻子持ちで生業などが明らかであれば、家主の裁量で、正式の保証人をたてるまでの仮住まいということで、しばしの便宜《べんぎ》を図ってもらえた。

仮住まいの便宜が、ひと月の場合もあれば、一年、三年、十年の場合もあるというだけである。なんらかの生業を持ち、妻子とともに真っ当に暮らしておれば、正式の保証人にたってくれる人も現れるということもある。

そうなれば、保証人のたてられなかった浪人者も、お侍というだけの江戸の住人になれた。町家の生業を続ける侍に、刀は不要だった。それが、二代、三代と続けば、お武家が元お武家になり、なんとか屋の誰それになっていく。

市兵衛の保証人は、三河《みかわ》町の請《う》け人《にん》宿《宰領屋《さいりようや》》主人・矢藤太《やとうた》である。

矢藤太は京《きよう》生まれの、若いころは島原《しまばら》の女衒《ぜげん》だった。

京見物と大坂《おおさか》見物に上方《かみがた》にきた神田三河町の宰領屋の先代が、島原で遊んだ折り、たまたま矢藤太と知り合い、どういう子細《しさい》があってか、矢藤太の人柄や性根を気に入ったらしい。

「江戸で働かねえかい」

と、先代に誘われ江戸へ下った。そして、先代の出戻り娘の婿《むこ》となり、先代を継《つ》いで宰領屋の主人に納まった、なかなか抜け目のない男である。

市兵衛は二十代の半ば前から数年、京のある公家《くげ》に家宰《かさい》として仕《つか》えていた。

その公家は、京の貧乏公家や貧乏武家の身売りを余儀なくされた娘や女らを、女衒の矢藤太をとおして島原の遊郭に仲介し、仲介料をとっていた。

「どっちにしても、身売りをするしかないのやったら、ちょっとでも高《たこ》う売れたほうがええやろう。娘を身売りさせる親にも買う方にも、それぞれ事情がある。間をええようにとり持つのも、人助けのひとつの方法や」

公家はそう嘯《うそぶ》いた。公家や武家の生まれの遊女は、島原では人気が高かった。そこに目をつけた、したたかな裏の顔を持つ公家だった。

家宰というのは表向きで、市兵衛は、公家と島原の矢藤太との連絡役に雇われたのである。当然、矢藤太と知り合いになった。歳《とし》も同じ二十代で、いかがわしい生業であれ、ちゃんと筋をとおすと性根があって、市兵衛と矢藤太は、たちまち意気投合した。

市兵衛が公家奉公を退《しりぞ》き、京から諸国を巡《めぐ》る旅に出て、三十四歳で江戸に戻ったとき、矢藤太が三河町の宰領屋の主人に納まり、言葉つきから仕種《しぐさ》まで、神田生まれ神田育ちの神田っ子のようにふる舞っていたのには驚かされた。

「どうだい、市兵衛さん。京仕こみの神田っ子は様になっているだろう」

と、市兵衛を呆《あき》れさせた。しかしながら、

「市兵衛さんに、ひったりの勤めだぜ」

と、台所勘定が不得手《ふえて》な武家の、臨時雇いの用人役の勤め、すなわち、《渡り用人》の仕事を仲介したのも矢藤太である。

引っ越しは昼前に早々と済んだ。小弥太と織江に、この住まいでこれからどのように暮らしていくかを話しているところへ、その矢藤太が訪ねてきた。

「ごめんよ、市兵衛さん。あがるよ」

矢藤太は、市兵衛が返事をする前に寄付きにあがって、台所へ入ってきた。

「やあ。このとおり、無事引っ越しは終った。なかなかいい住まいだ」

市兵衛は、松葉小紋《まつばこもん》の羽織《はおり》を払って胡坐《あぐら》をかいた矢藤太に言った。

ちょうど空き店があった安左衛門店を、矢藤太が見つけて仲介してくれた。

「そうだろう。神田の町家で、これぐらいの広さがあれば、大人ひとりに子供二人の住まいとしてはまずまずさ。市兵衛さんの引っ越し祝いに、仲介料はただにしてやるよ」

「そうか。ありがたく、仲介料はただにしていただくよ。小弥太、織江、宰領屋のご主人の矢藤太さんが、この店に引っ越せるよう世話をしてくれたのだ。お礼を言うんだよ」

市兵衛は織江を膝《ひざ》に乗せていて、小弥太は膝の傍《かたわ》らにいる。

「矢藤太さん、ありがとうございます」

「矢藤太さん、ありがとう」

　小弥太と織江が懸命に言った。

「どういたしまして。二人ともお利口さんだね。市兵衛さんも、案外よき父親ぶりじゃないか。まさに父と子だね。似合《にあ》っているぜ」

「矢藤太の神田っ子ぶりくらい、似合っているかい」

「似合ってるよ。おれ以上だ」

「わたしは小弥太と織江の友であり、必要なら父親にもなるさ」

「殊勝《しゆしよう》な心がけだ。おれも手助けするぜ。困ったことがあったら、遠慮なく言ってくれ。とは言え、ここの店賃は八郎店の倍以上だ。子供たちにもかかるし、これからは文句を言わずにしっかり働いて、稼《かせ》がなきゃあな」

「矢藤太の顔をたてる仕事ばかりだから、文句も多くなるのだ。だが、文句を言っても、仕事があるだけありがたいと、内心では感謝している」

「ほう、内心は感謝してくれていたのかい。知らなかったよ。嬉《うれ》しいね。では、市兵衛さんに新しい仕事を持ってきた。きっと、おれにもっと感謝したくなるような務《つと》めだぜ」

「そうなのか。どこの仕事だ」

「相手は旗本《はたもと》だ。ここからそう遠くはない。裏猿楽町《うらさるがくちょう》さ。と、その前に、ここへくる途中で、引っ越し祝いのそばを四人前頼んできた。そばなら子供らも一人前に食うだろう。もう間もなく届くから、勤めの話はそばを食ってからにしよう」

「よかった。昼はどうしようかと思っていたところだった。では、早速、火を熾《おこ》して茶を淹《い》れよう」

市兵衛は織江をおろし、勝手の二台並ぶ竈のひとつに、火を入れる支度《したく》にかかった。小弥太と織江は市兵衛の両わきから離れず、手伝おうとしている。

矢藤太が子供らの、微笑《ほほえ》ましい様子を見て言った。

「市兵衛さん、ずいぶん好かれたね」

ふむ、と市兵衛は小弥太の喝食《かっしき》頭と織江のふりわけ髪《がみ》の頭をなでた。

「小弥太も織江も、母親と父親が亡くなったことを知っている。誰かに甘えていなければ寂《さび》しくて不安なのだ。わたしも母親はいなかった。物心がついたとき、父しかいなかった。懸命に父に甘えたことを思い出すよ」

「なるほどね。おれも、父ちゃんと母ちゃんはいなかった。甘えられる大人もいなかった。がきのころは、毎日が生きるか死ぬかだった。まったく、ひどい目に合ったぜ。大人はどいつもこいつも、大嫌いだった」

市兵衛は竈から台所の矢藤太へ顔をひねり、笑いかけた。

「矢藤太、よくそこまで育ったな。大したもんだな」

「だろう?」

矢藤太は指先で顎《あご》を擦《こす》りつつ、にんまりとした。

ほどなく届いたそばを四人で賑《にぎ》やかに食べ、それから矢藤太は勤めの話を済《す》ませ、「市兵衛さん、頼むぜ」と、念を押して八ツ(午後二時頃)前に帰っていった。

小弥太と織江が路地で遊んでいる間、市兵衛は二階の四畳半の押入に、小弥太と織江の新しく拵《こしら》えた布団を仕舞った。

出格子窓の物干し台は東に向いていて、二階の部屋からは折り重なる町家の瓦《かわら》屋根が東の広い空の果てまで続く景色が見わたせた。

自身番《じしんばん》の物見の梯子《はしご》が、町家の屋根のあちこちで空に突き出て、日本橋《にほんばし》のほうの大店の二階家や土蔵造りの建物は、どれも作り物の玩具《おもちゃ》のようだった。

市兵衛の部屋は台所の隣《となり》の四畳半で、この二階の四畳半は小弥太と織江の部屋に決めていた。階下の四畳半には、引き違いの腰障子の外に濡《ぬ》れ縁《えん》があり、一歩ほどの幅の庭というか、裏の板塀の間に隙間《すきま》があった。

その板塀のせいで隙間の日あたりは悪そうだった。だが、板塀ぎわには雑草がしぶとく茂っていた。

市兵衛は、物干し台にあがって隙間のような庭を見おろし、板塀ぎわの雑草を綺麗《きれい》にしなければな、とあれこれ考えた。

隙間のような庭は、五戸ある割長屋の裏を細道のようにつらなっている。

八郎店では、小弥太と織江の布団と市兵衛の布団を二つ並べて寝たが、夜中になると織江は必ず市兵衛の布団に入ってきた。たぶん、この店でも織江は夜中に目を覚まして、二階からおりてきて市兵衛の布団の中にもぐりこむのだろう。

路地で遊ぶ子供らの声が聞こえた。

小弥太と織江は、近所の子供らの中にもうまじって遊んでいるのかもしれない。二人には、大きな声で呼べば声が届くところに必ずいるように、川端には子供らだけでは絶対に近づかないように、と厳重に言いつけた。

小弥太と織江は、うん、うん、と聞き分けよく頷《うなず》き、それから外へ飛び出していったが、子供の身が妙に気になった。

これが父親というものか。

市兵衛は、昼さがりの空の下の町家を眺《なが》めつつ、暗がりの道を手探りするように呟《つぶや》いた。

と、表戸が開けられ、階下から小弥太の甲高《かんだか》い声が聞こえた。

「市兵衛さん、文六親分とお糸姐《ねえ》さんがお見えです。兄《あに》さん方もみなさんご一緒です。市兵衛さん……」

小弥太の大人を真似《まね》た口ぶりがおかしいせいか、階下が賑やかになった。

二

表土間に、紺屋町の文六と女房のお糸が立っていた。

六十すぎの文六は、白い髷《まげ》を寸分の歪《ゆが》みもなく結《ゆ》い、恰幅《かっぷく》のいい体軀《たいく》に鈍茶の羽織、納戸色の綿の単衣《ひとえ》を尻端折《しりっぱしょ》りにして黒股引《くろももひき》の拵えである。

並んだお糸は、文六と同じぐらいの大柄に、尻端折りの黒の着物と黒股引を着けたいつもの男装で、頭の上に束《たば》ねた黒髪の三本の朱《しゅ》の笄《こうがい》と唇《くちびる》に注《さ》した口紅《くちべに》が、女らしい艶《つや》やかな色香を醸《かも》している。

小弥太の小さな身体が大柄な二人に挟まれ、口紅以外に化粧っ気のないお糸の顔の隣に、小さな人形のように抱きあげられた織江の大きな目が、階段をおりていく市兵衛に向いていた。

外の路地には、兄き分の捨松《すてまつ》に弟分の富平と良一郎の若い衆がいて、にこやかに店をのぞきこんでいる。

「文六親分、お糸さん、わざわざのお越し、畏れ入ります。身軽な引っ越しですから、もう殆《ほとん》ど片づいております。どうぞあがってください。捨松さん、みなさんもどうぞ……」

市兵衛は寄付きから、路地の捨松や富平、良一郎にも声をかけた。

「いやいや、そうもしていられねえんですよ。これから、宍戸の旦那のこれの店へ多見蔵探索のお指図をうかがいにいかなきゃならねえ」

文六が、顔の前に一瞬小指をちらつかせた。

「宍戸さんの？　そうなのですか。宍戸さんにお変わりないのですね」

「はい。南町のお奉行さまのきついお叱《しか》りはあったそうですが、一昨日《おととい》からもう前と同じように廻り方のお勤めに就《つ》いていらっしゃいます。昨日、お戻りなさいまし、と旦那をお迎えしました。手間のかかる野暮用が続くぜ、と旦那のご様子は相変わらずで……」

「じゃあ、宍戸さんは、やはり佐久間《さくま》町四丁目裏地のそちらに？」

「はい。そっちのほうも前と変わっちゃあ、おりません」

市兵衛と文六は、互いに笑い声を噴《ふ》き出した。

宍戸梅吉は、南町奉行所臨時廻り方同心でありながら、佐久間町四丁目裏地の裏店に妾《めかけ》のお佐和《さわ》を住まわせている。

女房とまだ十歳にならない独り息子は、むろん、八丁堀《はっちょうぼり》の組屋敷である。

先月の七月、二、三年前より起こっていたと疑われる何件かの人斬りにかかわっていた容疑で、南北町奉行所の捕り方が、小石川の牛天神龍門寺門前の多見蔵の店をとり囲んだ。

その折り、南北町奉行所の捕り方が囲んでいたにもかかわらず、宍戸は多見蔵ひとりごとき、と高をくくって先陣をきった。ところが、多見蔵の思わぬ反撃に遭《あ》って卒倒し、多見蔵を逃がす失態を犯したと見なされた。

宍戸の失態に、南町奉行所のみならず北町奉行所も面目《めんもく》を失墜させた。

南町奉行は、宍戸の失態を厳《きび》しく叱責《しっせき》した。そのため、遠からず宍戸は臨時廻り方の掛《かかり》を解かれたうえに、町方を番代わりし隠居の処分がくだされるのではないか、と噂《うわさ》になった。

「宍戸も五十三だ。隠居をしてもいい年ごろだしよ」

「あの失態じゃあ、仕方あるめえ」

と、奉行所の朋輩《ほうばい》らは言い合った。

御用聞の文六は、その折り、宍戸に従ってはいなかった。文六がいたなら、旦那の宍戸にそんな失態を犯させるへまはしなかった。文六はその折り、同じ小石川の水戸家上屋敷沿いの百間長屋の往来《おうらい》にいて、多見蔵と同じ一味の嫌疑《けんぎ》がかかったある人物を待ち受けていた。

それは、宍戸も承知のうえだった。

下っ引のお糸と捨松、富平と良一郎を文六は率《ひき》い、そして、そこには今ひとりが、文六らとともにいた。

文六は続けた。

「多見蔵の足どりは、まったくつかめねえ。たぶん、もう江戸を出たと思いますが、調べだけは続けています。でなきゃあ、旦那ばかりか、あっしら御用聞だって顔がたちません。市兵衛さんと子供らの引っ越しを、ゆっくり祝いてえところですが、今はそうもいかねえんで、せめて引っ越し祝いの品だけでもと思い、途中で寄らしてもらいました。おい、おめえら」

と、小弥太の喝食頭に武骨な大きな手をおき、路地の捨松らへふりかえった。

「へい。お邪魔しやす」

捨松に続いて、富平と良一郎が戸をくぐった。ずんぐりとした背の低い富平が二升入りの酒の角樽《つのだる》を持ち、青竹のように瘦《や》せて背の高い良一郎がひとくるみの風呂敷《ふろしき》包みを抱えていた。

「市兵衛さん、お引越しおめでとうございます」

捨松が言い、富平と良一郎が続いて、「お引越しおめでとうございます」と声を合わせた。富平が角樽を端座《たんざ》した市兵衛の前におき、良一郎が風呂敷包みを角樽の横に並べた。

「上方よりの下《くだ》り酒です。召《め》しあがってくだせえ」

「この包みは子供たちの肌着です。子供は汗っかきだから、肌着はいくらあってもいいって、お糸姐さんが言われて。日持ちのする菓子折も一緒に入っておりますんで、それもゆっくり召しあがってください」

富平と良一郎が言った。さらに、捨松が腰をかがめ、

「これは、親分とお糸姐さんから。こっちは、あっしら三人のほんの気持ちばかりですが」

と、二つの白紙の小さな包みを、市兵衛の膝の前に差し出した。

「親分、お糸さん、お心遣い痛み入ります」

市兵衛は、文六とお糸に頭を垂《た》れた。そして、捨松と富平と良一郎へも膝を向け辞儀《じぎ》をした。

「捨松さん、富平さん、良一郎さん、ありがとう。礼を申します。わたしと子供たちが、こうして無事に引っ越しができ、新しい暮らしが始められるのも、親分さん始め、みなさんのお慈悲《じひ》とご配慮のお陰です。文六親分さんやみなさんのご厚意があればこそでした。まことに幸運でした」

「それはいいんですよ、市兵衛さん。子供らにとって何が一番いいか、それを考えて決めたことです。市兵衛さんはよくやった。本途《ほんと》によくやったと思います。市兵衛さんの 志《こころざし》 がわかったからこそ、お手伝いする気になったんです。あっしらは柄の悪い御番所の御用聞でご迷惑かもしれませんが、今度のことで、市兵衛さんと本途の仲間になれたような気がします。あっしらと市兵衛さんだけの、契《ちぎ》りを交わした仲間のような」

文六の大きな黒い目に頷きかえした。市兵衛の胸が鳴っていた。

「小弥太、織江、文六親分とみなさんから引っ越しの祝いを、沢山《たくさん》いただいた。お礼を言わないとな」

「文六親分、お糸姐さん、捨松さん……沢山の祝いの品をありがとうございます」

小弥太はひとりずつ名前をあげて大人びて言い、辞儀をして見せた。みなは六歳の小弥太に感心しつつも、ませた言葉使いや仕種《しぐさ》がかえっておかしく、土間は笑い声に包まれた。

「お糸ちゃん、ありがとう」

お糸の大きな腕に抱かれた織江が、お糸に話しかけるように言った。

「どういたしまして」

お糸が小首をかしげ織江に笑いかけると、三本の朱の笄がゆれた。

「綺麗ね」

織江が小さな葉のような白い手をのばし、お糸の束ね髪に挿《さ》した笄に触れた。

「そう。似合うかい？」

「うん。可愛い」

「織江ももっともっと大きくなって、髪が長くのびたら、綺麗な笄を買ってあげるよ」

「大きくって、お糸ちゃんぐらい？」

織江が聞きかえしたので、笑い声がまた土間にあふれ、路地にまで流れた。

秋の夕日が、安左衛門店の二階家の瓦屋根に映えた。

永富町の土もの店の賑わいも、積みあげた籠《かご》や樽《たる》や盥《たらい》、桶《おけ》、売物を並べた台が片づけられ、往来の店は板戸を閉じ、今日の店仕舞いにかかっていた。

店仕舞いの慌《あわ》ただしさが終り、往来の夕日が寂しく陰《かげ》るころには、土もの店は昼間の賑わいが打って変わって静まりかえるのだ。

その一日の終りの店仕舞いで賑わう往来を、五尺（約一五〇センチ）少々の両肩の肉が頑丈《がんじょう》そうに盛りあがった分厚い体軀に、黒羽織をまとい、細縞《ほそじま》の袴《はかま》の裾《すそ》を羽のようにひるがえして、ひとりの侍がのし歩いていた。

短軀《たんく》ながら、異様に長く骨張った手を両わきに垂らし、黒鞘《くろざや》の鐺《こじり》を地面に引き摺《ず》りそうなほどの、腕の長さに見合った長大な佩刀《はいとう》が異様だった。

石の塊《かたまり》のようなごつい顎と、顔半分が裂けて波打つ太く長い唇を、ゆったりと結び、ひしゃげた大きな獅子鼻《ししばな》のすぐ上に、眼窩《がんか》が黒く窪《くぼ》んで、眼窩の底に大きな目が赤く燃えているかに見えるのは、もっと恐ろしげだった。

怒ったように黒い眉尻《まゆじり》の反《そ》りあがった上に、てらてらと光る日焼けした額《ひたい》と、才槌頭《さいづちあたま》の総髪《そうはつ》に結った小さな髷が、童子《どうじ》の頭の飾りのようで、奇怪で滑稽《こっけい》な物《もの》の怪《け》を思わせた。

土もの店の商人や使用人、大八車を引く人足らは、侍が通りかかると目を瞠《みは》って一瞥《いちべつ》を投げたが、すぐに道を開けた。中には侍と顔を見合わせ、ぷっ、と噴《ふ》き出す者もいたが、侍にひと睨《にら》みされると、両肩をすくめて縮みこんだ。

鎌倉町のほうから土もの店の往来をのし歩く侍のゆく手の人通りは、自《おの》ずと左右に開かれた。永富町の三丁目あたりに差しかかり、侍は一旦足を止め、ぐるりと、周囲を見廻した。

その仕種に、不思議な手品を見たような沈黙が、あたりに一瞬たちこめた。往来の目がいっせいに見守る中、侍は三丁目の小路を東へ折れていった。侍の姿が消えると、往来は夕方の店仕舞いの賑わいを再びとり戻した。

安左衛門店の木戸の上に、住人の名と生業を記した札が並んでいる。唐木市兵衛の札も、すでにかかっている。ただ、生業は記していなかった。

木戸をくぐり、路地のどぶ板を鳴らした。

夕餉《ゆうげ》の支度にかかっている匂いが、路地に流れていた。

二階家の軒よりはるかに高く、夕焼けの空が見えている。

「ここか」

侍は呟いた。

引違いの腰高障子を引き、「ごめん」とひと声吠《ほ》えて、土間に踏み入った。

「申し」

寄付きのあがり端へ進み、再び吠えて店を震わせた。

ふり分けの小さな童女が、間仕切の腰障子を開け、無邪気《むじゃき》に寄付きに走り出てきた。だが、童女は侍を見つけ、呆然《ぼうぜん》として足を止め、動かなくなった。

「織江だな」

侍は瓦をも嚙《か》みくだきそうな白い歯を見せ、眼窩の底で燃える目を愛嬌《あいきょう》よくゆるませた。途端《とたん》に、織江はふり分けの髪をふり乱して台所へ逃げ帰った。

「市兵衛さん」

と呼び、恐い、と喚声《かんせい》をあげた。

「お客さんかい」

市兵衛の声が聞こえ、首筋にすがりついた織江を抱いた市兵衛が、寄付きに出てきた。その後ろから小弥太が顔をのぞかせつつ、ついている。

侍は市兵衛と目を見合わせ、やあ、と笑みを投げ合った。

織江は市兵衛の首筋へ、しっかりとしがみついている。

「久しぶりだな、弥陀ノ介《みだのすけ》」

市兵衛が先に言った。

「久しぶりだ。わずか数ヵ月会わぬ間に、そのような二人の子の父親になっておったか。それなりに父親らしさが板についておるではないか」

「わたしも、だんだん父親らしくなってきたような気がする。要は、父親になるぞという自覚だな。弥陀ノ介もそうだろう。初めて春菜《はるな》の顔を見て、父親の自覚が生まれただろう」

「そうだな。父親とはこういうものかという、不思議な覚えだった」

公儀《こうぎ》御小人目付《こびとめつけ》の返《かえり》弥陀ノ介は、この春の末、妻の青《せい》との間に一女・春菜を儲《もう》けた。春に生まれれば春の字を、夏に生まれれば夏の字を、男児であれ女児であれ名前に入れるつもりだった。

幸いおれよりもおまえに似た可愛《かわい》い子だ、でかした、と弥陀ノ介は青に言って喜んだ。春菜と名づけ、傍《はた》から見ると滑稽なほどの可愛がりようだった。

親ばかと言わば言え。まさに親ばかなのだ、と四十をすぎて生まれた春菜が可愛くてならない、というふうだった。以来、つき合いが悪くなったと、朋輩らの間で少々不評を買ったが、弥陀ノ介は気にしていない。

市兵衛と弥陀ノ介は、この春の末、春菜の誕生祝いの品を持って赤坂《あかさか》御門外の組屋敷を訪ねて以来だった。

「弥陀ノ介、引っ越し祝いにきてくれたのか」

「そうさ。この数ヵ月、娘に夢中で市兵衛のことまで気が廻らなかった。お頭《かしら》から事情を聞いてな。これはいかねばならんと思った。子供らを抱えて戸惑っているのではないかと案じたが、そうでもない様子なので安心したよ。なんでも、小器用にこなす男だな」

「褒めてもらったと思っておこう。小弥太、織江、このおじさんはな、わたしのお友だちなのだ。顔は恐いが、心根の優しいおじさんなのだ。さあ、坐《すわ》って、おいでなさいませ、とご挨拶をするのだ」

小弥太は市兵衛にならって膝に手をおき、「おいでなさいませ」と、懸命に言った。織江はまだ市兵衛の腕を放さず、「おいでなさいませ」と、たどたどしく言った。

「ふむ。いい子らだ。わたしは返弥陀ノ介と申す。そなたらの新しいお父さんの仲のよい友だちだ。よろしくな」

小弥太と織江は、けな気《げ》に頷いた。

「このおじさんは、織江よりもまだ小さい春菜という赤ん坊のお父さんだ。小弥太と織江の妹のように可愛い子だぞ。いつか三人で春菜に会いにいこうな」

織江は、この恐い顔をした人が赤ん坊のお父さんであることに驚いたような顔になった。小弥太も不思議そうな顔つきを見せた。

すると、弥陀ノ介は店が震えるほど大笑いを響かせた。

「弥陀ノ介、子供が驚くではないか。ともかく、あがれ」

「いや、じつは、お頭もご一緒なのだ」

「兄上もこられたのか」

市兵衛は、思わず弥陀ノ介の後ろの路地を見た。障子戸は開けたままで、夕焼けの下の路地に黄昏《たそがれ》が近づいている気配だった。

「《薄墨《うすずみ》》に先にいって、おぬしと子供らを待っておられる。今宵《こよい》は、引っ越し祝いにお頭が馳走をしてくださる。むろん、子供らにも食べられる物を、静観《せいかん》さんに頼んである。それから、市兵衛にお頭から例の話もあるので、その間の子供らの守役《もりやく》に、小藤次《ことうじ》も供をしてきておる」

弥陀ノ介が、小弥太と織江に笑いかけた。

小藤次は、片岡家《かたおか》に仕《つか》える若党《わかとう》である。片岡家は、赤坂御門内諏訪坂に屋敷をかまえる家禄千五百石の旗本で、市兵衛は、片岡家の当主であり公儀十人目付《じゅうにんめつけ》役筆頭格《やくひっとうかく》の片岡信正《かたおかのぶまさ》の、十五歳離れた弟である。

「そうか。例の話か。承知した。すぐに支度をして薄墨にいく」

「よし。ならば子供たちは先に連れていくぞ。市兵衛はあとからこい。子供らの履物《はきもの》はこれだな」

と、弥陀ノ介は子供らの小さな草履《ぞうり》を袴の帯に挟み、立ちあがって土間に降りようとする小弥太と織江に長く太い両腕を巻きつかせ、いきなり軽々と、肉の盛りあがった肩の上まで抱きあげた。

「さあ、美味《おい》しい物をお腹一杯食べにいくぞ」

弥陀ノ介は、両腕に抱きあげた子供らを交互に見て、楽しげに言った。

小弥太と織江は、抱きあげられたままなす術《すべ》もなく、唖然《あぜん》として頷いているだけだった。

三

鎌倉町の鎌倉河岸に、夜の帳《とばり》がおりた。

料理屋《薄墨》は、鎌倉河岸にある少々値の張る店である。

店土間の奥に、引違いの襖をたてた四畳半の部屋があり、その四畳半で、信正と市兵衛、弥陀ノ介の三人は、久しぶりの膳を囲んでいた。

信正が佐波《さなみ》を奥方に迎える前までは、三人はこの部屋でしばしば酒と料理を楽しんだ。去年の春、信正が佐波を奥方に迎え、信之助《しんのすけ》が生まれ、また、今年の春には、弥陀ノ介と妻の青の間に春菜が生まれ、近ごろは三人が薄墨で顔を合わせる機会は、めっきり少なくなった。

ときは儚《はかな》くすぎ、同じときは二度と廻《めぐ》ってこぬのに、寂しさだけは繰りかえし廻ってくる。薄墨の亭主である京料理人の静観が、それをひどく寂しがった。

ご近所の裕福な隠居や大店の手代らが定客に多く、店は今宵もゆったりとした賑わいに包まれていた。

若党の小藤次に慣れた小弥太と織江が、無邪気に話しかける声や笑い声が、ゆったりしたその賑わいにまじっている。

小弥太と織江は、静観が子供にも食べられるようにと特別に拵えた料理を食べ終えたころ合いに、「一緒に菓子をいただきましょう」と、小藤次が座敷から店土間へ連れ出していた。

菓子が済んだあとも、二人を退屈させぬよう小藤次が相手になっている。

座敷には、町内のどこかの草むらにすだく虫の声も聞こえてきた。

信正は杯をあげて言った。

「市兵衛、これも人の縁の新しい門出と、言えるのかもな」

「そうですね。まことに思いもよらなかった門出です」

市兵衛はしみじみとこたえた。

「いろいろな人の縁、廻り合わせがありますな」

弥陀ノ介が、信正に言い添えた。

「薄墨でこうして呑《の》むと、ほんの少しだが若がえった気がする。年をとったゆえの未練かな」

信正がまた言った。

「いいではありませんか。未練で若がえるなら、未練は若がえりの妙薬かもしれませんぞ」

「気だけだがな」

三人は顔を見合わせ、どこかの虫の鳴き声のような笑い声を交わした。

やがて、信正が低くゆったりと、市兵衛に再び向いた。

「頼まれていたことが、少しわかった。弥陀ノ介に北《きた》最《も》上《がみ》藩《はん》の江戸屋敷を探らせた。今日はその話もある」

「北最上藩の、信夫平八の素性ですね」

信正は頷き、市兵衛は信正から弥陀ノ介へ目を移した。

「信夫平八と妻の由衣の欠《か》け落《お》ちは、七年前の文化《ぶんか》十四年（一八一七）の春のことだ。足かけ八年になる。当時、平八と由衣の欠け落ちは、家中でずいぶんとり沙《ざ》汰《た》されたようだ。今でも欠け落ちの一件を訊《たず》ねれば、あれがなければ家中の様子は今と変わっていた、とみな口をそろえて言うらしい」

「北最上藩は、石神《しゃくじ》伊《い》家ですね。信夫平八は、由衣の許嫁《いいなずけ》を斬《き》って欠け落ちしています。平八に斬られた相手方の家に、恨《うら》みが残っているのは当然です。平八を上意《じょうい》討《う》ちにすべしと、主君の命がくだされていたのですか」

「欠け落ちは、殿さまへの忠義をないがしろにした武家にあるまじき無礼千万なふる舞い。上意討ちの命がくだされてもいたし方ない。許嫁を斬った平八のみならず、妻の由衣にも追捕《ついぶ》の手が藩庁《はんちょう》より遣《つか》わされていた。しかし、それが殿さまの不興を買った上意討ちの命によるものかどうか、はっきりせんのだ。なんとなれば、追捕の手と言っても、国元より江戸屋敷に、平八と由衣が江戸に現れたなら、人を斬って逐電《ちくでん》した罪人ゆえ即刻《そっこく》召し捕らえるように、とのお達しが遣わされたのみだった。今もって、曖昧《あいまい》なお沙汰のままなのだ」

「それは妙ですね。平八が許嫁を斬って由衣と欠け落ちした子細は明らかですから、仮令《たとえ》、上意討ちでなくとも重い罪には問われたはずです。七年前、平八と由衣は牛込の赤城明神下の裏店に住み始めました。それから足かけ八年、平八と由衣は江戸で夫婦として暮らし、小弥太と織江を儲けました。本気で追っていたなら見つけられたと思います。ということは、藩庁は本気で平八と由衣を捕らえる気では、なかったのでしょうか。ずいぶん、手ぬるく思われます」

信正は首肯《しゅこう》し、低くうめいた。物思わしげに杯《さかずき》を舐めた。

市兵衛はなおも言った。

「あれがなければ家中の様子は今と変わっていた、とみなが言うのは、平八と由衣のかかり合いには、互いの恋慕《れんぼ》の情だけではない事情が、ほかにあるのではありませんか。もしかすると、平八と由衣の欠け落ちは、互いの恋慕の情の末の、やむにやまれぬふる舞いではなく、なんらかの別の意図があったのでしょうか」

「平八と由衣が、互いの恋慕の情ゆえに欠け落ちを図った。それを許さなかった許嫁が二人を追い、平八と斬り合いになった末に斬られた。平八と由衣のふる舞いに、それ以上の事情はないと思われる。それ以上の事情があるなら、北最上藩の動きも違っていただろう。弥陀ノ介、おぬしが話せ」

「御意……」

弥陀ノ介は小鉢の膾《なます》を口に入れて石のような顎で潰《つぶ》し、呑みこんだ。それから杯をあおり、骨張った指の大きな掌《てのひら》で厚い唇をぬぐった。

「信夫平八の信夫家は、先々代が北最上に流れてきた素性の知れぬ浪人者で、武芸に優れていたため、家中では名門の中原《なかはら》家の食客《しょっかく》となり、縁があったのだろうな、中原家の口利《くちき》きにより、わずか二十俵ながら、北最上藩の徒組《かちぐみ》の侍奉公を始めた。むろん、どれほど有能で剣術が達者であっても、組頭《くみがしら》に就ける身分ではないそうだ。先々代、先代、それから平八と、徒組の番代りをして、十年ほど前の、平八が二十二、三のころ、秋から冬にかけてひどい風邪《かぜ》が領内に流行《はや》った。その性質《たち》の悪い風邪のため、領内で大勢人が亡くなった。その折り、老妻と隠居暮らしを始めて間もなかった先代と妻、すなわち平八の両親も風邪に罹って相次いで亡くなった。先代も妻も婚姻が遅く、平八は独り子だった。両親を失い、領内に縁者もおらず、平八は組屋敷に独り住まいの寂しい暮らしを送っていた。由衣と欠け落ちしたとき、平八は二十七歳だった。そろそろ分別ができてもよさそうな年ごろなのに、あの愚《おろ》か者が、とそしられた。反面、元々が祖父さまの代に領国に流れてきた氏素性の知れぬ素浪人《すろうにん》だった。両親はすでに亡くなり、領内に迷惑をかける親類縁者もいない。素浪人のほうが、あの男の性根に合っているのだろう。ただ剣術ができるというだけでは、先に望みのない二十俵徒組の身分など捨てた気持ちはわかる、とそんな噂もたった」

「気持ちとは、どういう気持ちだ」

「由衣は、彼《か》の女と添《そ》い遂《と》げることができるなら、万石を捨て素浪人になっても惜しくはないと評判になるほどの、北最上城下では、一、二と言われる器量よしだったからだ。金木《かなぎ》家という藩の地方《じかた》頭を務める三百石の、それなりの身分のある古い家柄で、地方頭の父親が了之助《りようのすけ》。母親は千歳《ちとせ》。由衣は了之助と千歳の長女だ。由衣の下に、今は金木家の家督を継いでいる清太郎《せいたろう》と、脩《おさむ》という二人の弟がいる。その北最上の古い家柄である金木家の息女が、もっともっと身分の高い家に嫁《とつ》げるほどの器量よしにもかかわらず、何ゆえ信夫平八ごとき、高々二十俵の徒組の平侍の、先々代が北最上に流れてきた氏素性も定かでない血筋の男と誼《よし》みを結び、欠け落ちまでしたのか。人の性根はまことに奇怪なものだ。由衣のあの見目麗《みめうるわ》しい姿の奥には、前世の因縁の報いか、どす黒い業《ごう》の火が燃えておるのに違いない。くわばらくわばら、と家中では欠け落ちの一件があったあとに、言い囃《はや》されたりもしたそうだ」

ふと、市兵衛の脳裡《のうり》に、水戸家上屋敷に沿った百間長屋の通りの光景がよぎった。秋の昼さがりの陽射《ひざ》しが降り、その陽射しをきらめかせてひるがえった平八の一刀が、うなりを発し、市兵衛に襲いかかった。

市兵衛は脳裡の光景をふり払い、弥陀ノ介に質《ただ》した。

「平八は、由衣の許嫁を斬った。剣術ができるというだけ、と言われるほど平八の剣の腕は、家中でも認められていたのか」

「一介の浪人者にすぎなかった先々代が、家中の名門の中原家の食客になったのも、どうやら、相当の達人だったらしいからだ。祖父さま、親父さま、倅の平八と、三代続く凄腕《すごうで》の血筋だ。もっとも、それが平八にとってよかったのか悪かったのかは、わからぬが」

弥陀ノ介は、含みのある言い方をした。

「金木家の美しい息女が素性も定かではない血筋の男と欠け落ちしたことが、前世の因縁の報いだと、言い囃されていたのか」

「口さがなく言い囃す者は、どこにでもいる」

「信夫家は、どうなった」

「どうなったもこうなったも、領内に親類縁者もおらぬ信夫平八が欠け落ちしたのだから、これは消え去った。お上の始末としては改易《かいえき》だ」

「金木家も、お上より処罰を受けたのだろうな」

「金木家は、当時の主の了之助が、家内の不始末の段、不届きなり、と殿さまよりお叱りを受け、了之助は隠居を申しつけられた。当時、二十歳をすぎたばかりの長男の清太郎が金木家を継いだ」

「それだけか」

「それだけでは、市兵衛なら不満か」

「わからぬ。だが、平八に斬られた許嫁のほうの一族は、その処罰で納得したとは思えぬが。平八と由衣は罪を犯し、藩庁より追われる身になったものの、上意討ちの命はくだされず、また、藩庁の追捕の手も手ぬるかった。許嫁の一族自らが、ふたりへ討手を差し向けていたのか」

「殿さまの許しも得ず、お上の免許状を持たずに仇討《あだうち》や討手を差し向ければ、それは私闘だ。許されるはずがない」

弥陀ノ介は杯を舐《な》めた。

「由衣の許嫁に決まっていた相手は、宝蔵《ほうぞう》家と言う、これも家中では身分の高い一門の三男だ。名は竜左衛門《りゅうざえもん》。三男だから、言わば部屋住みだ。宝蔵家は代々君側に仕える重臣の家柄で、竜左衛門が金木家の由衣を娶《めと》り宝蔵一門の新たな分家をかまえる、そういう話だった。それが、平八と由衣の欠け落ちにより破談になったうえ、竜左衛門まで斬られた。宝蔵家は、金木家に面目を潰されたも同然だった。本来ならば、金木家がその程度の処罰では、宝蔵家が納得するはずはなかった。だが、表向きはそれで収まった。宝蔵家は、矛《ほこ》を収めざるを得なかった。なんとなれば、金木家には中原家が後《うし》ろ盾《だて》についていた。と言うより、金木家は中原家の分家のひとつなのだ」

「中原家とは、平八の先々代が食客となった中原家なのか」

「そうだ。中原家は、代々北最上の一帯を支配していた豪族の末裔《まつえい》で、領内の山地の自然気候に詳しく、家中の地方山方《じかたやまかた》に強い勢力を持つ一門だ。元文《げんぶん》のころに北最上藩の領主となった今の石神伊家よりも、領内では古い家柄らしい。殿さまも領内の米作りや林業の経営は、中原家の力に頼らねばならず、中原家には一目をおく、それほどの一門なのだ。一方、宝蔵家は石神伊家の旧臣の家柄で、石神伊家が北最上の領主についたとき、主君とともに北最上領へきた、言わば新参になる。宝蔵家は殿さまの覚えがめでたく、重臣を多く輩出しており、これも家中での勢力は強い。つまり、中原家と宝蔵家は家中の一、二を競うどちらも名門なのだ。じつは、この中原家と宝蔵家が、仲が悪い。悪いどころではない。長年にわたって、厳しく反目しておるそうだ」

と、弥陀ノ介は急に声をひそめた。

「最近のことではない。だいぶ以前から、両家の間はかなり険悪らしい。おれが思うに、平八の祖父さまが、中原家の食客になって縁ができたのも、その険悪な対立とかかり合いがあったからではないかと、勝手に推量しておる。たとえば、剣の腕を見こまれ、用心棒に雇われたとかな」

「まさか。賭場の用心棒ではあるまいし。主や家人の身辺の警護役に中原家の食客となっていた、ということか」

「推量だがな」

「すると、あれがなければ家中の様子は今と変わっていた、というのは、平八と由衣の欠け落ちの背景には、中原家と宝蔵家の反目とかかり合いがあるのだな。宝蔵家の竜左衛門が平八に斬られたことによって、新たな対立の火種が……」

「まあ、焦《あせ》るな。今から説明する。中原家の家禄は九百五十石。宝蔵家は千石余だ。当代の中原家当主は、中原恒之《つねゆき》。中原三兄弟の長男だ。両親が中原治右衛門《じえもん》と弥根《みね》。その両親、つまり当代の祖父が中原了念《りようねん》と茅野《かやの》で、七十をすぎた今も息災だ。治右衛門には千歳という妹がいる。千歳の嫁いだ先が中原家の分家でもある金木家の了之助で、了之助と千歳の長女が由衣、弟が金木家の家督を継いだ清太郎と、末の弟の脩だ。一方の宝蔵家は、先々代が宝蔵騰玄《とうげん》、先代が檀十郎《だんじゆうろう》で、倅《せがれ》が当代の主となった万右衛門《ばんえもん》、次男が辰二郎《たつじろう》、三男の竜左衛門の三人だ。金木家の由衣と宝蔵家の竜左衛門の婚姻を申し入れてきたのは、宝蔵家だった。なんのためにかというと、家中の有力な中原家と宝蔵家の反目が、長年にわたって続いていることに殿さまが憂慮《ゆうりよ》しておられるゆえ、両家に縁のある者同士が婚姻を結ぶことによって、両家の対立を治め和解を図《はか》る狙《ねら》いだった。その狙い自体は悪いことではなかった。ただし、ある筋から聞いたところによれば、殿さまが憂慮しておられたというのは、真偽は不明だそうだ。なぜなら、先代までは違っていたようだが、当代の石神伊家の殿さまは、一貫して両家のどちら側にもつかぬという御立場を守っておられるらしい。それだけ家中での両家の勢いが拮抗《きっこう》している、と言えなくもない。ともかく、婚姻の申し入れは宝蔵家からあった。宝蔵家としては、部屋住みではあっても宝蔵家本家の竜左衛門と、中原家の分家筋である三百石の金木家の由衣ならば、ちょうど釣り合うと思ったのだろう」

「そういうものか」

「どうかな。おれにはわからん」

弥陀ノ介は、素《そ》っ気《け》なく言いかえした。

「だが、金木家は竜左衛門と由衣の婚姻は不満だった。むろん、平八と由衣の仲は二人以外、そのときはまだ誰も知らなかったのだぞ。金木家の一番の不満は、竜左衛門が極めて高慢で気位が異常に高く、すぐに大声で人を怒鳴《どな》りつけたり、酒に酔うとひどく乱暴になって収まりのつかなくなる、酒乱の気性があったそうだ。それより以前、酒亭に居合わせた職人にささいな粗相があって、竜左衛門は職人を手打ちにした事件があった。そのときは、宝蔵家が裏から様々に手を廻し相応の詫代《わびだい》で職人の親方や縁者からご免願いをとりつけ、竜左衛門は咎《とが》めをまぬがれた。だが、そういうふる舞いが知られ、竜左衛門の悪評は広まっていた。ほかにも、竜左衛門の気質には妙なところがあるらしいという噂などが、家中ではひそかに言われていて、そんな竜左衛門の元に由衣はやれぬと、母親の千歳は言うまでもなく、弟たちも姉が可哀想だと婚姻には反対だった」

「もっともだと、思われるが」

「そう簡単には言えぬぞ。金木了之助は、長年反目していた本家の中原家と宝蔵家の和解が進むのなら、竜左衛門と由衣の婚姻はやむなし、という考えに傾いていた。中原一族の談合が持たれ、よき縁とは言えぬものの、中原一族の後々《のちのち》のことを考慮すれば、申し入れを受けたほうがよかろうと決まった。了之助は、宝蔵家に婚姻の申し入れを受けると、返事をした。そのあと、平八と由衣が欠け落ちをしたのだ。竜左衛門は、許嫁と決まったにもかかわらず欠け落ちをした平八と由衣のふる舞いは不義密通《ふぎみっつう》である、よって成敗すると国境《くにざかい》まで追った。挙句《あげく》、平八に斬られ、平八と由衣は逐電した」

「宝蔵家はどうした」

「金木家に恥をかかされた。のみならず、竜左衛門まで斬られ、家名に泥を塗られた。信夫平八、金木家の落ち度は重大である。平八と由衣に討手を遣わし、当主の了之助は腹を斬るべし、と殿さまに訴えた。また家中では、宝蔵家は面目を施すため金木家に斬りこむ支度に入った、という噂まで流れた。あるいは、宝蔵家の三男が斬られたのだから、金木家の第三子の脩の命が狙われているとかな。城下は極めて険悪な事態だったらしい。それを収めたのが、中原家の当主の治右衛門と、隠居をしていた中原了念だった。このままでは両家に死傷者が出かねず、そのような事態が起これば、江戸表の御公儀に家中の内紛が伝わって、お家の政《まつりごと》の障《さわ》りになる恐れがある。何とぞ穏便《おんびん》なご処置を、とこちらも殿さまに訴えた」

「その結果、金木家へのお叱りと、了之助が家督を長男の清太郎に譲って隠居、というご処置がくだされたのか」

「そういうことだ。宝蔵家は殿さまの覚えがめでたい。とは言え、領内における中原家の力も考慮せざるを得なかった。というわけで、殿さま自らが宝蔵家に自重を促し、宝蔵家は矛を収めた。というより、宝蔵家は矛を収めたのではなく、見えなくしただけなのかもしれん」

「それでわかった。罪を犯した平八と由衣への藩庁の追捕が手ぬるいのも、中原家に対する遠慮が働いていたからだな。中原家に遠慮して、金木家の処罰も穏便に収めたため、宝蔵家の面目は施されぬまま曖昧になり、中原家への深い遺恨が残った。あれがなければ家中の様子は今と変わっていたというのは、七年前の平八と由衣の欠け落ちの一件によって、両家の反目が以前よりもいっそう深まった、あるいは対立が再燃した事態を指しているのだな」

「たぶんな。しかし、確かめてはおらぬ」

「なぜだ。宝蔵家と中原家のそもそもの、長年にわたって厳しく反目していた謂《いわ》れはなんだったのだ。両家の反目、あるいは対立があったからこそ、両家の和解を図るための、由衣と竜左衛門の縁談だったのだろう。両家の不仲のそもそもの謂れを、確かめなかったのか」

「それは、わたしがとめたのだ」

と、信正が弥陀ノ介を庇《かば》うように言った。信正は杯を乾《ほ》し、提子《ひさげ》で自ら酌《しゃく》をした。弥陀ノ介はこたえず、鉢の煮つけを頬張った。

「わたしが、それまでにしておけと言ったのだ。なぜならな、われらが諸藩の内情をそれ以上詮索《せんさく》するのは、いささかはばかりがある。北最上領の両家の反目、不仲は、あくまで家中内での事情、家臣同士の喧嘩《けんか》にすぎぬ。家臣同士の喧嘩に、われらが詮索の手をのばすのは、要《い》らざる疑念を生み、越権行為になる。だから、そこら辺にしておけということさ。これでもわれらは、公儀の役人だからな」

信正は、市兵衛に笑いかけながら言った。そして、杯を気持ちよさそうに乾した。杯を膳に戻し、また提子を傾けた。

「それにだ。遠い北最上の領内の家臣同士の喧嘩の謂れを詮索しても、信夫平八の素性を調べることとかかわりがあるとは思えぬ。家臣同士の喧嘩など、どうでもよいのではないか。信夫平八と妻の由衣は、もういない。要は、二人が遺した小弥太と織江をどう育てるか、幼い子供にとって何が一番よいのか、それを考えることだ。市兵衛、呑め」

信正は微笑み、酒を楽しんでいる。

透きとおった酒が、信正のあげた染付の杯にゆれていた。

百間長屋の通りに横たわった、信夫平八の亡骸《なきがら》が見えた。昼さがりの陽射しが降り、つくつくぼうしが鳴いていた。

「そうでしたね、兄上。弥陀ノ介、礼を言うぞ。そこまでよく調べてくれた。少し、気が楽になった」

市兵衛は弥陀ノ介に言った。

「礼を言われるほどでもない。それほどむずかしくはなかった。江戸屋敷の侍たちは、あまり隠しだてをするふうではなかった。ということは、表だってではないにしろ、家中での両家の喧嘩が、誰の目にも明らかにくすぶっているからだ。余ほど、両家の仲は悪いのだろうな」

弥陀ノ介は、これしきのこと、という様子を見せた。

「どれほど続いてきた喧嘩かわからぬが、家臣同士の喧嘩は殿さまが間に入って収めてやらねばな。殿さまが何もせずにぐずぐずと手を拱《こまね》いていると、家臣は殿さまを越えて御公儀に裁定を持ちこむという場合も、なきにしもあらずだ。そうなると、今度は殿さまが面目を失う」

信正が言うと、市兵衛と弥陀ノ介は顔を見合わせ、頷き合った。

そのとき、部屋の襖が一尺（約三〇センチ）ほどそっと引かれ、頬を赤く火照《ほて》らせた織江が、襖の間からのぞいた。織江は小さな歯を見せて市兵衛へ笑いかけた。

「市兵衛さん、帰ろう」

信正が織江に笑みを向けた。

「織江、もう帰るのか。菓子はいただいたか」

うん、と織江は頷いた。小弥太が織江に並びかけ、

「市兵衛さん、帰ろう」

と言った。

「邪魔をしてはいけないよ」

小藤次が二人の後ろから、肩へ手を廻した。

「よいよい、小藤次。そうだな。子供をいつまでも待たしてはいけないな。だがな、わたしたちはまだご飯をいただいていないのだ。ご飯をいただいたらすぐに帰るから、もう少しだけ待っていてくれるか。小藤次、静観さんに茶漬けを頼んでくれ」

信正が小藤次に言った。


だが、それから三人が茶漬けを済ましている間に、織江は市兵衛の膝を枕に寝てしまった。小弥太も市兵衛の隣に座って、眠いのが我慢できずに市兵衛の腕にすがるように凭《もた》れかかり、居眠りを始めた。

「小弥太、さあ、帰るぞ。立ってくれ」

市兵衛は織江を抱きかかえ、小弥太を起こした。静観と使用人の小女に見送られ、薄墨を出ると、

「兄上、馳走になりました。弥陀ノ介、小藤次、世話になった。またな」

と、鎌倉河岸から鎌倉町の往来へとり、土もの店へ戻っていった。

織江は市兵衛の肩に頭を乗せすっかり寝入っており、市兵衛に手を引かれている小弥太の足どりも覚束《おぼつか》なかった。

「小弥太、少しの我慢だからな。家まですぐだぞ」

市兵衛が眠そうな小弥太に声をかけ、励ましている。

信正と弥陀ノ介と小藤次は、鎌倉町の往来の曲がり角で、市兵衛と子供らを見送っていた。

市兵衛と子供らの姿は、暗がりにまぎれ、すぐに見えなくなった。ただ、町内のどこかの草むらですだく虫の鳴き声が、三人が消えた暗がりの往来から、途ぎれ途ぎれに聞こえてきた。

「市兵衛は、あの子供らの父親になる気なのでしょうか」

弥陀ノ介は暗がりへ目をやり、物思わしげに言った。

「市兵衛は、信夫平八とかかり合いを持った。つらいかかり合いだが、市兵衛はさけなかった。さけて通ることもできたろうに、そうはしなかった。子供らを見てそれができなかった。そういう男だ」

信正が暗がりを見守り、こたえた。

「まことに、そういう男ですな」

弥陀ノ介は繰りかえした。

うら寂しさが染みわたるように、鎌倉河岸の夜は更けていった。

四

裏猿楽町の崖《がけ》を、木々や灌木《かんぼく》が深い藪になって覆《おお》っていた。

崖の上には、練塀や白壁の武家屋敷の土塀がつらなり、崖下の小路を見おろしている。その裏猿楽町の小路に、旗本・大久保東馬《おおくぼとうま》の長屋門が黒鋲《くろびょう》打ちの門扉《もんぴ》を閉じていた。

大久保東馬は小普請《こぶしん》支配の無役《むやく》ながら、家禄千二百石の相当な家柄である。

その朝、市兵衛は黒羽織に千筋縞《せんすじしま》の細袴を着けていた。古い羽織袴ながら、前夜、火熨斗《ひのし》などをかけて乱れがないよう、身綺麗に整《ととの》えた。足下は新しい白足袋《しろたび》に麻裏つきの草履である。

総髪に結った髷や黒羽織の肩に、朝の青みを帯びた光が降っている。

門わきに門番所があった。門番に取次を頼み、わきの小門から邸内に通された。敷石を踏んで玄関先へいくと、中小姓ふうの若い侍が玄関の間に現れ、

「唐木市兵衛さんですね。宰領屋の仲介の……」

と、立ったまま少々横柄な口ぶりで言った。

「唐木市兵衛でございます。宰領屋の矢藤太どののご指示により、大久保東馬さまをお訪ねいたしました。お取次を願います」

市兵衛は玄関先から式台《しきだい》ごしに、若侍に改めて辞儀をした。

若侍は、二刀を帯びた市兵衛の風体を訝しげに見廻した。

「承知しています。そちらの中の口からあがってください。そちらが一応、内玄関になっていますので」

若侍は片手を一方へかざし、手先を宙に泳がせた。

表門を入った前庭に沿って柘植《つげ》の生垣《いけがき》があった。生垣が途ぎれた先に、中の口が玄関先から見えている。

では、と市兵衛は袴の裾をひるがえした。

内玄関と言っても式台はなく、狭い土間に沓脱《くつぬぎ》があって、薄暗くくすんだ廊下が奥へ通っていた。

刀をはずし、廊下にあがった。

「どうぞ」

若侍は市兵衛に素っ気ない一瞥《いちべつ》を寄こしただけで、先に立った。

若侍は五尺七、八寸（約一七二センチ）の市兵衛より二寸（約六センチ）ほど小柄で、痩せていた。痩せて尖《とが》った肩を、何かしらつまらなそうに左右にゆらしつつ廊下をゆき、次の間から十畳ほどの書院に、市兵衛を通した。

化粧柱の床の間には墨絵の掛軸《かけじく》がかけられ、床わきの違い棚の花活《い》けに、金木犀《きんもくせい》の花をつけた枝木が挿してあった。

若侍は市兵衛を横目に見て、「そちらに……」と、また片手をぞんざいにかざして床の間に向かって坐《すわ》るように指示した。そして、庭側の明障子のそばへいき、やはりつまらなそうに両開きにした。

障子の外に濡れ縁があった。濡れ縁の先に枯山水《かれさんすい》ふうの庭が広がっていて、石灯籠《いしどうろう》がおかれている。

庭は趣向を凝らしていても、あまり手入れがいき届いているようには見えなかった。ただ、東南に向いていて、日あたりがよさそうだった。

庭を囲う漆喰《しっくい》の土塀に、朝の日が射していた。朝日に照らされ、ひび割れてささくれだった漆喰が目についた。木犀の灌木が土塀ぎわに植えられていた。

市兵衛は床の間に向かって端座し、刀を背後に寝かせた。

「ただ今、主がまいります。これにて少々お待ちを」

若侍はようやく着座して言い、退《さが》っていった。

しばらく待たされた。屋敷は静かだったが、とき折り、廊下を踏むかすかな響きが伝わってきた。茶托の茶碗を運んできた別の若侍が、これも市兵衛に冷やかな目を向けただけで、何も言わず、すぐに退っていった。

市兵衛は茶を喫した。薄くぬるい煎茶《せんちゃ》だったが、庭で雀《すずめ》が鳴くのどかな朝にはこれでよい、と思った。

ほどなく、次の間にいく人かが入ってきた気配がした。襖ごしに、「旦那さまです」と、案内の若侍の声がかかった。

市兵衛は畳に手をつき、頭を垂れた。間仕切の襖が引かれ、座敷に入ってきた七人の白足袋が数えられた。わずかに畳が震えた。ささやき声や畳を摺《す》る布の音がよそよそしく流れた。小さな咳《せき》払いが聞こえ、

「唐木市兵衛か。手をあげなさい」

と、威厳を籠《こ》めた声がかかった。

りこしました」

「唐木市兵衛と申します。本日、三河町宰領屋の矢藤太どののご仲介によりまか

市兵衛は言い、それから手をあげ、ゆっくりと頭をもたげた。

七人の目が、市兵衛にそそがれていた。主の大久保東馬らしき男が、床の間を背にして、色白の平たい顔を少しかしげていた。

左右に、ひとりは六十をすぎたころの刀自《とじ》が、ひと重の瞼《まぶた》を不思議そうにしばたたかせ、反対側に、刀自よりはだいぶ若く、三十代末から四十代半ばかと思われる、おそらく大久保家の奥方が少し癇性《かんしょう》な顔つきを見せていた。

奥方に並んで、十二、三歳と十歳前後の兄と弟が、兄は母親に、弟は父親に似た顔をぼんやりと並べていた。

弟の隣に、これは三十代後半あたりの、細く開けた唇の間から出っ歯の目だつ年増が、上目遣《うわめづか》いの目を宙に遊ばせていた。

刀自の隣に中年の侍が着座していて、この侍は地味な沈んだ褐色《かっしょく》の羽織としなびた鼠色《ねずいろ》の袴を着け、おそらく、大久保家に長く仕える奉公人と思われた。

兄弟は袴姿だが、月代《さかやき》を綺麗に剃《そ》った主人は、くつろいだ着流しだった。

刀自と奥方は髪を笄で片はずしに結い、年増は高島田《たかしまだ》に結っていた。みな派手

な色合いの、仕立てのいい小袖に帯も高価そうだった。

「わたしが、当家の主・大久保東馬だ。それからこれは……」

と、東馬は母親のお秋《あき》、奥方の綾野《あやの》、長子の春馬《はるま》、次子の久馬《きゅうま》、東馬の妹のおゆく、と順々に名をあげ、市兵衛はひとりひとりに頭を垂れた。

最後に奉公人の大木駒五郎《おおきこまごろう》を手で指した。大木は、肩をややひねるように上体を前のめりにして、

「大久保家の相談役を相務めます、大木駒五郎でござる」

と、冷めた目つきを市兵衛に向けた。

市兵衛は、「お見知りおきを」と大木にかえし、「宰領屋の矢藤太どのより」と言いかけるのを、東馬が制するように言った。

「算盤《そろばん》さえできれば、侍でなくてもよかったのだ。矢藤太が算盤ができたうえに人物人柄が申し分なく、大久保家に相応《ふさわ》しいとしきりに勧めるものでね。それほど勧めるならと、唐木を雇うことに決めた」

「当家のお役にたてるよう、相務めます」

「唐木は、ずっと浪人だそうだな。壮健そうな身体《からだ》つきだし、顔だちもまあまあだ。武家に仕官しようとは思わなかったのか」

「若いころに算盤を習い、今は、算盤の技を活かす勤めが自分に合っているように思われ、このようにいたしております」

「侍が、剣術よりも算盤なのか。ならば、刀など捨て、さっさと商人になればよいのだ。埒《らち》もない浪人を称していても役にたたぬぞ。先に望みもないしな。商人のほうが、唐木に相応しいのではないか」

「商いで身をたてるのも、簡単ではありません。また、算盤さえできれば誰でも商いができる、というわけにもまいりません。人それぞれで、向き不向きもございます。埒もない浪人を称し、先に望みのないこのような生き方をする者もいると、お考えください」

「あは。居直っておるぞ。腰に帯びた刀は飾りでも、捨てきれぬと見える」

東馬が、大木駒五郎に苦笑を投げた。三人の女が、細流のせせらぎのような笑い声をあげ、駒五郎は、そうかそうか、と見きったように頷いた。

「矢藤太が言うておったが、唐木は旗本の片岡家に仕えていた足軽の血筋らしいな。片岡家と言えば、諏訪坂にお屋敷をかまえる御目付さまの片岡家だな。名門ではないか。なぜそちらの足軽奉公を続けていなかった」

「わが祖父が、片岡家の足軽奉公をしておりました。わたしが十三歳の折り、父が亡くなり、それを機に片岡家を出て、以来、今日までこのように」

「十三歳で父親を亡くしたか。春馬と同じ歳だな。十三歳では、足軽奉公の番代わりというわけにはいかぬな。片岡家から暇を出されたのもいたし方あるまい。春馬は父が息災でよかったな」

　春馬は父親に言われ、色白の顔を少し赤らめた。

「なるほど。それで剣術ではなく算盤の稽古か。確かに、この太平の世に武士の魂《たましい》を腹に据えて生きるのは、困難をともなう。なまじいな性根では保つことはむずかしい。武芸の修行より算盤の稽古のほうが、楽なのはわかる。それなりの武家の者ですら、楽な生き方に流れがちな時世《じせい》。況《いわん》や浪人者をやだ」

　東馬と女たちが顔を見合わせ、またのどかなざわめきをたてた。女たちのざわめきに合わせて、庭の雀の鳴き声も高くなった。すると、

「唐木は、剣術の修行をしなかったのか」

と、春馬が声変わりをする前の甲高い声でいきなり言った。

　市兵衛は春馬へ、まず黙礼をかえした。それから、やおらこたえた。

「剣術の稽古はいたしました。しかしながら、あるとき、商人に負けないほどに算盤が自在に使えるようになりたい、という思いに捉えられました。人の日々の

暮らしは、商人の商い、百姓の米作り、職人の物作り、それら様々な営みがなければ成りたちません。侍ではあっても、それは同じです。ならば、剣術以外の稽古も修行になるのでは、と考えました」

「唐木は、変な考えをしておる。侍は、民百姓の上に立ち、彼の者らを導いてやる務めがあるではないか。彼の者らが、人の上に立ち、人を導けるか。上に立つ侍がいるからこそ、民百姓は安らかに営み暮らすことができるのだ。唐木は浪人者だから、侍の真の務めがわからぬのも無理はない。しかし、浪人者でも刀を帯びた侍を称するなら、中途半端な剣術の修行ではよくないのではないか。なあ、大木……」

春馬は駒五郎へ言いかけ、駒五郎は首肯した。

「大木は直心影流《じきしんかげりゅう》の免許皆伝の腕前だ。父上もわたしと久馬も、奉公人たちも、みな大木に剣術の稽古をつけてもらっている。わが家に奉公するこれを機に、唐木も大木に稽古をつけてもらうとよい。大木、かまわぬな」

「よろしゅうございますとも。お若い春馬さまの、まことに当を得たお言葉。頼もしい限りです。春馬さまが仰《おつしや》っておられる。唐木さんがよろしければ、みなと一緒にいかがか。こちらは、差しつかえござらん。お屋敷には、広き道場もあります。身心を鍛える神聖なる道場です。是非《ぜひ》」

「お気遣い、ありがとうございます。ではございますが、当お屋敷にお雇いいただいた務めをまずは果たしたうえで、ゆとりがございましたなら、その折りに改めてお願いいたします」

しかし、春馬はなおも言った。

「ゆとりがあれば、などと言っていてはだめだ。剣術の稽古、修行はゆとりがあるからするものではない。やる気があれば、稽古はいつでもできるはずだ。ゆとりがないからと理由にするのは、やる気がないからだろう。それではいけない。そうだろう、大木」

「そのとおりでござる。春馬さまの殊勝なるお心がけ、いつもながら、感服いたします。大木駒五郎、春馬さまの将来が楽しみでござる」

駒五郎が主一家を見廻して言うと、春馬は小さいときから、とか、久馬だって物覚えがよく、などと庭で鳴き騒ぐ雀のようにそれぞれが言い交わした。

春馬は少しはにかみを見せ、朱色になった顔を宙へ投げていた。隣の久馬がそんな兄を横目で見て、にやにや笑いをしている。

「大久保さま、宰領屋の矢藤太どのより、わたくしの務めは大久保家の台所の収支勘定《かんじょう》をつける役割とうかがっております。早速、務めにかかりたいのですが、まずは大久保家の台所の収支勘定の実情を確かめたうえで……」

市兵衛は改まって言った。

女たちの遣りとりを楽しそうに聞いていた東馬が、楽しそうな笑みを市兵衛へ寄こした。そして、

「ああ、そうだったな」

と、気乗りがしないふうな返事をかえした。

「では、そなたたちはもうよいぞ。これから唐木と仕事の話をする。ただ飯を食わすために雇ったのではない。給金を払うのだから、給金の分は唐木に働いてもらわねばな。さあさあ、もういきなさい。大木は残れ」

「心得ております」

駒五郎が余裕の素ぶりを見せた。三人の女と子供らが部屋を出て、次の間から廊下をゆきながらも、遣《や》りとりの続きがうららかに聞こえた。

「女子供は、気楽でよいな」

東馬が、屈託を感じさせない顔つきを駒五郎に向けた。

「まことに、羨《うらや》ましいですな」

駒五郎が、練《ね》れた口ぶりでこたえた。

「そうそう。唐木は幼い子が二人いるそうではないか。子供らが店で待っておるゆえ、住みこみではない通いの奉公を、という矢藤太の話であった。こちらも奉公人の長屋の手配をする手間がはぶけて、却《かえ》って都合がよかったのだが」

「すると、唐木さんの女房は町家の女か」

駒五郎が市兵衛に薄笑いを投げた。

「いえ。わたくしはひとり者です。妻はおりません」

「子供はいくつだ」

「六歳と四歳の、兄と妹です」

「手のかかる年ごろだな。男手ひとつでやっていけるのか」

「聞き分けがよく、我慢のできる子供たちです。二人で留守番をして、わたしの戻りを待っております」

「さては、女房に逃げられたと見える。夫婦になってはみたものの、亭主が先に望みのない浪人者では、愛想をつかすのも無理はない」

東馬と駒五郎が顔を見合わせ、あからさまな笑い声をはじけさせた。だが、市兵衛はとり合わなかった。

「ご当家の台所の収支勘定を、初めに確かめさせていただきます。よろしゅうございますか」

と、平然と言った。

五

「じつは、唐木のやることは、それではない。わが家の台所の収支勘定は、大木に任《まか》せておる。大木はわたしの相談役であるとともに、わが家の用人役もかねておるのだ。唐木は渡りで用人務めをしていると聞いたが、わが家では大木の差配に従っておればよい」

「それでは、大木さんのお指図に従えばよろしいのですか」

「まあ、そういうことだ。ただし、大木の手伝いをしておればそれで済む、というのでもないぞ。そんなことなら、高い給金を払って唐木を雇いはせぬ。すなわち、わが大久保家はただ今、台所事情が少々心もとない。家禄は千二百五十石。足立《あだち》郡の六ヵ村に知行地《ちぎょうち》を持つ身分ゆえ、評判の悪い蔵前《くらまえ》の札差《ふださし》どもに、頭をさげて借金をするわけではない。知行地の名主の差配によって、飯米分を除いた年貢米は足立郡の在郷商人に売りさばかれ、大久保家の暮らしを支えておる。その仕組みはわかるな、唐木」

市兵衛は東馬に頭を垂れた。

「しかし、数年来豊作が続いており、米相場は低く抑えられたままにもかかわらず、江戸の諸色《しょしき》（物価）はあがる一方だ。千二百五十石は相応の石高ながら、われら武家は気楽な町人のように、一家の者だけで好き勝手に暮らすわけにはいかん。武家ならばこその体裁がある。小普請支配の無役と言えども、徳川《とくがわ》家の旗本としての体裁は保たねばならん。わが一家の六人のほかに、奉公人は、相談役の大木より門番まで数えて二十一人を抱え、そこに唐木を雇い入れると、二十二人になるわけだ。数十俵、百俵、二百俵足らずの切米の御家人《ごけにん》や、せいぜい三、四百石の旗本の台所事情が苦しいのは言うまでもないが、知行地が千石を越えるわれらとて楽ではない。大木にいつも苦労をかけておる」

駒五郎は目を伏せ、滅相《めっそう》もありません、とこたえるかのように黙然と首を左右にふって見せた。

「しかしながら、ここ数年来、知行地より得られる収入では支出に足りぬため、やむを得ず、足りぬ分の借金をするしかなかった。そこで、今年も借金を申し入れなければならない。借金を申し入れる相手は、本町《ほん》二丁目の両替商の《二宮《にのみや》》だ。大久保家と二宮とのつき合いは先代から続いてきた。つまり、大久保家は二宮の古い顧客だ。米切手などの手形の決済も、しばしば、二宮に任せておる」

東馬は傍らの駒五郎へ向き、駒五郎が頷きかえした。東馬は市兵衛へ向きなおって、咳払いをした。

「早速、唐木に今日の仕事を申しつける。今日、昼の九ツ半（午後一時頃）、二宮の番頭の竹吉《たけきち》に会う約束になっておる。唐木が竹吉に会い、大久保家の台所のご用を務めておる旨《むね》を伝え、先日の申し入れの返事をもらってまいれ。今日はまだ務めの初日ゆえ、むずかしいことをさせるつもりはない。竹吉は返事の書状をくれるだろう。それをもらうだけで、こちらより訊ねることやなすべきことはない。もらったらすぐに戻ってまいれ。むろん、書状を唐木が勝手に開いてはならんぞ。竹吉が何を訊ねても自分の一存では申しあげられぬと、こたえておけばよい。実際、何も知らぬ唐木にこたえようはないからな」

そう言うと、東馬と駒五郎はまた妙な高笑いをはじけさせた。しかし、駒五郎がすぐに真顔になった。

「たぶん、竹吉は唐木さんにあれこれ訊いてくるでしょう。これまで、どこのお屋敷でどのような務めに就いてきたか、などとな。旦那さまが仰られたように、武家の台所事情が苦しいのはどこも同じ。大久保家も、武家の体裁を保つためにはやむを得ず、借金を申し入れておるのです。竹吉には好感を持たれたほうがよいゆえ、そこは気を働かせて上手《うま》くたち廻ってくだされよ」

「申し入れた借金の額は、いかほどなのですか」

「返事の書状を受けとるだけで、金をわたされるわけではない。唐木さんがご存じでなくとも、差しつかえはござらん」

駒五郎が素っ気なく言った。

東馬が、わかったな、というふうに市兵衛を睨《にら》んだ。

大久保家の奉公人たちへの挨拶の案内役は、きたときに応対に出た中小姓ふうの若侍だった。名は志村左近《しむらさこん》と言った。

「こちらへ」

と、言葉少なに一瞥を寄こし、痩せて尖った肩をつまらなそうに左右にゆすって、先にたった。

大久保家の奉公人は、相談役と用人をかねた大木駒五郎のほか、毎日、溜《たま》りにつめる中小姓が二人、長屋住まいの侍が四人、中働きの女中が三人、下働きの女が三人と男が二人、槍持《やりもち》、草履とり、挟箱《はさみばこ》などをかつぐ手廻りの中間《ちゅうげん》五人、門番がひとりである。

千石を超える知行地を抱える武家なら、体裁を保つためのこれくらいの奉公人の数は、多すぎるわけではない。屋敷内の家具や家財、道具類も、さして贅沢《ぜいたく》な拵えや品々ではなかった。長い間、使い古された家財・道具が目だち、新しく備えた、あるいはそろえた、という様子は少なく思われた。

つまらなそうに案内役を務めていた左近がいくらか饒舌《じょうぜつ》になったのは、およそ八百坪ほどの邸内のうち、本家の西南側にある裏門を入ってすぐのところに建てられた、剣術道場へ案内したときだった。

「ここが大久保家の道場です。五年前、大木さんが旦那さまの相談役に就かれた折り、いずれは大久保家を継がれる若さま方の剣術の稽古指南と、大久保家に仕えるわれら侍の鍛錬と精神修養のために、稽古場を建てるようにと旦那さまに進言されました。大木さんは直心影流の達人ですからね。若さま方に稽古をつけるのも大木さんです。旦那さまがもっともであると賛同なさったのです」

道場の屋根は瓦葺で、高い木々が屋根の上にまで枝を繁《しげ》らせ、思いのほか立派な建物だった。広さは、五、六十坪ほどはあると思われた。

道場では稽古が行われている様子である。

土間続きの落ち縁から、板張の道場にあがった。入り口正面の壁に、神棚と伊《い》勢《せ》皇大神宮《こうたいじんぐう》、天照大御神《あまてらすおおみかみ》の垂れ幕がさげてあって、一方の壁には数本の竹刀《しない》や木刀が架《か》けられていた。

春馬と久馬が防具を着けず、四人の侍とかけ声をかけ合い、竹刀を打ち合っていた。左近に導かれて現れた市兵衛に、春馬と久馬は打ち合いを止め、

「唐木、稽古にきたのか」

と、春馬が元気な声を投げてきた。

「志村さんに屋敷内の案内をお願いし、お勤めのみなさんにご挨拶をして、廻ってまいりました」

市兵衛は春馬と久馬に頭を垂れた。

「若さま方にすでにご挨拶は済んでおりますが、こちら、今日から当屋敷の勤めにあがられた唐木市兵衛さんです」

左近が、四人の侍に市兵衛を引き合わせた。左近ほどではないが、四人の侍もまだ三十前と思われる年ごろのようだった。

四人は市兵衛に会釈《えしゃく》を投げてから、渡りだろう、侍だったのか、町人ではないか、とひそひそと言い交わした。

算盤のできる町人が、渡りの用人勤めに武家屋敷に雇われ、苗字帯刀《みょうじたいとう》を認められることがあった。雇う武家のほうも、見映《みば》えを気にかけた。侍たちは、黒鞘の刀を手に提げ、町人らしくない髪形の市兵衛の様子を訝っていた。

「唐木、ちょうどよかった。稽古をしていったらどうだ。武士として、日々鍛錬をする心がけが大事なのだ」

春馬が言った。

「お屋敷のみなさまにご挨拶を済ませ、それから旦那さまのご用で日本橋にでかけねばなりません。稽古はいずれまた、別の機会に」

「侍なら、寸暇《すんか》を惜《お》しんで稽古に励む覚悟がなければだめだ。飾りだけでは刀が錆《さ》びてしまうぞ」

侍たちが、どっと哄笑《こうしょう》した。左近は薄笑いを浮かべていた。

「畏れ入ります。肝《きも》に銘《めい》じます」

道場から裏庭の木々の間を抜け、本家へ戻る途中、左近が言った。

「気にしなくていいですよ。今どき、侍でも剣術の稽古はあまり熱心ではありませんからね。大久保家は、大木さんが旦那さまの相談役に就かれてから、大木さんの考えをとられ、侍らしく武芸の気風を重んじるようになったんです。じつはわたしも、剣術の稽古は苦手です」

「旦那さまは、ずいぶんと大木さんを重用《ちょうよう》しておられるようですね」

「そうなんです。大木さんは顔の広い方で、御公儀の幕閣に入られた方々とも交遊がおありで、あの、ここだけの話ですよ。旦那さまは小普請奉行にお就きになる話が、内々に進んでいるらしいんです。大木さんが広い顔を活かして、今、働きかけていらっしゃるんです。旦那さまが小普請奉行に就かれたら、大出世ですから。大久保家の家系の中では初めてだそうです。本途《ほんと》に、他人に話さないでくださいね。正式に決まるまでは、誰にも言っちゃあいけませんよ」

　裏庭の細道に午前の木漏《こも》れ日が落ち、鳥のさえずりが聞こえていた。

「大木さんは、どういう方なのですか」

「さあ、どういう方なのか、わたしはよく知りません。大木さんが旦那さまの相談役に就かれたのは、わたしがご奉公を始めてほどなくでした。先代の旦那さまのときから用人勤めをなさっていた方が、ご高齢のために隠居をなさることが決まって、役目を退《しりぞ》かれるその前後です。大木さんがどういう方かは、旦那さまがよくご存じのはずですよ」

市兵衛は、少々不審を覚えた。

小普請奉行ほどの役目になると、慣例上、ある程度の身分でなければ容易には就けない。余ほどの縁故や、身分の高い家柄のあと押しなどがなければむずかしい。大木駒五郎がそのような縁故や、目算があるのだろうか。


日本橋本町二丁目の両替商《二宮》は、金銀を扱い、為替、手形振出、預金、大名貸などの貸付、金銀および銭相場を御公儀に報告する本両替である。

市兵衛は前垂れをした小僧に、人の出入りの多い前土間から、店の間奥の小座敷に通された。店の間の客と手代の遣りとりや、計量のための秤量《ひょうりょう》の分銅《ふんどう》を乗せたりする音が、小座敷にも聞こえた。

茶が出されてほどなく、竹吉がお仕着せではなく、井桁《いげた》模様の長着の着流しに博多《はかた》帯を締《し》めた拵えで現われた。

目敏《めざと》そうなひと重の目をした、まだ三十代と思われる番頭だった。

竹吉は市兵衛と対座し、膝の傍らに二通の書状を並べた。一通は、大久保東馬が市兵衛に持たせた書状で、一通は二宮の大久保家への返書と思われた。

市兵衛へあっさりした辞儀を寄こし、冷めた言葉つきで言った。

「大久保さまのご用件は承知いたしております。これが、二宮の返書でございます。どうぞ、お改めを」

折り封の書状の一通を、市兵衛の茶碗のかたわらへ、押し出すようにおいた。

市兵衛はそれを押しいただいて、前襟《まええり》の合わせ目から懐《ふところ》へ差し入れた。

「お改めに、ならないのですか」

竹吉が少し意外そうに、斜《はす》にした目つきで言った。

「はい。わたくしは本日初めて、大久保家の務めにあがりました。お家の内情を詳しく把握しておりません。二宮さんより書状をいただき、改めることなく持ちかえるようにと、主人より申しつけられております」

市兵衛は竹吉の冷めた眼差《まなざ》しを、やわらかく押しかえした。

「ああ、今日が初めてなのでございますか。それは少々驚きました。今日初めてお屋敷にあがられ、このようなお役目はだいぶ重荷でございますね。てまえどもは、本日は大木さまか大久保さまご自身がお見えになるものと、思っておりました。この書状の子細などを、ご説明申しあげるつもりでおりました」

「大久保家の借り入れの件と、聞いておるのみです」

「唐木さまは、これまでどちらのご家中にお仕えだったのでございますか」

「わたくしは、厳密に申せば、武家の主従奉公はいたしておりません……」

市兵衛は、武家に臨時に雇われる用人役の生業を、大まかに伝えた。竹吉はすぐに理解し、冷めた顔つきをほころばせた。

「なるほど。では、渡り用人、と里俗《りぞく》で申します生業でございますね。あの、失礼なことをお訊ねいたしますが、唐木さまはお武家さまでございますか」

「はい。武家に生まれ、浪々の日々を送っております。形ばかりとは申せ、恥ずかしながら、腰に帯びた差料をはずすのはむずかしいのです」

「さようでしょうね。わかります。渡り用人などと、軽いお役目のように見られる向きもおられます。ですが、渡りであれ、お武家さまの用人役を請け負う技量は侮《あなど》れません。武家の面目や武士の魂を押しつけてこられるお方々と違い、台所の収支勘定の結果で物事を決める、あるいは判断をする道理が通じますので、話ができるのでございます」

竹吉は笑みを消し、考える間を少しおいた。それから、「それでは、唐木さま……」と言った。

「大久保さまにお伝えください。主人・二宮徳之助《とくのすけ》と協議をいたしました。ご提出いただきました台所勘定の収支改善策では、借り入れのお申し入れをお引き受けいたしかねます。あえて申しますが、大久保さまも相談役の大木さまも、改善策を求めておりますわたしどもの意図が、よくおわかりになっておられないようでございます。詳細はこちらの返書に認《したた》めております。改めて今一度、収支改善策の提出をお願いいたします。わたしどもはいつでもかまいませんが、お急ぎならば、早いほうがよろしいのではございませんかね」

竹吉は冷やかな、だが、断固とした強い眼差しを向けてきた。

半刻《はんとき》（約一時間）後、市兵衛は裏猿楽町の大久保家に戻った。

庭に面した書院で、東馬と駒五郎に再び対座した。今朝より、庭に降る日が明るく広がっていた。何もなければ、のどかな、退屈な秋の午後である。

しかし、東馬は腕組みをし、不機嫌を露《あら》わにした。

「竹吉め、使用人の分際で偉そうに。知ったふうな口を利きおって、無礼者が」

隣の駒五郎は、眉をひそめて二宮の返書に目を通している。

市兵衛は身動きせず、膝に手をおいて、東馬の指示を待った。

やがて、目を通し終えた駒五郎は、眉をひそめた顔をあげて市兵衛に言った。

「で、唐木さんは竹吉にそのように言われ、いかに言いかえされたのですか」

「こちらより訊ねることやなすべきことはないと、申しつけられておりましたので、言いかえしてはおりません」

「訊ねることやなすべきことはないと、申しつけられていたからですか。ふん、だからと申して、子供の使いではないのですがね。まあ、よろしかろう」

「どうする、大木」

「埒もありませんな」

と、いきなり大木は返書を両掌《りょうて》で平然ともみ潰《つぶ》した。

東馬が驚いた。市兵衛は、大木の仕種を黙って見守った。

「こういうことも、あります。両替屋など、所詮《しょせん》、これしきの者たちです。こういうことは、駆け引きなのです。押すときは押す。退くときは退く。両替屋らもそれがわかって、少しでも儲けが多くなる落としどころにするため、駆け引きをやっておるのです。わたくしにお任せください」

「た、頼むぞ」

駒五郎は大きく頷いた。

「それより、旦那さま、唐木さんはもうよろしいのではありませんか。ここにおられても、役にたちそうにありませんし」

駒五郎に言われ、東馬はいることに気がついたように市兵衛を見た。

「唐木、今日はもうよい。退れ」

東馬は素っ気なく、退れ退れ、と手を泳がせて追い払った。

六

その日は、土もの店の市場が閉じられていない明るいうちに、夕餉《ゆうげ》の買い物などもすませて、永富町三丁目の安左衛門店に戻った。

小弥太と織江は、近所の子供らとはや慣れて、路地で遊んでいた。市兵衛が安左衛門店の路地木戸をくぐると、遊びの仲間からはずれ駆け寄ってきた。

お帰りなさい、おかえりぃ、と二人は声をはずませ、市兵衛の両腕にすがった。

小弥太と織江は、市兵衛が勤めから戻ってきたのが嬉しいだけではない。

両親を失い身寄りのない二人は、子供なりに自分たちの境遇を我慢し、市兵衛がちゃんと帰ってきて安堵し、ひそかに胸をなでおろしている。

殊《こと》に織江は、昼間、市兵衛のいない寂しさをおぎなおうとするかのように甘えた。小弥太の顔つきも、六歳の童子にしては日に日に大人びていくのが感じられていた。それだけ、子供たちの心の飢えや我慢が、市兵衛の胸に沁《し》みた。

三人で支度にかかり、夕暮れの行灯《あんどん》を灯《とも》すころ、夕餉をとった。

それから、小弥太と織江は今日一日を二人ですごした様子を語って聞かせた。市兵衛も裏猿楽町の屋敷の話をした。

お屋敷は大勢の人が働いていて、広い庭には立派な剣道場が建っていて……

二人は、市兵衛の珍しい話を食い入るように聞いていた。

寝る前に子供たちの身体を綺麗にしてやり、布団に入らせた。

「明日から毎日、勤めに出かけなければならないのだ。夕方には戻ってくる。小弥太と織江は、今日みたいに二人で寂しくとも留守番ができるな」

市兵衛が話しかけると、小弥太は「大丈夫だよ」とこたえ、織江は少し涙ぐんで頷くだけだった。

朝、市兵衛は子供たちが寝ている暗いうちに朝湯にいく。永富町三丁目の湯屋は、土もの店で働く勤め人や人足、界隈《かいわい》の職人、手代らで混雑している。

急いで店に戻り朝飯を炊き、味噌《みそ》汁を作る。朝飯と子供らの昼飯を拵え、子供らを起こして一緒に朝飯をとった。それから出かける身支度をし、

「では、いってくる」

と、猿楽町の大久保家へ子供らに見送られて出かけた。

勤めは、朝五ツ（午前八時頃）から夕方の七ツ（午後四時頃）までだった。昼は、大久保家の賄《まかな》いである。

二日目、市兵衛に仕事は何もなかった。主人の東馬と駒五郎は早朝より出かけていて、夕方の七ツに二人が屋敷に戻るまで、顔を合わさなかった。

東馬は市兵衛と顔を合わせ、「まだいたのか」と、驚いたように言った。

三日目に、再び本町二丁目の二宮に書状を届ける使いを申しつけられた。

二宮に番頭の竹吉はおらず、手代が応対して、「番頭さんに必ずお渡しいたします」と書状を受けとっただけで終った。

本町から裏猿楽町への戻り、三河町の宰領屋に寄った。

と言うのも、前日、市兵衛が勤めに出た昼間、宰領屋の主人・矢藤太が、土産《みやげ》の菓子を持って、小弥太と織江の様子を見に安左衛門店を訪ねてくれていた。

その礼を言うためもあった。

「市兵衛さん、よくきた。大久保家のお勤めは順調だろうね。まあ、あがって様子を聞かせてくれ。茶を飲んでいけよ」

と、矢藤太がいつもの楽々とした口ぶりで、市兵衛を迎えた。

市兵衛は、仕事の戻りだからゆっくりはしていられないのだ、と店の前土間で矢藤太と立ち話をし、前日の礼を言い、ついでに少々頼み事をした。

「ほう、そうなのかい。そういうことなら、探ってみよう。どういう筋の人物かぐらいは、簡単にわかるだろう。二、三日したらまた顔を出しなよ」

矢藤太は、気楽に引き受けた。

屋敷に戻り、東馬に書状を手代に預けてきた報告をした。

東馬は竹吉がいなかったことに、不機嫌を隠さなかった。渋面《じゅうめん》になって、頭痛がするのか、額や綺麗に剃《そ》った月代を指先で揉《も》んだ。

「ほかのご用は、ありませんか」

市兵衛が訊ねると、

「武家が天下を太平に治めているからこそ、商人は安心して商いができるのだ。商人どもは武家に対して、敬意がたりんな」

と、市兵衛の問いにはこたえず、十三歳の倅が言うような理屈を、さも不満げにぶつけた。仕方なく、訊ねた。

「大木さんは、どちらへ」

「なんだ、大木のことが気になるのか」

「いえ。今日はお見かけしておりませんので、ただお訊きしただけです」

「あれも忙しい男だからな。どこへいったのやら。あの男の忙しさは、唐木にはわからん。できる男のふる舞いとは、そういうものだ」

東馬は苦々《にがにが》しげに言って、頭をしきりに揉んだ。

四日目も五日目も、同じ調子ですぎた。

その間、春馬と久馬は、邸内で市兵衛を見かけると、「唐木、剣術の稽古をしているか」と、からかうようになった。

「まだお屋敷の勤めに慣れませんので、剣術の稽古は、勤めに慣れましたのち、わたくしのほうよりお願いいたします」

市兵衛はそのようにあしらった。

「なんだ、弱虫。刀が錆びるぞ」

と、春馬は市兵衛を嘲笑《あざわら》った。

その折りに、侍や中小姓がいるときは、春馬と一緒になって市兵衛へにやにや笑いを投げてきた。長屋住まいの侍たちの間では、あの男は毎日ぶらぶらして何をしておるのだ、渡りなどで食いつないでいる者はあんなものだ、などという声がささやかれていた。

あるとき、市兵衛が春馬と久馬にからかわれた場に、左近も居合わせたことがあった。左近は、そのあとで市兵衛にさり気なく声をかけてきた。

「気になさることはありませんよ。若さま方は子供ですから、そのうちに厭《あ》きてお忘れになります。わたしもいやなんです。ああいうふうに、子供が大人を弄《いじ》るのはね。ですが、所詮、わたしは奉公人ですから。ああいう場合、ご主人の若さま方に調子を合わせませんとね」

「わたしは四十男です。若さま方の無邪気《むじゃき》なからかいを、気にする歳ではありません。お気遣い、ありがとうございます」

市兵衛は左近に礼を言った。

だが、その折りにふと思うことがあって、いきかけた左近を、「志村さん、お訊きしてもかまいませんか」と呼び止めた。

左近はふりかえり、「はあ?」と、言葉を惜しむかのように首をかしげた。

「旦那さまは、大木さんに大久保家の台所の収支勘定を、すべて任せておられ、新参のわたしはご当家の台所事情は何もわかりません。ですが、これでもわたしは用人役でご当家にお雇いいただきました。今はまだ仕事らしい仕事をしておりませんが、ご当家にお雇いいただいたからには、不測の事態に備えて、台所勘定の収支をわかるだけでも把握しておこうと思っております」

　左近は、冷たい目を市兵衛に向けた。

「志村さんはお若いながら、ご当家に長く中小姓として仕えておられます。志村さんなら、当然、ご当家の台所事情をご承知でしょうね。よろしければ、志村さんがご承知の、ご当家の台所事情をお聞かせ願えませんか」

　市兵衛は、二宮の竹吉に言われて、大久保家の台所事情を覆《おお》っている、漠《ばく》とした薄暗がりのようなところが気になっていた。

「わたしは何も知りません。仮令《たとえ》、知っていても、わたしが軽々しくお話しするわけにはいきませんよ。不測の事態というのが何を指して仰っているのかわかりませんが、唐木さんが気になるなら、大木さんに直《じか》にお訊ねになれば、よいではありませんか」

「そうですね。大木さんはお忙しくて、わたしごときがお訊ねする機会がないものですから。不仕《ぶし》つけなことをお訊ねしました」

　市兵衛が詫《わ》びると、左近はつまらなそうな素ぶりを見せつつも、

「唐木さんが気になさるのも、無理はありません。みな黙ってはいますが、大久

保家の台所事情が苦しいことは、承知しています」

と言った。

「旦那さまのお奉行さま就職が、早く決まればいいんですけどね。いいですよ、それぐらいなら。今どき、お武家はどこも同じです。隠していても、みな、内心は気にしているのです。どうぞ、なんでも訊いてください。わたしの知っていることは、お教えしますよ。何をお訊きになりたいのですか」


六日目の朝、東馬と駒五郎に呼ばれ、二宮の竹吉から一昨昨日《さきおととい》に届けた書状の返事をもらってくるようにと、申しつけられた。

東馬はひどく顔色が悪かった。不機嫌そうな、落ちつかない素ぶりだった。駒五郎も、眉をひそめ、市兵衛を睨んだ目が凍りついていた。

「返書をいただくのですね」

「そうだ」

「旦那さまより、お伝えすることはございませんか」

東馬は、考えあぐねているふうに黙っていた。

「唐木さんに、何かできることがありますか」

駒五郎が訊きかえした。

「伝言があれば、お伝えすることはできます」

「そんなことは、子供でもできる。子供にできること以外に何もできないなら、申しつけられたとおりにやっておればよろしい」

駒五郎は、刺々《とげとげ》しく言った。

「承知いたしました」

市兵衛は二宮に出かけた。

二宮の前土間で竹吉に取次を頼み、前と同じ店の間奥の小座敷に通された。

小僧が茶托《ちゃたく》の茶碗《ちゃわん》を出し、しばらく待たされた。店の間の客と手代の遣りとりや、秤量の分銅が秤《はかり》に触れる音、前土間の客の出入り、本町の往来の賑わいなどが、小座敷に絶えず届いていた。

「お待たせいたしました。主人の徳之助と確認をいたしておりましたので」

竹吉が、待たせたことを詫びる素ぶりを見せ、小座敷に現れた。市兵衛と対座し、黙礼を寄こした。だが、先日のように返書を手にしていなかった。

「主・大久保東馬より、一昨昨日お届けした書状の返書をいただいてくるようにと、申しつかっております。返書を、お願いいたします」

「わたしどもの返書は、先日、唐木さまにおわたしいたしております。改めて書き添えることはございませんので、それをお読みいただきますように。よって今日、おわたしする書状はございません」

市兵衛は、竹吉の目つきを、先日よりいっそう冷やかに感じた。

「さようですか」

市兵衛は首肯し、膝わきの刀をとった。

「主よりお伝えすることは申しつかっておりません。わたくしはこれにて……」

すると、竹吉が市兵衛の立ちかけた仕種を目で追いながら、

「唐木さまは、大久保家の台所事情は、ご存じではないのですね」

と、引き止めるように言った。

「大久保家の台所の収支勘定は、主人の相談役であり用人役を務めます大木駒五郎が一手に差配しており、詳細を存じません。むろん、大久保家の台所勘定がいきづまり、二宮に借り入れを申し入れている事情は承知しております」

「では、台所勘定のいきづまっている大久保家が、新たに給金のかかる唐木さんを、何ゆえ雇われたのかはおわかりですか」

「大久保家の台所の収支勘定を改めて改善する役目、すなわち、臨時に大久保家

の用人を務めるつもりでおりました。ところが、台所の収支勘定は大木駒五郎が差配しており、わたくしはこちらを訪ね、竹吉さんより返書をいただいたり、書状を届けたりする務めを申しつけられただけです。ですが、大久保家の勤めにあがって、まだ六日目です。いずれ、新たな務めを申しつけられるのではないか、と推量しております」

「新たな務め、と申しますと？」

「わかりません。ただ、そうではないかと推量するのみにて……」

「わたしども二宮が、ただ今、大久保家に融通いたしております金額は、三百両を超えております。唐木さまは、それもご存じではありませんね」

「存じません」

「二宮は、享保《きょうほう》のころよりこの本町にて本両替の両替商として、商いを続けてまいりました。お大名さまにもお客さまがおられ、蔵前の札差のような高利貸しの真似事は、いっさい、いたしてはおりません。金利は寛政《かんせい》の御改革以来、年利一割五分にさせていただいております。大久保家とのおつき合いは、先代のころに始まり、ただ今の東馬さままで、三十年近くに相なります。貸付額はお大名さまほどではございませんが、一割五分の利息が滞《とどこお》ることはなく、五年前までは堅実なおつき合いが続いておりました」

「すると、翌年の四年前より利息が滞っているのですか」

竹吉は、市兵衛から冷やかな眼差しをそらさなかった。

「利息が滞っているだけでは、借り入れが三百両を超えるような事態にはなりません。新たな借り入れの折り、利息の天引きはいたしますが、その利息分に新たな借り入れ分が加わり、融通する額がどんどんふくらんでいき、四年でそれほどになってしまいました。わたしども両替商は、お客さまのお力になれるようにお要《い》り用のお金を融通し、両替商も儲けを得ております。しかしながら、両替商がお客さまに融通したことによって、かえってお客さまがご返済に追われ、四苦八苦し、台所事情をいっそう苦しくし、挙句に破綻《はたん》へと追いこまれるような事態になっては、利息どころか融通したお金も返済されず、元も子もございません。その商いは大失敗。大損をこうむることになります。損失の額によっては、両替商のお店も傾きかねません。ですから、わたしどもは、大口であれ小口であれ、どちらのお客さまにも、借り入れをなさる場合、借り入れの理由、またご返済が可能な範囲、そしてご返済の手だてをお示しいただき、これならばと判断できる場合のみ、お引き受けいたしております」

「このたびの大久保家の借り入れが、不明なのですか」

「不明なばかりではありません。お示しいただいたご返済の手だてがお引き受けできる内容ではございません。唐木さまはご存じないのでしょうが、大久保家の示されるご返済の手だては、知行所の石高の何割かを数年分にわたって引きあてる、というものでございます。しかも、利息は年利一割五分のほかに、新たに五分を上乗せする用意があると、申し入れられております。すなわち、寛政以前の年利二割でございます。なんと無謀な、と申さざるを得ません。当然、その場合、台所の収支勘定の改善策がともなわなければなりません。引きあてた石高分の収入を返済に廻すのでございますから、台所の収支勘定を倹約して引き締めねばなりませんのですから。ところが、大木さまはざっとした方でございますね。台所の収支勘定の倹約、改善策については重々承知し、できることからやっている。そのうちにご当主がご出世なされれば、たちまち解決すると、ずいぶん強気に仰っておられます」

「主人の出世の子細は、お訊きになりましたか」

「そのうちにわかる、両替商ごときにはかかり合いのないことだ、というご様子でございます。実際、お武家さまの事情でございますので、わたしどもにはわかりかねます。ではございますが、借り入れについての事情を、そのうちに、というのではご融通は無理でございます。お受けできません。で、わたくしが裏猿楽町のお屋敷にうかがい、大木さまが何かとお忙しいようですから、新たに給金を支払ってでも、きちんと勘定のできる用人を臨時にでも雇い入れ、台所の収支勘定の改善策を講じられてはいかがですか、と申しあげました」

竹吉は、かすかな嘲笑を市兵衛に寄こした。

「先だって、いきなり唐木さまが見えられたので、少し驚きました。どうやら大久保さまと大木さまは、二宮に使いのできる者を雇っておけばよいのだろう、用人役を雇っている、という体裁を整えておけば二宮は了承するだろう、と安易にお考えのようです」

「それでわたくしが雇われたのですね。事情が呑みこめました。二宮の意向は相わかりました。屋敷に戻り、早速、主人に伝えます」

「何とぞ、お手やわらかに」

竹吉は、わざとらしく慇懃《いんぎん》に頭を垂れた。

七

大久保家の座敷に、固い沈黙の重しがのしかかっていた。

庭側にたてた明障子は、閉じられていた。昼近くなって陽射しが広く射し、明るさの増した枯山水の庭は見えなかった。先ほどまで、庭でさえずっていた小鳥も声をひそめ、固い沈黙に閉ざされた座敷の様子をうかがっていた。

東馬は腹だたしげに、息を荒くしていた。忙《せわ》しなく鼻息をもらし、肩を小刻みに上下させていた。着座した膝に爪《つめ》をたてるようにして、着流しの前身頃をつかんでいた。力をこめて青白くなった指先が、東馬の苛《いら》だちを表していた。

隣の駒五郎は、組んだ腕の片方の指先で顎を擦《さす》っていた。市兵衛に漫然とした目を投げ、とき折り、薄笑いを浮かべた。それでも、ふと何かを思いついたふうに格天井《ごうてんじょう》を見あげ、しきりに頷いて見せたりした。

三人の沈黙は続いたが、昼の刻限に近いせいか、邸内にほのかなざわめきが感じられていた。

「大木、どうするのだ」

陰鬱《いんうつ》な沈黙を破って、東馬が不機嫌を露わに質した。

駒五郎は格天井より顔を戻し、半開きの目を宙へ漂わせた。それから、ふむ、と物憂い声を投げた。指先で顎を擦りながら、悠然とした素ぶりでかえした。

「よろしいではありませんか。二宮はきりましょう」

ええっ、と東馬は驚いた。

「き、きるとは、どういうことだ」

「二宮が融通を断ると申すのなら、けっこうではございませんか。融通をする相手から借りればよいのです。ご懸念にはおよびません。まとまった貸付をして、相応の利息を稼ぎたい方々は、いくらでもおります。本両替とは申しても、二宮ごとき両替屋、こちらから断ってやればよいのです。武家に寄生し武家より散々甘い汁を吸って肥え太った卑《いや》しき商人風情《ふぜい》が、突然、おのれらは一流の者にて、おのれらの商いは、世のため人のためになくてはならぬものであるかのようにふる舞い始めるとは、身のほど知らずもはなはだしい。それがしにお任せください。早速、新規借り入れの申し入れをいたします。そちらの金融の主人は、以前より存じており、人品骨柄の申し分ない方でございます。一両日にはかけ合いがまとまります。できる者は仕事が早い。巧遅《こうち》は拙速《せっそく》に如《し》かずです。唐木さん、文を認めますので届けてください。いつごろうかがえばよいか、返事をくれます。唐木さんにも少しは役にたっていただきませんとね」

「どちらへ、届けるのですか」

「あとでわかります。唐木さんは、文を届けて返事をもらってくるだけでよいのです。自分のできることをしていればよろしい」

駒五郎が高慢な口ぶりで言った。

「旦那さま、二宮は融通を断るとは申しておりません」

市兵衛は、駒五郎をかまわず、東馬に向いた。不意を衝《つ》かれたかのように、東馬は不機嫌そうな顔をあげた。

駒五郎は、ふむ？　と吐息をもらして市兵衛を睨んだ。

「借り入れの理由と、借り入れの額が返済可能な範囲かどうか、および、返済の手だてが理にかなっていると判断できれば、引き受けると申しております」

「なんだと」

東馬の血走った目に、かすかな戸惑いがよぎった。

「唐木さん、何も知らぬ者が黙っていなさい」

駒五郎が声を高くして叱りつけたが、市兵衛は黙っていなかった。

「先代より長いつき合いをしておりますニ宮をきるのは、良策とは思えません。貸す方は借りる相手を選びますが、借りる方も貸す相手を選ぶべきです。世の中には、どういう筋かも知れぬ資金をひそかに募《つの》り、法外に利息をとるあくどい金貸を営み、貸した相手がどうなろうと強引な返済を迫り、脅し、まるで人の生血を吸うかのように客を潰す金貸がおります。武家でさえ妻や娘に身売りさせ、夜逃げを余儀なくする者もおるのです」

「無礼だぞ、唐木。わたしの知り合いを愚弄《ぐろう》するか」

駒五郎の怒声が、部屋を震わせた。

「そういう金貸もおります。借りる方も、貸す相手が信用できるかどうかを知っておくべきだと、申しているのです」

「だからわたしが知っておる相手だ。馬鹿者が」

「金を借りるのは旦那さまです。大木さんではなく、金を借りるご当人の、大久保東馬さまが知っていなければなりません。旦那さまは、大木さんの仰られた借り入れ相手が、どういう金融業者なのか、ご存じなのですか」

東馬は唇を固く結び、市兵衛を睨みつけている。

そのとき、書院の次の間から間仕切の襖ごしに、声がかかった。

「旦那さま、お呼びでございますか」

中小姓の志村のようだった。書院より怒声が聞こえ、様子をうかがいにきたらしかった。

「よい。さ、退っておれ」

東馬の声が震えていた。足音が次の間から消えた。

「旦那さまに申しあげます」

「黙れ。おまえなどの口を出すことではない」

「旦那さまに申しあげるのです。旦那さま、よろしゅうございますか」

「おのれ、無礼者が」

駒五郎は、なおも怒鳴った。

「もも、申せ。唐木、何が言いたい」

東馬は、市兵衛の様子に狼狽《ろうばい》を見せた。

「旗本大久保東馬さまは、小普請支配役の家禄千二百五十石。知行所は足立郡六ヵ村にて、四公六民により年貢は四斗俵で千二百五十俵ながら、一俵内の五升分は年貢とりたてと輸送などをとり仕きる各村の名主村役人らの手間代となり、正規の実入りは三斗五升俵で千二百五十俵に相なります。そのうち、当家の飯米が、大久保家ご一家が、育ち盛りの若さま方を一個の男子と見なして、男三人女三人の六人。抱える奉公人は、相談役の大木さんを始め、中小姓二人、侍四人、中女中三人、下働きの男二人女三人、手廻りの中間五人、門番ひとりの二十一人。都合二十七人。御公儀の定める扶持米は、男一日五合に女四合です。そうすると、二十七人に飯米は、一日一斗二升六合。一年三百五十五日でおよそ百二十七俵余となりますが、閏《うるう》月なども数年に一度ありますし、大久保家ほどの大家ですから、祝儀や儀礼や行事、祭祀《さいし》などの来客が多く、うかがいましたところによりますと、そのおよそ五割増しに少々の予備を加え、例年、百九十五俵あたりが飯米と考えられます。残り千五十五俵を、当代の米相場で換算いたし三百十六両余。これが大久保家の、飯米以外の暮らしの総費用でございます。旦那さま、よろしゅうございますか」

東馬は、うんともすんともこたえなかった。だが、狼狽を抑えかねて、子供のように爪を噛《か》み始めた。

「屋敷内での要り用は、まずは家臣の給金が、大木さんが七両三人扶持、中小姓二人が七両二分、侍四人が十五両、中女中三人十両二分、さらに下男下女、中間、門番を合わせて、七十二両一分余が要ります。次に祝儀交際費、儀礼行事、寺社の祭祀費などの、ご身分にかかわる要り用がもっとも多く、八十五両から六両。塩醤油《しょうゆ》味噌油薪炭《しんたん》など五十八両近く。それから、大久保家ご一家の着物代が存外にかかり、二十三両近く。そのほかに小遣い十八両余を加え、合わせて四十一両二分余。さらに、例年どおりですと、医薬代、親類縁者との音信や輸送、家具家財、修繕費などを入れ、総額は三百両から五、六両を見ざるを得ません。のみならず、小普請支配の旦那さまは百俵ごとに小普請金が二両にて、家禄千二百五十俵は二十五両がかかります。すなわち、総費用の三百十六両余より多い三百三十両ほどが要り用でございます」

東馬は、爪を噛むのを忘れて、呆然と市兵衛を見つめた。

市兵衛は続けた。

「総費用に足りぬ分は、当然、二宮よりの借り入れに頼らざるを得ません。これらの費《つい》えのほかに、異例な贅沢《ぜいたく》や無謀な放蕩《ほうとう》などをご一家でなさったり、あるいは大きな病に罹《かか》り、従来より高額な医薬代が要り用になれば、すべて、借り入れで賄うことになります」

東馬が震えるように頷いた。

「しかしながら、米相場が当代より高いときもありましたし、大久保家のご一家は賢明にも大身《たいしん》の体裁を保ったうえで、贅沢をつつしみ倹約に励まれ、利息を払い、ときには返済を終え、新たに借り入れがあっても、台所の収支勘定が破綻しかねぬほどの借金は、なかったのではございませんか。二宮は、新たな借金と天引きの利息分を含め、何ゆえそれほどの借り入れが要るのか、名目を明らかにし、返済の手だてを図り、台所勘定の改善策を正しく講ずれば、融通を拒《こば》みはしません。ここ四年の間に、急速に借金がふくれあがった今のやり方を続けていれば、台所勘定の破綻は目に見えています。二宮は、それを危惧しております」

「は、破綻したら、どうなるのだ」

すると、駒五郎が即座に引きとった。

「どうもなりはしません。徳川さまがご安泰なかぎり、借金があろうがなかろうが、武家は武家、町人は町人なのです。変わりようがないではありませんか。唐木は知ったふうな顔をして、世の仕組がわかっておらぬのです」

「おそらく、大久保家は足立郡六ヵ村の名主の台所預かりとなります。六ヵ村の名主が二宮の借金を肩代りし、ご一家は知行所よりのあてがい扶持《ぶち》で暮らし、使用人の多くにも、暇を出すことになります」

「台所預かり……」

東馬は力なく繰りかえした。

「御公儀の旗本が、名主の差配の下で暮らすのです」

「唐木、おぬし胡乱《うろん》な男だな。旦那さまに隠れてお家の台所事情を、どぶ鼠《ねずみ》のように嗅ぎ廻りおって。おぬし、何者だ。何が狙いだ」

駒五郎が太い声を響かせた。

「わたしは、俗に渡り用人と呼ばれる生業の者です。渡り用人に身分などありませんし、顔利きでもありません。ですが、算盤勘定が確かにできないと渡り用人は務まらないのです。確かな算盤の腕一本で稼いでおるのです。お雇いいただいたお家の、台所の収支勘定を正すのが用人の役目です。それは代々仕える用人であれ、臨時に雇われた渡り用人であれ、変わりはしません。わたしは、大久保家に用人役で雇われました。お家の台所事情を調べるのは、当然のわが役目です。それを、どぶ鼠のように嗅ぎ廻っておると責められるのなら、初めに、斯《か》く斯《か》く云々《しかじか》の役目だと仰るべきではありませんか」

「だから、二宮に使いにいけと言っただろう」

「今さらこの場で誤魔化《ごまか》しは通用しませんよ。二宮の竹吉に、大木さんが忙しいようだから、勘定のできる用人を臨時にでも雇い入れ、台所の収支勘定の改善策しを講じるようにと、言われたのでしょう。竹吉は、何も知らされていないわたしをお飾りのように、薄笑いを浮かべて見ておりました。大木さんは、旦那さまと相談し、無理な借り入れをするために、わたしを表向きの用人役において、誤魔化そうとしたのではありませんか」

東馬は、顔色を青黒くして渋面を作り、目を伏せた。

「大木さん、ところであなたはどういう方なのですか。わたしを大久保家に仲介してくれた請け人宿の主人から聞いたところでは、大木さんは、権門師《けんもんし》だとか御《お》内談師《ないだんし》などと言われる方と、しばしば、両国《りょうごく》や日本橋の浮世《うきよ》小路の一流の料理屋などで、遊興に耽《ふけ》っておられるらしいですね。権門師、あるいは御内談師は、少しでも職俸《しょくほう》を得たいお武家のために、公儀高官のお屋敷を訪ね廻り、奔走《ほんそう》して廻って望みの役目に就けるよう口利きをし、大きな礼金を得られている方々です。しかしながら、権門師や御内談師が奔走し、口利きの影では、莫大《ばくだい》な額の袖の下が動くらしいではありませんか」

「おのれ……」

駒五郎は市兵衛を睨み、それ以上は言わなかった。

すると、東馬が青黒い渋面を持ちあげた。

「そうだ。わ、わたしは次の小普請奉行に就職することが、ほぼ内定しておる。小普請奉行に就職すれば、職禄は二千石だ。七百五十石の、かか、加給になる。加給になれば、二宮の借金など、すぐにかえせるのだ」

「旦那さま、心を鎮めてお考えください。確かに、小普請奉行は若年寄《わかどしより》配下の二千石です。しかしながら、遠国《おんごく》奉行や御先手頭《おさきてがしら》などの相応の役目をへて昇任するのが通例ですし、家禄は千七百石から二千六百石の身分の方が就かれるお役目のはずです。ほぼ内定というのは、間違いないのでございますか。ほぼ内定を得るために、旦那さまはこれまで、一体いくら袖の下を使われたのでございますか。この四年の間に、大久保家の借金は三百両を超えております。さらに借金を重ね、大久保家が台所預かりになっても、間違いなく小普請奉行に就職がかなうと、本気でお考えでございますか」

市兵衛が言った途端、東馬は頭を抱えた。獣のようなうめき声を放ち、畳に俯《うつぶ》せた。

八

午後、市兵衛は主人の東馬に呼ばれるのを、書院隣の溜りの間で待っていた。刀を肩に凭《もた》せかけ、胡坐をかいて壁に寄りかかって考えた。

言うべきことだったが、暇を出されるだろう。都合よくはいかぬ。

庭でさえずる小鳥の声が聞こえていた。邸内には、静かで穏やかな午後のときが流れている。

「ここにいたのか」

溜りの襖がいきなり引き開けられ、侍が市兵衛を見おろした。

「唐木、若さまがお呼びだ。道場にこい」

市兵衛は侍を見あげ、一瞬、考えた。

「道場へか」

「道場へだ。そう言ったろう」

侍は嘲笑を浮かべた。侍は剣術の稽古着に紺袴の拵えだった。

「剣術の稽古か」

「道場だから、そうではないか。若さまのお言いつけだ。剣術の稽古ぐらいで臆するな。どうせ暇だろう」

「承知した」

市兵衛は立ちあがり、小柄な侍を見おろした。

侍は市兵衛の表情に気おされたかのように、一、二歩、後退った。

道場の曰窓《いわくまど》から、まだ西の空に高い天道の木漏れ日が射し、板敷の白い陽だまりの中に薄墨色の枝葉の模様を描いていた。

裏庭の木々の間を、小鳥が軽やかに飛び廻っている。

駒五郎は、正面の神棚を祀《まつ》った壁を背に着座していた。

右手の壁を背に、長屋住まいの三人の侍が居並んでいた。

左手には、春馬と久馬が坐り、道場にあがった市兵衛に昂《たか》ぶった顔つきを寄こした。春馬と久馬の隣に、つまらなそうな顔をわずかにかしげた中小姓の左近が、中背の痩せて尖った肩をすぼめて並んでいた。

みなの傍らには、防具の籠手《こて》と面と竹刀がおいてある。このころの、防具を着け竹刀で存分に打ち合う剣術の稽古に、胴の防具はまだない。

市兵衛を呼びにきた侍は、三人の侍の隣へ着座した。三人の侍たちも、春馬と久馬兄弟も稽古着と紺袴で、冷やかに市兵衛を見つめている。

市兵衛は、道場の中央へ進んだ。正面の駒五郎と対座してから、やおら左側の春馬と久馬へ顔だけをひねった。

「春馬さま、久馬さま、お呼びでございますか」

「うん。唐木、稽古をつけてもらえ。直心影流の免許皆伝の大木が、稽古をつけてくれるのだぞ。ありがたく思え」

春馬が甲高い声を市兵衛へ投げた。

「畏れ入ります。ではございますが、ただ今わたくしは、剣術の稽古をする気分ではございません」

「また誤魔化しを言って逃げる気か。それでも武士か。弱虫。わたしの命令だ。稽古をしろ。稽古をせぬなら、刀を捨ててしまえ」

「命令だ、弱虫。稽古をしろ」

春馬が言い、久馬が続けた。正面の駒五郎と侍たちが失笑した。市兵衛は道場を見廻し、諦《あきら》めたかのように頷いた。

「大木さん、先ほどの仕かえしですか」

「戯《たわ》け。減らず口だけで世間をわたってきたか。稽古をつけてやる。武士がどういうものか、身体で学んでいけ」

駒五郎が不敵に唇を歪めた。

「わかりました。若さま方のご命令なら、いたし方ございません。稽古をつけていただきます。竹刀と防具をお貸しいただけますか」

「やはり、防具は要ると見える。志村、貸してやりなさい」

駒五郎が左近に命じた。

左近が、「はあ」と気乗りのしない生返事をかえした。竹刀と防具を市兵衛の前に面倒そうな素ぶりで持ってくると、

「乱暴な方ですからね。早めに参ったを言ったほうが身のためですよ」

と、早口でささやいた。

市兵衛は左近に微笑んだ。

「志村さん、羽織と刀を預かっていただけませんか」

「は、はい。お預かりします」

市兵衛は黒羽織を脱ぎ、腰の両刀をはずして左近に預けた。

「防具を着けませんと、危なくて存分に打ち合えません。打ちどころによっては、大けがをすることもありますのでね」

市兵衛は、駒五郎へにこやかに言った。面をつけ籠手をはめて、竹刀をつかんで立ちあがった。

「では、大木さん、よろしくお願いします」

すると、右手の侍のひとりが立ちあがって進み出た。

「まずはおれが相手だ。いくぞ、唐木」

と、喚《わめ》いた。袴の股だちを高くとり、生白い膝頭が見えている。

侍たちは四人とも、すでに防具を着け終えていた。

市兵衛は侍へ向き、ゆっくりと一礼を投げた。

「ぐずぐずするな。かまえろ」

なおも喚き、正眼《せいがん》にかまえた。

市兵衛はゆっくりとした流れのまま、竹刀を上段へとった。市兵衛の胴が大きく開いた。侍は、市兵衛の緩慢《かんまん》な動きを見逃《みのが》さなかった。ぬるい、と思ったのに違いなかった。

「おりゃあっ」

甲高い雄叫《おたけ》びを発し、市兵衛の胴へ容赦《ようしゃ》なく打ちこんでいったたん。

軽やかに竹刀が鳴った。

市兵衛は胴を開いたまま、侍の抜き胴の流れに沿って身体を反転させた。

市兵衛は上段にとって侍へ向きなおり、一方の侍は、抜き胴に手ごたえを感じたかのように素早い足どりを運んで竹刀を前方へ流し、市兵衛と立ち位置を入れ替えた。

「胴抜きだ」

声が飛び、ざわめきが起こった。

左近が、やれやれ、という顔つきを見せた。

ところが、胴を抜いた侍の素早い足どりが、不意によろめいた。

数歩進んだところで、急にくずれ落ちた。防具の面が道場の板床に激しくぶつかった。落とした竹刀が力なく転がった。

「あっ、泉田《いずみだ》……」

居並んだ侍たちが、くずれ落ちた泉田のそばへ走り寄った。

「泉田、どうした。気を確かに持て」

「気を失っているぞ」

ひとりが泉田の面をゆらした。

「無理に動かさないほうがいい」

市兵衛は竹刀をおろし、侍たちに言った。

「唐木、おぬし泉田に何をした。卑怯《ひきょう》だぞ」

ひとりが市兵衛へ見かえって、怒鳴った。

「わたしが面を打ち、泉田さんは遅れて胴を抜かれた。まあ、相打ちと言ってもいいだろう。卑怯な真似はしていない」

そう言えば、さっき聞こえたあの軽やかな音はなんだったのだ、と侍たちは気になった。唐木市兵衛が、一瞬動いたような気がしないでもない。

防具の面の上からでも、強烈な竹刀の打ちこみで昏倒《こんとう》することはある。

だが、市兵衛がどう動いたのか、はっきりとはわからない。

「おれが相手だ」

また、ひとりが立ちあがった。市兵衛が身がまえるより先に、いきなり竹刀をふりかざし、一撃を浴びせかかった。

「たあっ」

裂帛《れっぱく》の気合をこめ、声を発した。

即座に、裂帛の気合をこめた一撃の隙だらけの胴へ、市兵衛はひとあてした。

身体をそよがせるように、侍の傍らをすり抜けた。

侍は、「はうっ」と、気合ではなくうめき声をもらした。身体を折り畳んで、腹を抱えた。そして、息苦しそうに身悶《みもだ》えながら横転した。

「腹が、腹が……」

身体を虫のように丸め、つらそうに訴えた。

残りの二人へ目を転じ、市兵衛は言った。

「次は、どなたですか」

残りの二人は、面と籠手をつけたまま竹刀を傍らに寝かせ動かなかった。

「いや、もう……」

ひとりが面の中で、くぐもった声で呟いた。

市兵衛は、神棚の下の駒五郎へふりかえった。

「大木さん、どうしますか。まだ稽古を続けますか」

駒五郎は、ひと睨みの間をおき、憎々しげに言った。

「唐木、隠していたな」

「隠してなどいませんよ。剣術の稽古をするために、この屋敷に雇われたのではありませんから」

「狡《ずる》いやつめ。思い知らせてやる」

駒五郎は、竹刀ではなく木刀を手にして立ちあがった。

「大木さんは木刀ですか」

「それがどうした。木刀では不足か」

大木は正眼にかまえた。地黒の顔が、不気味に歪んでいた。

「どうぞ、防具を……」

「おまえごときに、防具などいらぬ。かかってこい」

「ならば、いきますぞ」

市兵衛も正眼にとり、駒五郎へ真正面から突き進んで間をつめた。

信夫平八と百間長屋の通りで戦ったとき、平八はためらいもなく真っすぐ市兵衛に肉薄してきた。ためらいも外連味《けれんみ》もなく、その一撃のことのみのために近づいてくる相手は恐ろしい。市兵衛はそれを覚えていた。

駒五郎は市兵衛の接近にたじろいだ。

市兵衛との間を保つため、たちまち引き退いた。

そのため、神棚の下の壁へ背中から勢いよくぶつかった。まるで手ごたえがなく、隙だらけだった。竹刀と木刀の先が触れた。

市兵衛は猶予《ゆうよ》を与え、打ちこまなかった。

駒五郎は大きく息をし、肩を上下させた。二人は睨み合った。駒五郎のこめかみに汗が伝った。

「それでよろしいのか」

市兵衛が言った。

と、不意に駒五郎はかまえをゆるめた。市兵衛の竹刀の先をそらすように軽く払い、冗談めかした薄笑いを浮かべた。

「やめだ。つまらぬ。ときの無駄だ」

木刀をわきへ垂らした。

しかし、市兵衛はかまえを解かなかった。

「唐木など、相手にしている暇はない。これから出かけねばならんのだ」

「やらぬのですか」

「終りだ」

駒五郎は吐き捨て、いきかけた。

市兵衛は一歩引いた。そして、竹刀をおろした。

その瞬間、奇声が走った。

駒五郎の木刀がはじけ飛ぶように躍り、袈裟懸《けさがけ》に市兵衛の肩へ襲いかかった。

だが、その一瞬、駒五郎は籠手をはじく市兵衛の竹刀の動きに気づいた。

しまった、と気づいたが、防ぐ間はなかった。

竹刀が、手首に咬《か》みつくように撓《しな》った。

手首は小刻みに震え、手先の感触が失《う》せた。

袈裟懸を見舞ったはずの木刀が、手から離れて宙を回転して飛んでいた。それから痛みが走り、駒五郎は悲鳴をあげた。

腕を抱え、たたらを踏んだ。道場の床に跳ねた木刀が、乾いた音をたてた。ほぼ同時に、市兵衛が竹刀を上段へとったのが見えた。

「面っ」

声が聞こえた。

竹刀が駒五郎の脳天にはずんだ。

たちまち、周りの景色が真っ白になった。

「大木さん」

二人の侍が、昏倒した駒五郎の両側から走り寄った。慌てて狼狽した二人の防具の面と面が、二度、三度とぶつかった。

「手加減はしています。静かに寝かせておけば、そのうちに気がつきます」

市兵衛が言うと、侍たちは身体を縮めて頷いた。

春馬と久馬を見かえった。兄弟はわけがわからず、きょとんとした表情を市兵衛へ向けていた。

「次は、若さま方ですね」

市兵衛が言った。二人の前へ進むと、きょとんとした表情は怯《おび》えに変わった。

「どちらが、お先ですか」

途端、久馬は烏《からす》のような泣き声をあげ、道場の外へ駆け出していった。

逃げそびれた春馬は、痩せた肩に首を埋めて俯いていた。

「春馬さま、稽古をつけていただけますか」

市兵衛が春馬をのぞきこんだ。

「ごめんなさい……」

春馬は怯えて言い、べそをかいた。

「唐木さん、もういいじゃありませんか。お疲れさまでした」

左近が市兵衛の黒羽織を折り畳んだ上に黒鞘《くろざや》の二刀を並べ、両手に抱えて市兵衛へ差し出した。

「ありがとう、志村さん」

市兵衛が微笑みかけると、左近は、つまらなそうな顔つきをしながらも、少し笑いかえしてきた。

第二章　仕かえし

一

秋が深まり、晩秋九月になっていた。

本所《ほんじょ》三ツ目通りと、横川《よこかわ》に架かる報恩寺橋《ほうおんじばし》から大川《おおかわ》端の石原《いしわら》町へ通じる往来が交差する辻《つじ》に、吉岡《よしおか》町一丁目の町家がある。吉岡町一丁目を縄張りにしている貸元の兼三郎《かねさぶろう》は、町の南側を通る小路を隔《へだ》てたさる旗本の屋敷内の、瓦葺《かわらぶき》屋根の土蔵を借り受け、その土蔵一階の板の間で賭場《とば》を開いていた。

賭場は毎日昼間から開かれていたが、旗本屋敷のため、町方がとり締《し》まることはできなかった。のみならず、賭場の客は界隈《かいわい》の破落戸《ごろつき》や博奕《ばくち》好きの町民、無頼《ぶらい》な博徒《ばくと》などのやくざばかりではなく、本所の悪と呼ばれた御家人《ごけにん》や三番勤めの小役人らが多く張子《はりこ》の定客《じようきやく》になっていたので、あまり大っぴらでさえなければと、とり締まりに手心が加えられていた。

賭場の寺銭は、貸元の兼三郎と旗本が折半である。

貸元の兼三郎は、初めに客に挨拶《あいさつ》をするだけですぐに座をはずし、中盆《なかぼん》が賭場を仕きった。

兼三郎は、神棚を壁に祀《まつ》った小部屋の長火鉢《ながひばち》を前にして、金箱《かねばこ》と駒札をわきにおいて、小部屋続きの板の間で開かれている丁半博奕を見張っている。

兼三郎が賭場を見守る小部屋の一角に、屋根裏部屋の床の切落口《きりおとしぐち》へのぼる段梯子《だんばしご》がかかっていた。段梯子をのぼり、切落口を薄暗い屋根裏部屋へ抜けると、埃《ほこり》をかぶった葛籠《つづら》や行李《こうり》、屛風《びようぶ》や簞笥《たんす》、長持《ながもち》、布団《ふとん》、行灯《あんどん》などの古道具が、打ち捨てられている。

中盆の声が飛んで壺《つぼ》ふりの賽子《さいころ》が鳴り、張子が駒札の音をたてる丁半博奕の賑《にぎ》わいが、その土蔵の薄暗い屋根裏部屋にも聞こえていた。

屋根裏部屋は、壁に小さな明かりとりがひとつ開いているだけである。

明かりとりの両開きの扉が開かれていて、曇《くも》り空の灰色の明るみが、積み重ねた古道具を薄ぼんやりと照らしていた。

明かりとりから見える小さな曇り空に、とき折り、鳥影が俊敏《しゅんびん》によぎった。積み重ねた古道具と古道具の隙間《すきま》に、茣蓙《ござ》を敷《し》き、紙が黄ばんでひび割れた枕屏風をたてて万年床を延べてあった。

その万年床に、染みの目だつ薄汚れた小袖《こそで》を着流した男が、裾《すそ》を膝頭《ひざがしら》までたくしあげ、痩《や》せたすねと素足をむき出し胡坐《あぐら》をかいている。

月代《さかやき》がのびて皺《しわ》の目だつ額《ひたい》に垂《た》れ、くぼんだ頬《ほお》からだらしなく唇《くちびる》を開けた口の周りと顎《あご》を、汚い無精髭《ぶしょうひげ》が覆《おお》っていた。男が侍らしいのは、万年床の箱まくらのそばに黒鞘《くろざや》の二刀が無造作《むぞうさ》に寝かせられているのでわかる。

むき出しの膝頭の傍らに焦《こ》げ跡の残った煙草盆《たばこぼん》があり、男は刻《きざ》みを煙管《キセル》につめて火をつけ、せいぜい二度吹かし、煙管を灰吹《はいふ》きに打ちあてて吸殻《すいがら》を落とした。すぐに刻みをつめなおし、また二度吹かして吸殻を落とした。そしてまた、忙《せわ》しなく刻みをつめ、火をつけると、落ち着かない素ぶりで煙管を吹かした。

男は、さっきからそれを繰りかえしていた。

さっきからとは、男よりやや年上で、こちらは身綺麗《みぎれい》な羽織袴《はおりはかま》の中年の侍が、切落口をくぐって屋根裏部屋にあがり、男と対座してからである。

羽織袴の侍は、しきりに煙管を吹かす男の仕種《しぐさ》を、同情とかすかな蔑《さげす》みをまぜ、凝《じ》っと見つめていた。

湧《わ》きあがる賭場のざわめきが、男が吹かした薄煙をゆらめかしていた。

「竜左衛門、そんなに煙草が美味《うま》いか」

羽織袴の侍が、憐《あわ》れむように言った。

竜左衛門は対座した相手の憐れみに気づき、煙管を灰吹きに鳴らして吸殻を落とした。それから、気だるそうに煙管を煙草盆へ投げ捨てた。煙管が煙草盆にはずんで、莫蓙に転がった。羅宇《ラウ》がやにで汚れている。

「喫《す》うなとは言っていない。落ち着けと言いたいだけだ」

侍は残った吸殻の火がかすかに煙をあげる煙管を拾い、煙草盆に戻した。

「二三助《ふみすけ》、なぜここへきた。用があるのか。それとも、おれを憐れみにきたか」

竜左衛門は、不自由な右腕を胡坐をかいた膝に乗せ、左手で擦《さす》った。

「血のつながりのある従弟《いとこ》ではないか。他人ではない。憐れんで当然だろう」

二三助と呼ばれた男は、明かりとりから射《さ》す明るみにぼんやりとさらされた竜左衛門を、つくづくと見つめた。

「老《ふ》けたな」

二三助が言うと、

「おまえこそ老けた。鏡を見てみろ」

と、竜左衛門は食ってかかるように言いかえした。

二三助は薄笑いを投げた。竜左衛門が擦る右腕を見おろし、

「痛むのか」

と、気の毒そうに訊《き》いた。

「医者に言われた。この痛みは、死ぬまで消えぬそうだ。主《あるじ》の言うことを聞かぬ右腕と、我慢してつき合っていくしかない。斬《き》り捨てるわけにいかないから、慣れるしかなかろう」

「あれから七年だな」

「三十代の半ばもすぎた。つまらん」

「江戸へはいつきた」

「三年半前だ」

「国元の宝蔵家では、以前はおまえの行方を気にかけていた」

竜左衛門はこたえず、右腕を擦っている。

「おまえが弘前《ひろさき》の中本《なかもと》家から姿を消したと知らせが届いて、驚き呆《あき》れた。同情する者もいたが、大方は、また宝蔵家に恥をかかせおってという声が多かった。宝

蔵家では、だんだんおまえの話をしなくなった。あいつのことはいい、聞きたくない、とそんな風潮になった。いっさいの音信がないので、もう死んだのではないか、という話も出たのだが、生きていたのだな」

「くそを喰らえだ」

「殿さまのお供で、この春、出府した。江戸でおまえの噂《うわさ》を聞くとは、思わなかった。おれは、よく生きていたと思っているぞ。仮令《たとえ》、賭場の用心棒に身を落とした竜左衛門であってもな」

切落口から、賭場の張子らの喚声《かんせい》とため息が湧きあがってくる。

「親父どのとお袋さまは、達者か」

「亡くなった」

竜左衛門がそらしていた目を二三助に向け、怒りで赤く潤《うる》ませた。

「嘘《うそ》だ。伯父《おじ》上も伯母《おば》上も達者だ。気になるなら、なぜ音信をせぬ」

竜左衛門は二三助からまた目をそらし、無精髭の中の唇をだらしなく開いた。

「万右衛門は、もう子が三人おる。辰二郎も二人いる。竜左衛門のことは、藩庁に病気療養中と届けてある。おまえが行方をくらましたらしいと、家中には知れわたっているが、おまえのことなどどうでもよいから、放っておかれているだけだ。その気になれば、国に帰れぬことはないぞ」

「今さら……」

「確かに、帰っても万右衛門に邪魔者扱いされるだけだろうな」

「万右衛門は冷たい兄だ。好きになれん。長男に生まれたから家督を継いだ。三男に生まれたおれは、部屋住みだ。それだけの違いだ。家督を継いだのがおのれの力であるかのように、おれを見くびりおって」

「七年もたって、まだそんなことを言うておるのか。未練だな」

「未練などない。まれに思い出して、無性に腹だたしくなるだけだ」

「おまえはどうなのだ。宝蔵家の本家の血筋であることを鼻にかけ、高慢で、偉そうで、自分を優れていると思いこみ、人を平気で見くだし、年上のおれにも怒声や罵声《ばせい》を、まるで家来のように浴びせてきたではないか。しかもそのあと、おまえはけろりかんとして、人と戯言《ざれごと》を交《か》わしていた。従弟ながら、なんといやなやつだと思った。万右衛門も、弟のおまえを嫌っていた。自分がどんなにいやなやつか、わかっておらぬな」

　竜左衛門はそらした目を、明かりとりに投げた。明かりとりから見える曇り空を、鳥影がよぎった。

「竜左衛門は頭がよく、剣術もできるので、みなちやほやした。宝蔵家の本家だしな。伯父上と伯母上は、おまえを甘やかし、厳格に育てなかった。おまえが元服《げんぷく》前の、十六のときだった。酒亭の客の職人がおまえの肩に触れて、職人が土下座《どげざ》までして謝っているのに、無礼者と喚《わめ》き、手打ちにした。職人はその疵《きず》が故《ゆえ》で命を落とした。民の営みによって、武家の暮らしは成りたっておる。武家の無礼打ちなど、遠い昔の話だ。伯父上が裏から手を廻《まわ》して、相当の詫代《わびだい》で示談になったが、武士であっても許されることではなかった。おまえは、ひとたび激昂《げっこう》すると、怒り狂って手のつけられぬところがあった。竜左衛門は危ない男、鼻持ちならぬ男と、陰口を叩《たた》かれていたことは、知っていたか」

「陰口を叩かれていたのは、おれひとりではあるまい。みな言い合っていた。二三助の陰口も聞いた。ひとりや二人ではないぞ。二三助はどぶ鼠《ねずみ》のようにいつもこそこそ人のあら探しをする、油断のならぬ男だとな。人の陰口を言うのは、みな同じだ。そうだろう」

二三助が眉をしかめ、竜左衛門は引きつったように笑った。

「二三助、いやなやつだと思ったおれの、みじめな姿を見て、溜飲《りゅういん》をさげたか。清々《せいせい》したか」

「そんなことはない。いやなやつでも、同じ血筋を引く従弟だ。従弟のみじめな姿を見て何が嬉《うれ》しい。さっき言っただろう。おれはおまえが生きていてよかったと、心底思っているのだ」

　竜左衛門は苦々しい顔つきになり、だらしなく開いた唇を舐《な》め廻《まわ》した。明かりとりから射す明るみに、垢染《あかじ》みた顔を呆然《ぼうぜん》とさらしていた。

「二三助。女房はいるのか」

「いる。小暮《こぐれ》家は宝蔵家のような大家ではない、七十石の作事方《さくじがた》だがな。子供も先年、ようやく生まれた。おれは、おまえのように有能ではなかったし、本家でもなかった。だが、小暮家への婿《むこ》入り先が見つかっただけでもありがたかった。家中では有力な宝蔵家のあと押しがあったからだ」

　竜左衛門は右腕の拳《こぶし》を持ちあげ、左の掌《てのひら》で覆った。

「弘前の中本家で、剣術の修行に励《はげ》んだ。利き手の右腕はまともには使えぬが、この左手で自在に太刀《たち》を揮《ふる》い、前のように、いや、前以上に強くなって、必ず信夫平八と由衣を成敗してやる、失った面目《めんもく》を施《ほどこ》して見せると、その一念で屈辱《くつじょく》に耐えて生き長らえた。だが、二年がはやすぎ、三年目の三十歳になっても、左手一本の剣術の腕が、さして上達するわけはなかった。親父どのは、おれが北最上城下で人目にさらされ暮らすのはつらかろうと気遣《きづか》い、おれを弘前の中本家へ寄寓《きぐう》させた。剣術の修行という名目で、中本家の厄介《やっかい》になった。中本家は津軽藩の剣術指南の家柄で、主人の中本帯刀《たてわき》は親父どのと旧知の間柄だ」

「知っておる。お前が弘前へ旅だつとき、宝蔵一門の親類縁者だけで、送別の宴を開いたではないか」

「ああ、そうだった。あの送別の宴の、わざとらしい励ましは、よく覚えているぞ。じつに不愉快だった。おまえみたいな宝蔵一門の恥さらしはとっとと国を去れと、口には出さぬがみな思っていたな」

「またそんなことを言う。だから嫌われるのだ。みなおまえにどう言葉をかけていいかわからず、戸惑っていただけだ」

「親父どのも、おれを気遣ったというより、むしろ、内心は邪魔に思っていたのだ。目障《めざわ》りだとな。だから弘前へいかされた。中本家は、おれなんぞを引き受けて、いい迷惑だったろう」

二三助は呆れて眉をひそめた。

「なぜ、弘前から姿をくらました」

「三十歳になって、一向に上達せぬ剣術修行を続けているうちに、おれはこのまま朽《く》ちてゆくおのれに気づいた。親父どのに見限られ、宝蔵家を追われ、生きるも死ぬも好き勝手にせよ、ただし、国におまえの居どころはないと思え、とお払い箱になったことに気づいた。中本帯刀は、おれが左腕一本の剣術修行をしても、ものにならぬことはとっくに気づいていた。そのうち諦《あきら》めて国に帰るだろうというぐらいに思っていたから、まともに相手にされなかった」

「どこまでも、ひねくれた男だ。竜左衛門が行方をくらましたあと、中本家から詫び状が届き、中本家の者が責任を持っておまえを探し出すと認《したた》めてあった。伯父上は、かえってこちらが迷惑をかけた、それにはおよばぬと、返事を出されたのだ。おまえは頭がどうかしている」

「そうだ。おれは、一旦、怒りや憎悪に駆られたら、自分が抑えられなくなる。怒りと憎悪の狂気に憑《つ》かれ、どうにもならぬ。それが冷めたあと、自分が何をしたのか、何を言ったのかも、はっきりとは覚えていない。そんな自分が恐かったのだ。だから、無理やり明るくふる舞った。そんなおれでなかったら、たぶん、あれはなかった。この右腕も……」

竜左衛門は、不自由な右腕を持ちあげ、操り人形の仕種のように動かして見せた。明かりとりから射す明るみが、右腕の動きを光と影で操るかのように。

二

七年前のあの日、新田川《にったがわ》の渡船場を目指していた信夫平八と由衣を、怒りに駆られた竜左衛門は、三間（約五・四メートル）の素槍《すやり》を携《たずさ》え、城下より馬で追った。

東の出羽《でわ》の連峰にまだ日はのぼらず、その往還《おうかん》は、夜明けを迎えつつある冷徹で青みがかった混濁《こんだく》に、とりこめられていた。そして、山間《やまあい》のはるか彼方《かなた》へくねる原野や田畑の折り重なる道に、信夫平八と由衣に違いない連理《れんり》の旅姿が認められたのだった。

その途端、竜左衛門の怒りはいっそう激しく募った。

高らかに馬蹄《ばてい》を響かせ、咆哮《ほうこう》した。

「うおおお……」

田野の道の彼方に、平八と由衣が立ち止まり、ふりかえった。

信夫平八と由衣以外いっさいが消え、竜左衛門は馬を激しく鞭打《むちう》った。

鬣《たてがみ》が震え、鼻息を鳴らし、怒りに燃えた疾駆は、信夫平八と由衣へ迫った。

由衣は妻ではない。しかし、宝蔵家と金木家の家同士で結んだ許嫁《いいなずけ》だった。家と家が結んだ縁に背《そむ》いた由衣が許せなかった。許嫁を奪った平八を、断固、討たねばならなかった。

「そこな二人、信夫平八、由衣。不義密通《ふぎみっつう》の大罪、不埒千万《ふらちせんばん》。成敗《せいばい》いたす。そこになおれ」

竜左衛門は馬上にあって絶叫し、携えていた素槍をふりかざした。

平八と由衣の明らかにうろたえ怯《おび》える姿が、憐れだった。みじめで、愚《おろ》かしかった。だが、手遅れだ。容赦《ようしゃ》せん。おのれらの愚かさの報いを受けるがよい。神罰を受けよ。

竜左衛門は怒りに狂い、われを忘れた。

平八は由衣を街道から退《の》かせた。そうして、道にひとり佇《たたず》み、馬上の竜左衛門から目を離さず、刀の柄袋《つかぶくろ》を解《ほど》き、夜明けの青みがかった混濁に包まれた野に、一刀を静かに抜き放った。

右上段へとり、片足を引いて八相《はっそう》にかまえた。

「慮外者《りょがいもの》。手向《てむ》かいいたすか」

竜左衛門は手綱《たづな》を銜《くわ》え、両の手で槍を数度しごいた。

平八をひと突きに葬《ほうむ》るため、いっそう猛々《たけだけ》しく馬を駆《か》った。

馬はけたたましくいなないた。

馬蹄《ばてい》が土をかき散らした。小石を水飛沫《みずしぶき》のようにはじき飛ばした。

高らかな馬蹄の響きとともに、瞬時の間に、身がまえ待ち受ける平八と馬上の竜左衛門は肉薄した。

見る見る、接近した。

その刹那《せつな》、山の端《は》よりのぼりかけたひと筋の天道《てんとう》が、平八のかざした白刃に小さな光をきらめかせた。あっ、と由衣の声が聞こえたような気がした。

次の瞬間、平八が街道の中央より竜左衛門の右手へ身を転ずるのが見えた。

竜左衛門はうめき声を発し、槍をうならせ、突きたてた。

と、突き槍の穂先《ほさき》が、片膝を落としつつ身をなびかせた平八の、こめかみのほつれ髪をなぶった。空虚《くうきょ》に躍《おど》った穂先に、朝の光がからまった。

しまった、と竜左衛門は思った。

馬は虚《むな》しく、平八の傍らを怒濤《どとう》のごとく駆け抜けてゆく。

一方、片膝を落としながら、平八の八相はくずれなかった。駆け抜けてゆく傍らより斬りあげた白刃が、馬上の竜左衛門の腕《かいな》をひと薙《な》ぎした。

悲鳴が山間の道に谺《こだま》し、天道が青く染め始めた空に血飛沫を噴《ふ》いた。落ちた素槍が、街道に空《むな》しくはずんでいく。

竜左衛門は斬られた右の腕をわきに抱え、身をよじらせた。疾駆《しっく》する馬からふり落とされぬよう、銜えていた手綱をかろうじてつかんで、懸命に引いた。

だが、傾いた竜左衛門の重みに、馬は均衡を保つことができなかった。苦しそうにいななき、首を激しくふり、鬣を乱しながら、落下を堪《こら》える竜左衛門の重みに引き摺《ず》られるように、道端の荒れ地へ横転しつつ突っこんだ。

荒れ地に土煙をまきあげ、竜左衛門は馬の下敷きになった。暴れながら即座に起きあがろうとする馬の蹄《ひづめ》が、疵ついた右腕のみならず、胸や腹や顔面をしたたかに踏みにじった。

竜左衛門の気は遠退いた。自分のあげた悲鳴が、自分の声のようには聞こえなかった。馬はすぐに逃げ去ったが、竜左衛門は動くことができなかった。

平八と青ざめた由衣の顔が、竜左衛門をのぞきこんだ。

いつの間にか、二人の後ろには、澄んだ朝の青空が広がっていた。

「おのれ、平八。成敗いたす」

竜左衛門は、かすれ声で喚《わめ》いた。

起きあがろうともがくと、右腕の疵から鮮血が噴いた。

「竜左衛門どの、許してくだされ。われらはこのまま、立ち退きますゆえ」

由衣が目に涙を浮かべているのが見えた。

「平八、由衣、必ず仕かえしを……」

竜左衛門は言いかけたが、それを最後に意識は途絶えた。


竜左衛門は、膝の上の右腕を擦っていた。

土蔵の賭場の賑わいが、かび臭い埃《ほこり》の舞う屋根裏部屋に、竜左衛門を引き戻した。竜左衛門は、右腕を擦りながら言った。

「あのとき、いっそ死ねばよかった。なまじいに生きのびたのが、この様《ざま》だ」

「竜左衛門ひとりの所為《せい》ではないが、そうなったからには、別の生き方を選ぶこともできたはずだ」

二三助が言いかえした。

「自分以外の自分にはなれぬ」

竜左衛門は虚しく呟《つぶや》いた。

「毎夜、盛り場で酒に酔い痴《し》れ、賭場に出入りし、胡乱《うろん》な者らと徒党を組み、面白半分で強請《ゆすり》や恐喝まがいのことをした。女郎屋の女と戯《たわむ》れ、夜明け前に屋敷へ帰るようなこともやった。剣術の稽古など、馬鹿ばかしくてやっていられなかった。宝蔵家の面目、体裁、侍の気位など、たちまち消え失せたわ。ある日、中本帯刀がおれに言った。これ以上わが屋敷に居ることは意味がない。国元に戻られよとだ。わかっていたことだ。驚きも、ためらいもしなかった。これ以上、中本家のご厄介《やっかい》にはなりません。本日ただ今より、武者修行に出立《しゅったつ》いたします、と言ってやった。おれは大声で笑い飛ばした。おかしくてならなかったのだ。おれはただ、侍という小芝居を演じていただけなのだ」

竜左衛門は二三助へ顔を向け、まばらな黄ばんだ歯を見せて笑った。

「中本家を出た。むろん、北最上に戻る気など、毛頭なかった。津軽から南部《なんぶ》へ出て、伊達《だて》、相馬《そうま》と、乞食 侍《こじきざむらい》同然の街道暮らしだった。会津《あいづ》へ抜け、野州《やしゅう》へ入った。八州《はっしゅう》を流れ流れて、賭場の用心棒は言うまでもなく、田舎《いなか》やくざの助っ人もやった。喧嘩《けんか》場なら、おれの左手一本で十分だ。何人斬ったかな。覚えていないくらい、斬りまくった。腸をひり出して、泣いていたやくざがいた。おれは憐れになって、そいつの首を落としてやったさ。三年半前、江戸にきた。なぜかな。あてなどなかったが、江戸へいってみるかと思った。江戸にきた理由は、それしか考えられん」

「江戸にきて、北最上の顔見知りと出会うかもしれないと、思わなかったのか」

「出会ってもかまわぬさ。今のおれと出会っても、誰も宝蔵家の竜左衛門とは気づかぬだろう。気づかれようが、気づかれまいが、どうでもいいが」

「気づいた者がいたから、おれの耳にも入った。うらぶれたなりをした宝蔵竜左衛門を、本所入江《いりえ》町の岡場所で見かけたという話が聞けた。横川端の町家の、盛り場や賭場や色茶屋などを、だいぶ訪ね歩いた。諦めかけていたが、吉岡町まできて、ようやくおまえの消息が知れたのだ」

「ふふん。さすが、どぶ鼠どのと陰口を叩かれるだけはある。よく嗅ぎつけた。二三助、会えて嬉しいぞ」

人を食った竜左衛門の物言いに、二三助は不快そうに顔を歪《ゆが》めた。

「呆れたか。尾羽《おは》うち枯《か》らしても、人の性根は変わらん。国へ帰ったら親父どのとお袋さまに、竜左衛門は乞食侍に落ちぶれ果てておりましたと、ありのままに伝えてくれ。相変わらず、いやなやつでしたとな」

竜左衛門は、顔を引きつらせて笑った。

「伝えよう。ほかに、おれにできることがあるか」

「信夫平八と由衣の消息を、知らぬか」

二三助は沈黙し、わずかにためらいが見えた。それに気づき、竜左衛門の顔つきが変わった。二三助を睨《にら》む目が、青白く燃え始めた。

「二三助、おまえ、信夫平八と由衣の消息を知っているのか」

「消息を知って、どうする」

「仕かえしをするのだ。おれに恥をかかせ、しかもこんな身体《からだ》にされた。仕かえしをし、思い知らせてやるのだ。決まっているだろう」

二三助は眉をひそめ、沈黙した。

「嘘だ。もう七年もたった。仕かえしなど、どうでもいい。ただ、どうしているのか、気になるだけだ」

竜左衛門は煙草盆の刻みを、煙管につめ始めた。

「金木脩を、覚えているか」

「あたり前だ。忘れるものか。中原一門の金木家の脩は、若僧のくせに、怜悧《れいり》ぶったすかしたやつだった。武士の信義を重んずるなどと、本気で口に出し、さわやかで明朗なふりを装《よそお》って、じつに不愉快な男だった」

「宝蔵家は、三男のおまえが、金木家の由衣との縁談を反古《ほご》にされたうえ、由衣の欠け落ち相手の平八に斬られ、大恥をかかされた。宝蔵一門は、金木家が由衣を成敗できぬなら、竜左衛門と同じ部屋住みの脩につめ腹を切らせろ、と因縁をつけた。七年前は二十歳にならぬ若衆《わかしゅ》だった。中原家の横やりが入って、つめ腹を切らせるどころか、金木家には了之助に家督を倅《せがれ》に譲って隠居を命ずる以外、お咎《とが》めがないも同然に落着させられたがな」

「宝蔵家と中原家は、今もいがみ合っているのか」

「国元の不穏な情勢は、おまえがいたころと変わっておらん。いつ何が起こっても、おかしくない。おまえと金木家の由衣が両家の決めたとおりに夫婦になっていたら、宝蔵家と中原家の情勢は変わっていたかもな」

「金木脩は、どうしているのだ」

「馬廻り方の助《すけ》に就《つ》いておる。いずれ、馬廻り衆にとりたてられて、二百石どりになると言われている。有能で殿さまの覚えがめでたい。中原一門の金木脩と、宝蔵一門の小暮二三助とは比べものにならん」

ちっ。

いまいましげに、竜左衛門は舌打ちをかえした。

「噂だが、国元の金木家では、ひそかに信夫平八と由衣の行方を探っていたそうだ。今は隠居になった金木了之助と妻の千歳は、娘の由衣を見つけ出し、国元へ戻したいと願っている。そんな噂が以前から流れていた」

「そんなことは許されん」

「許されぬさ。われら宝蔵一門は、許せるわけがない」

火皿に火をつけた煙管を、竜左衛門は咥《くわ》えた。

「どうやら、金木家が信夫平八と由衣の行方を捜していたのは本途《ほんと》らしく、平八と由衣は江戸の町家で暮らしていたとわかったのだ」

二三助が言うと、竜左衛門は唖然《あぜん》とし、煙管をつまんだ手が瘧《おこり》に罹《かか》ったように震え出した。二三助を睨みつけ、

「平八と由衣は、え、江戸にいたのか」

と、声を絞り出した。

竜左衛門は煙管を煙草盆に捨て、右手をかきむしるように擦った。

「今年の春の初め、金木家の依頼を受け、長年、平八と由衣の消息を探っていた者が、それらしき夫婦者が、江戸の赤城明神下のどこかの町家で、手習所を営《いとな》んでいるという噂を聞きつけた。この春の初めごろ、その者が夫婦をようやく捜し

あて訪ねたところ、夫婦はすでに赤城明神下の店を越していたが、夫婦は信夫平八と由衣に相違いなかった。平八と由衣は、小弥太と織江と言う六歳の倅と四歳の娘を儲《もう》けていた。家主は、保証人もたてられない平八と由衣を憐れんで、仮の保証人になって住まわせていた。だが、それ以上はかかわりを持ちたくなかったのだろう。平八一家が越していった先は神田という以外、詳しく聞いていないと言ったそうだ。その者が平八と由衣の越した先を捜し出す前に、藩命で急遽《きゆうきよ》、国元へ帰らなければならなくなった。それで国元に戻って、金木家にその経緯を伝えた。するとこの春、おれと同じ参勤交代のお供で金木脩が出府した。参勤交代の供侍の中に、たまたま金木脩も入っていたのだ」

「な、ならば、出府した金木脩が、平八と由衣を捜しているのか」

「そうだと思われる。出府してから脩は、勤番明けにはいつも、平八と由衣の神田の住まいを訊《たず》ね廻っていたらしい」

「おのれ。脩ごとき青二才にそうはさせん。信夫と由衣はおれが見つけ出し、成敗する」

竜左衛門は片膝立ちになり、箱まくらのわきに寝かせていた刀を、いきなりつかんだ。無精髭に覆われた青白く痩《こ》けた頬が、赤くなっていた。

「何をしている。狼狽《うろた》えるな。話は済んでいない。落ち着け、竜左衛門。仕かえしなど、どうでもよかったのではないのか」

二三助が、なだめるようにたしなめた。

「それに、平八と由衣はもうおらぬ。亡くなっている」

「なんだと」

刀をつかんだ竜左衛門は、一瞬、凍《こお》りついた。

「平八と由衣が、亡くなっただと……」

屋根裏部屋の埃の舞う宙に目を泳がせ、吐き捨てた。

「おまえの噂を聞き、本所を捜し廻っていたころだ。藩邸に平八と由衣が亡くなっているという噂が流れた。平八と由衣の欠け落ちなど、ああ、あれか、と言うばかりの遠い昔話で、みなの関心は薄れているがな。そのあと、人を介して金木脩に確かめた。脩は、平八と由衣が亡くなったと言っていたそうだ」

竜左衛門は、凍りついた身体が溶け、万年床に尻餅《しりもち》をついた。力の抜けた、物《もの》憂《う》げなため息をもらした。

「平八と由衣の倅と娘は、知り合いの浪人者に引きとられたらしい。金木脩は、由衣の産んだ倅と娘を捜し出し、国元へ連れて帰るつもりのようだ。由衣の父母が、孫を引きとり、育てることになっていると聞いた」

「平八と由衣に何があった。二人はなぜ亡くなった」

「子細《しさい》は知らん。今さら、平八と由衣がどうなろうと、知ったことではない。脩に訊ねもしていない。脩と藩邸内ですれ違っても、われら宝蔵一門は、中原一門の者とは口も聞かぬ間柄だからな」

「小弥太と織江と言うのか。子供らは……」

「そう聞いた。二親ともない子らだ。哀《あわ》れだな。けどな、竜左衛門はこれで重荷を降ろしたではないか。亡くなった者に仕かえしはできぬし、恨んでも虚しいだけだ。竜左衛門、少しは気が楽になっただろう」

竜左衛門は、思いつめたように押し黙っていた。

階下より聞こえる中盆の張りのある声が、賭場を仕きっている。二三助は、明かりとりの外の曇り空へ、漫然と目を投げた。そのとき、

「まだだ」

と、竜左衛門が目を宙へ泳がせたまま言った。

「何が」

二三助は竜左衛門へ顔を戻し、質《ただ》した。

「平八と由衣の子が残っている。犯した罪は、誰かが償《つぐな》わねば恨みは残る。でなければ、心は癒《いや》されぬ。親の犯した罪は、子が償わねばならん。親の因果が子に報いるのだ。仕方あるまい。小弥太と織江に償わせる」

「な、何を言う、竜左衛門。気が触れたか」

「二三助、仕かえしをするその一念が、ここまで落ちぶれ果てたおれを、支えているのだ。生き長らえたくて、生きてきたのではない。いつでも死んでやる。そう思って生きてきた。気など、とうに触れておるわ。気が触れたがどうした。平八と由衣への仕かえしが、倅と娘に変わるだけだ。おれの一念は変わりはせん」

屋根裏部屋の宙を彷徨《さまよ》う竜左衛門の目に、狂気が浮かんでいた。

拙《まず》い……。

二三助は、思わず戦慄《せんりつ》した。

三

同じ日の夕刻、裏猿楽町の大久保屋敷からの帰りがけ、「おまけだ」「安くしとくぜ」と最後の客を呼んで、どの店も仕舞《しま》いかけの土ものの店で夕飯の買い物を済ませ、永富町三丁目の安左衛門店に戻った。

駆け廻って遊ぶ子供の姿はすでに消え、井戸端におかみさんたちもおらず、夕《ゆう》餉《げ》の支度《したく》にかかっているらしい生温かい静けさが、路地を覆っていた。

薄墨を刷《は》いた夕刻の空を、烏《からす》が飛んでいた。引き戸を開け、

「戻ったよ」

と、声をかけた途端《とたん》、小弥太と織江の明るい笑い声がはじけた。

表土間に、小弥太と織江の履き物のほかに、見知らぬ草履が並べてあった。

寄付きと台所の間の間仕切の障子戸が開けられ、小弥太と織江が走り出てきた。

「市兵衛さん、お帰りなさい」

「お帰りぃ」

子供らの声がはずんでいた。

開け放した間仕切の障子戸の奥に、羽織袴の若い侍が土間の市兵衛に向いて端《たん》座《ざ》していた。侍は市兵衛と目を合わせ、若いさわやかな笑みを見せ、慇懃《いんぎん》に頭を垂《た》れた。

市兵衛は、土間に立ったまま辞儀《じぎ》をかえした。

「市兵衛さん、お客さまです。早く早く……」

小弥太が市兵衛を急《せ》かした。

「お客さまよ」

織江が寄付きにあがった市兵衛の手にすがった。

「わかった。まずはお客さまにご挨拶《あいさつ》をせねばな」

市兵衛は子供らとともに台所へいき、買い物の荷と刀をおいて侍と対座した。

両者は改めて辞儀を交わした。色白に痩身《そうしん》の、納戸《なんど》色の羽織が似合う、姿の清げな若侍だった。市兵衛を見守り、それから左右の子供らへ向けた目に、優しい微笑《ほほえ》みを湛《たた》えていた。

「唐木市兵衛です。ようこそ。お名前とご用をお聞かせ願います」

市兵衛が頭をあげ、先に言った。

「畏れ入ります。金木脩と申します。お留守にもかかわらず、子供たちのあどけなさに惹《ひ》かれ、勝手にあがらせていただきました。お許しください」

金木脩と名乗った若侍は、手を膝にそろえ頭を低くしたままこたえた。

「このような店です。何もかまいませんので、お気軽に」

「市兵衛さん、金木さまが菓子をくださいました」

傍らの小弥太が市兵衛を見あげて言った。

台所の茶箪笥《ちゃだんす》の上に、綺麗な菓子折がおいてある。

「小弥太と織江が喜ぶ物をと思い、こちらにうかがう途中、あれかこれかといろいろ迷った末に、やはり煎餅《せんべい》がよいかなと思い……」

「お気遣い、ありがとうございます」

市兵衛はこたえながら、小弥太と織江を脩が慣れ親しんだふうに呼ぶのを少々意外に感じた。

「ですが、小弥太と織江は煎餅の菓子折を喜んでくれたものの、市兵衛さんがいただいていいと言うまで、と手をつけませんでした。小弥太も織江も行儀がよいので、感心いたしました」

脩はそのとき、市兵衛の意外そうな様子に気づき、顔つきを改めた。

「あ、失礼しました。半刻《はんとき》（約一時間）ほど前、こちらをお訪ねして、小弥太と織江とはや打ちとけ……むろん、こちらをお訪ねする前から、小弥太と織江が唐木市兵衛さんに引きとられていることは、承知いたしておりました」

市兵衛はほのかに微笑み、頷いた。

「改めまして、わたくしは北最上藩石神伊家に馬廻り役助として仕《つか》えております金木脩でございます。わが父は元・地方《じかた》組頭の金木了之助、母は千歳。両親は今は隠居の身となり、金木家はわが兄の清太郎が継いでおります。われら兄弟には姉がおりました。姉の名は由衣。わが金木家長女の由衣は、七年前、ゆえあって石神伊家徒衆の信夫平八と領国を出奔《しゅっぽん》いたし、江戸に流れ、赤城明神下の町家に住まいを定め、手習所を開き、それを方便として暮らしていたと、聞きおよんでおります。その暮らしの中で、由衣と平八の間に小弥太が生まれ、織江が生まれました。小弥太には姉・由衣の面影が残っております。信夫平八は、仕事の使いなどでわが屋敷をしばしば訪ねてくることがあって、よく存じておりました。目鼻だちの整った姿よき男子でした。織江は、平八に似ております。小弥太と織江は、まぎれもなく、わが姉・由衣と平八の子にて……」

　脩はそこまで言いかけて、こみあげる思いにあとの言葉をつまらせ、わずかに潤《うる》んだ目を伏せた。

　脩がそれまでの若侍の親しげな様子から急に変わったので、小弥太と織江は不思議そうに脩を見守った。

「この子たちの行儀がよいのは、わたしが仕つけをしているからではありません。信夫平八さんとお内儀《ないぎ》の由衣さんが、行儀のよい子に育てたのです。わたしもこの子たちと暮らし、とてもよい子たちだと思っています」

市兵衛は言った。脩は伏せた瞼《まぶた》を細かく震わせた。

「小弥太、織江」

市兵衛は、左右の子供らに呼びかけた。小弥太と織江は、不思議そうな顔を市兵衛へ向けた。

「金木脩さんは、おまえたちのお母さんの弟だ。おまえたちのお母さんは、北最上と言う遠い北の国で生まれた。おまえたちのお母さんのお父さんとお母さんは、おまえたちのお祖父《じい》さまとお祖母《ばあ》さまだ。そのお祖父さまとお祖母さまが、北最上に住んでおられる」

小弥太は市兵衛を見あげて頷《うなず》いた。だが、織江は、「お母さんの……」と、不思議そうに呟き、

「お父さんは？」

と訊いた。

「お父さんも北最上の人だ。おまえたちのお父さんのことも、今にわかる。おまえたちのお母さんの弟のこの人は、おまえたちの叔父《おじ》さまなのだ」

子供たちは考えていた。

「北最上のお祖父さまとお祖母さまは、小弥太と織江に会うと、きっと大喜びなさるぞ」

脩は潤んだ目を輝かせて言った。

「金木さん、その前にまずはわたしが、何ゆえこの子たちと暮らしているのか、お話ししなければならないのでしょうね。これから子供たちの夕食の支度にかかります。支度が済むまで、少々お待ちください。この店に引っ越してまだ日がたちません。引っ越しの祝いにいただいた酒が残っています。話は酒をいただきながら、というのはいかがですか」

「わかりました。ありがたく馳走《ちそう》になります」

脩は唇をひと筋に結んだ。

江戸の町家では米を朝炊《た》いて、昼と夜は、お櫃《ひつ》に入れた冷や飯を食べる。夜、米を炊かないのは、燃料の節約もあるが、何よりも火事の用心にあまり火を使わないようにしているからである。

しかし、米は炊かなくとも、火を熾《おこ》さなければ煮つけも焼物もできない。

市兵衛は火を熾し、角切の豆腐《とうふ》を入れ、小菜《こな》を散らした味噌汁《みそしる》を拵《こしら》えた。魚屋で安く手に入れた鱚《きす》を三枚におろし、串を打って素焼きにし、大根おろしを添えた。そして、もう一品、薄ぎりにした蓮根《れんこん》をさっとゆでて、裏ごしした豆腐に西《さい》京味噌《きょうみそ》を加えて、蓮根の白和《しらあ》えを作った。

市兵衛が支度にかかり始めたときは、すでに暮れかかっていた空が、まだかすかな明るさが残っているうちに皿や鉢や椀《わん》の料理が並び、その手早さに脩は感心した。しかも、豪勢な食材の並ぶ料亭の料理ではないが、質素ながら見事にゆき届いた品々に、目を丸くした。

「お腹が空《す》いただろう。さあ、いただこう」

市兵衛は、子供たちに飯をよそい、湯気のたつ味噌汁の椀を並べ、さらに、

「金木さんとわたしはこれで、ゆっくりと……」

と、大きめの碗《わん》に文六がくれた角樽にまだたっぷりと残った酒をついだ。

「なるほど。そうでしたか」

脩は市兵衛の仕種に見惚《みと》れ、ふと、気がついたかのように言った。

「じつは、この子たちが唐木さんに引きとられた事情を聞き、唐木さんをご存じの方に、どういう方なのか、生前の平八や姉の由衣とどのようなかかり合いがあった人かを訊ねました。訊ねた人から、よくは知らないけれど、ただの通りすがりに顔見知りになっただけらしいよ、と言われて驚きました。ただ、二親を亡く

して身寄りのない子供は、家主の世話になるのが普通なのに、小弥太と織江は唐木さんから離れなかったようですね。それから、こうも聞きました。唐木さんを知っている者は、みな唐木さんをよきご近所さんだと思っている。でも、よきご近所さんと言うだけじゃあ、みなちょっと言い足りないと思っている。ただのご近所さんじゃない。ただのご浪人さんじゃない。ただのお侍さんでもない。どこかの武家に仕える侍の中にも、公儀の役目に就いている侍の中にも、唐木さんのような侍はいない。何かはわからないけれど、唐木さんは何かが違っているんだよね、とそう聞いていました。その謎めいた言葉が、今、少しわかったような気がします」

脩は、懸命にご飯を食べている小弥太と織江へ眼差《まなざ》しを移した。

「人と人が触れ合う、ということの不思議さを、改めて考えさせられます」

市兵衛は碗の酒を少しずつ口に運び、小弥太と織江を見守った。

お父さん、お父さん……

小弥太と織江が平八を呼んでいた声が、市兵衛の脳裡《のうり》に聞こえた。平八の姿が甦《よみがえ》り、市兵衛の感情は音をたてて乱れた。

市兵衛は、脩の若やいだ風貌へ眼差しをそそいだ。

「金木さんに、わたしとこの子たちと、この子たちの両親とのかかり合いを、お話ししなければならないのでしょうね」

脩はしっかりと頷き、碗の酒を含んだ。

「心温まる話ではありません。わずかな者しか知らない、さけて通りたいつらい事情が、わたしと信夫平八さんの間にはあります。お内儀の由衣さんは存じあげません。由衣さんは、わたしが平八さんや子供たちと知り合う前のこの夏の初め、病のため亡くなられていたからです」

「参勤交代の供を命ぜられ、この春に出府してから、平八と姉の行方を尋《たず》ねました。平八は神田で手習所を開いていると思い、出府したころは手習所ばかりを探しておりました。もっと早く見つけていたら、生前の姉と会えたはずです。姉の行方が知れなくなったのは、わたしが十八のときです。心根の優しい、自慢の姉でした。まだ若いのに、哀れでなりません」

市兵衛は、脩の言葉を嚙《か》み締《し》める間をおいた。

「信夫さんと由衣さんと子供たちが、赤城明神下より神田の銀町に越してこられたのは、今年になってからです。信夫さんは、病に臥《ふ》せった由衣さんを少しでもよい医者に診《み》せるため、赤城明神下より繁華な神田ならよい医者がきっといるだろうと考えたのです。藁《わら》にもすがる思いであったのに、違いありません。しかし、由衣さんの病には高額な薬礼《やくれい》がかかりました。その薬礼を稼《かせ》ぐために、信夫さんはある仕事を始めたのです。その仕事が、わたしがこの子たちと暮らす因縁になったと、言えるのかもしれません」

「平八の始めたその仕事に、つらい事情があるのですね。聞かせてください。それは、どんな仕事だったのですか」

「子供たちに聞かせる話ではありません。それはのちほど」

市兵衛は言った。

「その前に、石神伊家において、中原家と宝蔵家の対立あるいは反目が、長年にわたって続き、信夫さんと由衣さんの出奔には、両家の対立の事情が背後にあったと聞いております」

「よくご存じですね」

「じつは、わたしの縁者に公儀のある役目に就いている者がおります。その縁者をとおして、ご家中の中原家と宝蔵家が対立している事情と、宝蔵家の三男の竜左衛門と言う者と、中原一門である金木家の由衣さんが、一門同士のとり決めにより許嫁になったと知れたのです。そのため信夫さんと由衣さんは出奔を試み、それを追った竜左衛門は信夫さんに斬られる、という顚末《てんまつ》にいたったと」

市兵衛は脩に微笑みかけた。

「金木さん、ご懸念《けねん》にはおよびません。御公儀が、石神伊家の政《まつりごと》の内情を隠密に探ったのではありません。信夫さんの素性は、この子たちのゆく先に大きなかかわりがあると思われました。それゆえ、縁者に頼んで調べてもらったのです。すると、信夫さんと由衣さんは、中原家と宝蔵家が対立している事情に巻きこまれたようだと教えられました。すなわち、子供たちは両家の対立の因果を背負って生きていかなければならないのです。むごい因果を背負わされました」

市兵衛の言葉に、脩は青ざめた。苦しそうに眉をひそめた。小弥太と織江を凝《じ》っと見つめ、それから市兵衛へ向きなおった。

「殿さまは、中原家と宝蔵家の反目を、表向きはお家は与《あずか》り知らぬ家臣同士の喧嘩、当事者の間で始末をつけるべし、という立場をおとりになっておられます。家中での両家の反目が政の障《さわ》りになり、御公儀のお調べを受ける事態にはならぬようにという配慮からです。それもご存じですか」

市兵衛は冷然と頷いた。

「家臣同士の勝手な喧嘩です。どうぞ、そのようにお含みください」

脩は念を押した。

碗の酒をひと口含み、やおら、言い始めた。

「わたしが生まれるずっと前の、先々代のころのことです。領内に新田を開く企《くわだ》てが持ちあがりました。国を富ますためには、領内の米の収穫を増やさなければなりません。新田の開発は、どちらの領国においても行われてきました。これからも行われるでしょう。しかしながら新田開発は、豊かな収穫を産んだ新田もあれば、失敗に終った新田もあります。水田に向いているかいないかの土地の事情、水利や肥料の供給が上手《うま》くいくかどうか、気候はどうか、田を仕つける百姓は集まるのか。それらの事柄を考慮しなければ、闇雲《やみくも》に新田を開けばよいというものではありません。そのときの新田開発を申し出たのは、城下の豪商らの中の米問屋仲間で、その米問屋仲間の後ろ盾になっていたのが、当時、殿さまのお側衆の筆頭役にあった宝蔵家でした。宝蔵家の口添えによって、新田開発は殿さまのお許しがすぐに出て、進められました。当初は、殿さまもいたく乗り気になられ、新田開発の予定地を自らご視察なさるほどでした。ですが、中原家がその新田開発に反対でした。と申しますのも、わが中原一門は先祖代々この地に生きてきた古い豪族であり、冬は豪雪となる山国の北最上の土地経営に詳しく、徳川さまの天下となって、新しい殿さまが領国を治めるようになっても、家中の地方山方の奉行や頭役として、お仕えしてまいった家柄なのです。宝蔵家は石神伊家の政の重き役目を負っており、中原家は領内の土地経営を負い、両家ともに家中の有力な一門なのです」

市兵衛は、若いころ河内《かわち》の豪農の館で学んだ米作りを思い出した。宵《よい》の帳《とばり》がおり、一灯の行灯《あんどん》の火が箸《はし》を動かす子供たちの影を、勝手の土間に落としていた。

「中原家が反対した理由は、米問屋仲間の新田開発には、ある村々の入会地となっている雑木林が含まれておりました。ところが、その雑木林は近在の村々の入会地になってはいても、じつは、徳川さまの天下になったときに、中原家の采地《さいち》として認められていた土地でした。その証文も残されております。ただ、新田開発の企てより五十年有余前の、当時の中原一門の当主が、その土地を広く近在の村々の米作りに資するため、入会地としてお家に返納する趣旨の約束が交わされていたのです。中原家は、入会地としてこれからもその土地を使うのならば異存はないが、新田開発のためならば約束が違うので、土地をおかえしいただきたいと、殿さまに申し入れたのです。入会地がなくなると、近在の村々が困るからです。それが、中原一門と宝蔵一門の対立と反目の始まりでした」

「新田開発は、とりやめになったのですか」

「入会地を新田にするかしないかは、殿さまが両家の話し合いで決めよと投げ出され、決着がつかなかったのです。そのため、入会地が決まらぬまま進められました。ただ、規模は当初の企ての四割にも届かなかったのです。新田はできても十分な収穫を得られる見こみがたたず、米問屋仲間が途中で手を引き、開発は続きませんでした。宝蔵家に言わせれば、中原家の身勝手な横槍が入り、新田開発は頓挫《とんざ》したと、強い恨みを残しました。宝蔵家は、米問屋仲間の多額の賂《まいない》を受けていると以前から言われていて、中原家によって面目を潰され、米問屋仲間の賂を失った、という噂も当時は城下に流れたそうです」

「先々代のことなら、新田開発から数十年がすぎているのではありませんか。そのときの対立が今も続いているのですか」

「それは両家の対立の始まりであって、それだけ、というのではありません。それ以後も、お家の政の主導権争いのような様々な出来事ともからんで、対立と反目は続いてきたのです。それらの子細を申しあげるのは、お許しください。仰《おつしや》られたように、姉の由衣と宝蔵竜左衛門の許嫁のとり決めは、数十年続いた両家の対立を終らせる狙いでした。しかし、竜左衛門は名門宝蔵家の三男というだけで、評判のよい男ではありませんでした。姉と平八が出奔したあと、わが父の了之助は、中原一門の事情ばかりを忖度《そんたく》し、姉の気持ちを汲《く》まなかったことをひどく悔んでおりました」

「中原家の働きかけがあって、信夫さんと由衣さんが出奔し、竜左衛門が追った末の顚末には、金木家に厳しい咎《とが》めはなかったと聞きました」

「はい。なぜなら、竜左衛門は平八に斬られたものの、一命をとり留めたからなのです。平八は止《とど》めを刺しませんでした。もはや助からぬと思ったからか、それとも他の理由でか。しかし、それがかえって、宝蔵竜左衛門不甲斐《ふがい》なし、許嫁を身分低き徒侍に奪われたうえに、実状は知らぬのに、命乞いまでして宝蔵家に恥をかかせた、と嘲《あざけ》りや非難を受ける羽目になったのです。家中にそういう評判や声があったことも、金木家への咎めに影響したと思われます」

「宝蔵家には、恨みが残ったでしょうね」

　脩は気が晴れぬように頷いた。

「一命をとり留めた宝蔵竜左衛門は、そののち……」

　訊きかけたとき、小弥太が箸と碗を膳においた。

「ごちそうさまでした」

小弥太は言って、ふう、と満足げに息を吐いた。

織江は、鱚の焼魚と蓮根の白和えを少しずつ残していたが、

「ごちそうさまでした」

と、小弥太に続いたので、脩は二人に笑いかけた。

「お腹は一杯になったかい」

市兵衛が訊くと、小弥太は顔を火照らせ、頷いた。

「もうお腹いっぱいなの。市兵衛さん、残していい？」

織江が無邪気に言った。

お父さんが食べて、と織江が平八に言っていたのを思い出した。

「織江は残したのだな。いいよ。残りはわたしがいただくからな」

「市兵衛さん、お煎餅をいただいていい？」

小弥太が言った。市兵衛はまた「いいよ」とこたえた。

「わたしと金木さんは、もう少しお話があるから、二階へいってお食べ」

「織江、おいで。物干し台でお煎餅をたべよう」

「うん。食べよう」

「物干し台の手摺りに乗っては駄目だぞ。落ちたら大怪我《おおけが》をするからな」

脩の土産《みやげ》の煎餅の折り箱を抱え階段のほうへいく小弥太と、小弥太を追いかける織江に、市兵衛は声をかけた。

二人の足音が階段を急いであがり、二階の畳を踏む小さな物音が、天井に伝わった。二人が物干し台にあがって、楽しげな話し声を交わし始めた。夜の町のどこかで犬が吠《ほ》え、織江が「おおい」と呼びかけた。

「ああ、可愛《かわい》らしい」

脩が呟いた。

「金木さん、お屋敷の門限はかまいませんか」

「かまいません。脇門は真夜中まで出入りできます。閉じていても、門番を起こせば開けてくれます」

「では今少し……」

市兵衛は角樽をとって、脩の碗に酌をした。

「いただきます」

脩はつがれた酒をひと口含み、碗をかざしたまま言った。

「唐木さんのお話を聞かせてください。唐木さんと、あの子たちと姉と平八とはどのようなかかり合いだったのですか。姉の薬礼を稼ぐために、平八はどんな仕事を始めたのですか。その仕事が、唐木さんがあの子たちと暮らす因縁になったのは、どういう子細があったのですか」

「お話しします」

市兵衛は言った。それから、碗の酒をひと息に呑《の》み乾《ほ》し、角樽の酒を満たし、それも呑み乾した。市兵衛は、二階の子供たちの様子をうかがうかのように、薄暗い天井へ物憂げな目を投げた。

脩は、市兵衛の仕種を意外そうに見つめた。

「金木さんは、信夫さんが斬られて亡くなったことは、ご存じですか」

「いいえ。平八は姉と同じ病のためにと、聞いております」

「違うのです。信夫さんは斬られたのです。斬ったのは、わたしです」

「え？」

脩の声が途ぎれた。血の気を失ったかのように蒼白《そうはく》になり、呆然とした。

「すべてを、お話しします」

市兵衛は、冷然と語り始めた。

四

裏猿楽町の大久保家から、暇《ひま》を出された。

その朝、手入れがされず打ち捨てられた枯山水《かれさんすい》の庭に面した書院に呼ばれ、主人の大久保東馬より言い渡された。

「唐木、ご苦労だった。勤めは、もうよい」

東馬は、市兵衛との間の畳《たたみ》に目を落とし、言葉少なだった。眉間《みけん》に深い皺《しわ》を寄せ、市兵衛の目をさけていた。珍しく、羽織袴に拵《こしら》えていた。月代《さかやき》がうっすらとのび、無精髭《ぶしょうひげ》も生えていた。顔が青ざめ、やつれて見えた。

驚きはしなかった。むしろ、もっと前に言われるだろうと思っていたのに、今日まで延びたのがかえって不審だった。

相談役と用人を兼ねた大木駒五郎とは、殆《ほとん》ど顔を合わさなかった。邸内で見かけると、駒五郎は逃げるように姿を隠した。長屋の侍たちも、市兵衛をさけてすぐに背中を見せた。

中小姓の志村左近と話したことがあった。

「なんのお沙汰《さた》もない。どういうおつもりなのだろう。このまま勤めを続けていいのかどうか。自分から辞めると申し出るのも変だしな」

「いいんじゃないいんですか、お沙汰があるまでは今のままで。旦那さまと大木さんは、相変わらずひそひそとやっておられますし、そのうちに何かありますよ。むこうから」

　左近は冷めた口調で言った。

　市兵衛は、やれる限りはと考え、台所の収支勘定をつけ始めた。ただ、主人一家や駒五郎の費《つい》えの子細がわからぬため、勝手口より出入りする御用聞や下男下女らより訊《き》きとり、日々の暮らしの勘定だけでも帳面につけた。

「わかりました。お世話になりました」

　市兵衛は、東馬へ頭を垂れた。

「勘定帳を見せてもらえませんでしたので、御用聞や下男下女に訊きとりをし、今年度のこれまでに、勝手にかかった勘定を新たな帳面につけておきました。今後、勤める方がそれを参考になされば、少しはお役にたつかと思います。納戸に仕舞ってあります。それから、下働きの者たちに聞きましたところ、大木さんが用人役に就かれてから、お出入りの業者を何軒か変えられたと聞きました。以前お出入りの業者よりかなり割高のようです。お調べになり、改められてはいかがでしょうか。よりいっそうの節約が肝心ですので」

東馬はそむけた目を宙に泳がせ、生赤い唇をすぼめるように結んでいた。

「では、これにて」

と、市兵衛が再び首を垂れると、東馬は不機嫌そうに言った。

「唐木が有能であるのはわかる。だが、おのれの有能さをひけらかす輩《やから》は鼻持ちならぬ。不快だ」

「わが役目と思ったことのみを申したつもりですが、ご不快の念を抱かれたのであれば、お許しください。以後、改めます」

「その妙にへりくだった素ぶりが嫌みだ」

東馬は泳がせていた目を市兵衛へ向けた。

「そのほう、隠していたな」

「隠していた、とは剣術のことでしょうか。先だっての……」

「むろん、剣術のこともある。幼い子を怯えさせおって。よほど怖かったのだろう。なかなか泣きやまなかった」

市兵衛は黙っていた。

「侍どもが、まったく歯がたたなかったそうだな。腑抜《ふぬ》けどもが。そんな侍を奉公させているのが、情けないわ。五年前、大枚を払って立派な道場を建てたが、なんの役にもたっておらぬ」

　東馬は膝においた両手を、苛《いら》だたしげに震わせた。

「それより、そのほう御目付さまの片岡家の足軽奉公をしていたと言ったな」

「わが祖父が、片岡家の足軽奉公をいたしておりました」

「では、唐木の父親も足軽で、おぬしは父親の跡を継いで、足軽になるはずだったのか。違うだろう。おぬし、何者だ。御目付さまの片岡信正さまとどういうかかり合いがある。浪人の身にありながら、諏訪坂の片岡家に、今もしばしば出入りしているそうだな。申せ。もしかすると、片岡さまに隠密《おんみつ》に雇われ、旗本屋敷や御家人屋敷に渡り用人などと称して入りこみ、小さな粗相《そそう》など粗捜《あらさが》しをして、処罰や改易に持ちこもうとしておるのではないか」

「御目付さまが、なにゆえそのような」

「おのれの手柄にするために、決まっているだろう」

「もしも、わたくしがそのような狙いで片岡さまに隠密に雇われている者なら、旦那さまに糾弾されたと報告すれば、旦那さまは、御目付さまにいっそう目をつけられることになるのではありませんか」

「や、やはり、そうであったか」

「そのようなことは、断じてありません。わたくしは、三河町の宰領屋の矢藤太どのの仲介により、当家の臨時の用人役にお雇いいただいたのみにて、それ以外の者ではありません。いらざる邪推《じゃすい》です。何とぞ、ご懸念《けねん》なきよう」

東馬は目をそむけたままだった。

「わたくしはこれにてお暇《いとま》いたします。給金の清算など、あとのことは矢藤太どのにお頼みしますので、よろしくお願いいたします」

と言って座を立ち、羽織をひるがえした。

半刻後、市兵衛は三河町の宰領屋にいた。

宰領屋の店の間奥の、客間でもあり矢藤太の仕事部屋でもある四畳半で、松葉小紋の羽織を着けた矢藤太と対座していた。矢藤太は、市兵衛の話を聞いてひとしきり笑い、まだその笑いを引き摺《ず》っている。

市兵衛は宰領屋の小僧が出した湯気のたつ茶を一服し、矢藤太が落ち着くのを待っていた。

「まったく、傑作だね。そこまで間が抜けてちゃあ、台所事情も悪くなるのは無理ないね。徳川さまの旗本と言ったって、いろいろなのがいるのは仕方ないよ。だとしてもさ、どんな昼行灯《ひるあんどん》だろうが、天下の旗本と名がつきゃあ千二百五十石の家禄がいただけるんだから、ありがたい世の中だぜ。よし、わかった。大久保家の勝手な都合で暇を出したんだ。給金の清算には、ちゃんと色をつけさせてやる。あとのことは任せてくれ」

「大久保家の台所事情が苦しいのは、確かなのだ。借金で首が廻らなくなっている。無理強《むりじ》いはしなくていい」

「無理強いなんかしないよ。請《う》け人《にん》宿の筋をとおすだけさ。市兵衛さんだけのために言ってるんじゃないんだ。今後のこともある」

「そうか。なら、まあ……」

市兵衛は茶碗をおいた。

「ところで、次の仕事を探さなきゃならないだろう。算盤勘定が役にたつ仕事が見つかるまで待つかい。それとも、ほかの仕事でもかまわないかい」

「そうだな。子供がいることだし。働かねばならん。賭場の用心棒仕事でも、見つけてくれるかい」

「ぷっ、言うねえ。じゃあ、またつなぎに青物役所《あおものやくしょ》の書役の仕事をするかい」

「青物役所の？　病気療養中の書役は、まだ癒《い》えていないのか」

「そうなんだ。長引いているようだね。市兵衛さんが辞めたあと、ひとり、仲介したんだけどね。もうひとりの書役の、てるなんとかと反《そ》りが合わなくてさ。すぐに辞めちまったんだ。あのてるなんとかが、青二才のくせに先輩面《づら》して妙に小生意気らしいのさ。あの人とはやっていられませんってね。そういうやつなのかい、そのてるなんとかは」

「照助《てるすけ》だ。確かに少し生意気かもしれないが、算盤の腕は確かだし、わたしとは反りが合わないということはなかった。青物役所には、わたしの都合で辞めて迷惑をかけた。行事役さんたちも気を悪くしているだろう」

「そんなことはないさ。先だって、《灘屋《なだや》》の九四郎《きゅうしろう》さんが、唐木市兵衛さんのような方がいればいいんだけどね、とおれに言ったんだから、大丈夫さ」

「青物役所なら、仕事の手順がわかっているからいいのだが、朝、子供たちが起きる刻限には、役所にいなければならない。子供たちはきっと、寂しい思いをするだろうな」

「お父さんは子供が心配かい。なら、いっそのこと、仕事のほかにも子供らの母親の仲介もしようか。若くてすっきりしたのがいいか、色年増のむっちりしたのがいいか、市兵衛さん好みの子供らの母親を仲介するぜ。市兵衛さんだから、そっちの仲介料はただでいい」

と、矢藤太はひとりで面白がって、高笑いを響かせた。


昼飯に蕎麦《そば》でも食っていくかいと誘われた。

「早く帰れるときは帰る。子供らが気になる」

「おやおや。本途《ほんと》のお父さんになっちまったね。仕方がない。じゃあ、青物役所の勤めは考えていてくれ」

と、矢藤太は無理には止めなかった。

三河町から永富町の土《つち》もの店《だな》まで、さしたる道程ではない。

昼に近い土もの店は、まだ多くの買い物客や両天秤《てんびん》の行商が行き交い、店で働く者と仕入れの商人の相対のせり売りの声、大八車が引き廻され、籠や笊《ざる》や俵《たわら》につめた根菜が、運びこまれ、そして運び出されていった。

土もの店の賑やかな往来から、永富町三丁目の小路へ曲がった。

小弥太と織江と一緒に昼餉《ひるげ》を済ませたら、午後からは引っ越してからまだし残していたあれをしてこれをしてと考えつつ、小路を十数間ゆき、安左衛門店の路地へ折れる木戸口に差しかかった。

路地では四、五人の子供らが、どぶ板を鳴らして駆け廻っていた。

子供らの中に、小弥太と織江の姿はなかった。

小弥太と織江の昼餉は市兵衛が、朝出かける前に作っておくので、本石町《ほんこく》の時の鐘が九ツ（正午頃）を報せるにはまだ早いが、もう昼餉にかかっているのかもしれなかった。

これから冬になるな……

ふと、市兵衛は気になった。

幼い子供らだけで、火を使わせるわけにはいかない。勤めに出ている昼間は誰かに頼むか、あるいは勤め先に連れていくか、と考えた。青物役所なら、連れていけるだろうか。

路地の井戸端に、住人の姿はなかった。井戸のある明地《あきち》に祀《まつ》った稲荷《いなり》の鳥居《とりい》と祠《ほこら》を、昼に近い薄日が照らしている。

その明地をすぎ、東側の五軒長屋の三軒目の腰高障子《こしだかしょうじ》を引いた。

「戻ったよ」

市兵衛は、寄付きの奥の腰障子で間仕切した台所へ軽く声をかけた。

小弥太と織江の返事はなかった。

表土間の片側に二階へ階段がのぼっており、市兵衛は階段の下から見あげて二人を呼んだ。

「小弥太、織江……」

店は静かだった。

子供らが喚声をあげ、路地を走っていた。

市兵衛は表の腰高障子を閉め、寄付きにあがり、台所へいった。

台所の間と勝手の土間は、薄暗く静かで、今朝、出かけるときの様子と変わっていなかった。台所の片隅に重ねて布巾《ふきん》をかぶせておいた小弥太と織江の昼の膳《ぜん》も、朝のままだった。

「小弥太、織江、いないのか」

市兵衛は、再び呼んだ。

店は冷たく沈黙していた。台所の間続きの四畳半にも二人の姿はない。二階へあがった。二階にも、がらんとした四畳半がとり残されていた。出格子の物干し台に、朝、市兵衛が干した小弥太と織江の布団が見えている。

市兵衛はかすかな胸騒ぎを覚えた。

おおい、どこなのだ……

と、自分に問いかけるように呟いた。

二人の布団をとりこみ、階下へおりた。

表へ出て、薄日の射す路地を左見右見《とみこうみ》した。

路地のいき止まりの藍染川の川端へいき、川辺を見廻した。

川端に裏店の板塀や土壁、土蔵や板屋根の物置小屋などがつらなって、木々の枝葉が水面に映っている。藍染川の細流は、棟を寄せ合う町家の間を、よそよそしく流れているばかりである。

路地を戻ると、木戸の外へ出ていた子供らが喚声をあげて路地へ駆け戻ってきた。真っ先に駆けてきた男の子に声をかけた。

「小弥太と織江を、知らないかい」

男の子は市兵衛を見あげて立ち止まった。ほかの子らも足を止めて、市兵衛をとり囲んだ。声をかけた子が、息をはずませてこたえた。

「知らない」

「どこへいったか、知らないか。家にいないのだ」

「おじさんが帰ってくるちょっと前まで、小弥太も織江も一緒に遊んでたんだ。

でもどっかへいっちゃった」

別の男の子が市兵衛を見あげて言った。

「どっかって？」

「知らないおじさんと、どっかへいったんだよ」

「知らないおじさんとどこかへって、おまえはそれを見たのかい」

「見てないよ。だけどね、あっしらはここで遊んでたんだけど、小弥太と織江がいなくなったんで、あっしが外へ見にいったら、外の道で小弥太と織江が知らないおじさんと話をしてたんだ。それから、ちょっとの間があって、また見にいったら、小弥太と織江と、そのおじさんもいなくなってた。だから、そのおじさんとどっかへいったんだよ」

男の子が無邪気な様子でこたえた。

「小弥太と織江は、どこへいったんだい」

「知らないよ」

周りの子供たちが言い合った。

「どんなおじさんだった。ひとりか、それとも何人かいたのかい？　若いおじさんだったかい？　おじいさんだったかい？」

思わず、早口で質した。

男の子は市兵衛の口調に戸惑い、首をかしげた。

「ごめんよ。そのおじさんを見たんだろう。教えておくれ」

「ひとりだよ。編笠《あみがさ》をかぶってたから、顔は見えなかった。でも、刀を差してお侍みたいだった」

「羽織と袴を着けて、刀を差していたのかい」

「ううん。焦《こ》げ茶《ちゃ》色の着物で、羽織は着てなかった。袴も穿《は》いてなかった」

「外の道で話していたんだね」

市兵衛は路地から小路へ出た。

ほかの子供たちも、市兵衛をとり囲んで路地の木戸をくぐった。

「あそこだよ……」

男の子が指差した。

永富町一丁目と三丁目の境の小路が、西側の土もの店と東側の板新道を結んでいる。永富町三丁目の東隣が永富町四丁目である。

「おじさんは、小弥太と織江をのぞきこむみたいに話してた。小弥太が、うんうんって頷いてたんだ」

「小弥太は、知っているおじさんみたいだったかい？」

男の子は、「わかんない」と首をかしげた。

「そうか。ありがとう」

市兵衛は小路の先を見やり、子供たちに言った。

小路の先に板新道の人通りが、小さく見える。ふりかえると、土もの店の賑わいが続いている。だが、その小路には市兵衛と子供たちしかいなかった。小路には、板塀や生垣や小店の店先などがつらなっていた。

昼の薄日が、おぼろな陽だまりを小路に落としている。

市兵衛の周りの子供たちが、市兵衛を見あげささやき合った。

「小弥太と織江は、もう帰ってこないのかい」

「そんなことがあるもんか」

「だけど、知らないおじさんと知らないところへ、いっちゃったんだろう」

子供たちは、市兵衛の様子に異変を感じているようだった。

誰かが小弥太と織江に話しかけている。

誰だ。

市兵衛は、板新道のほうへ歩み始めた。何かあてがあったのではない。つい、歩み始めただけだった。

そのとき、本石町の空に捨て鐘に続いて、時の鐘の昼九ツが打ち鳴らされた。

小弥太、織江、誰と一緒にいるのだ。

市兵衛は、突然、走り出し、周りをとり囲んでいた子供たちが、わあっ、と喚声をあげた。

きんこん、きんこん……

江戸の町々へ呼びかけるように、時の鐘が真昼の空に響きわたっていた。

五

夜になっても、安左衛門店に人の出入りが続いた。

永富町の自身番の店番らが、永富町と記した自身番の提灯を提げ、ひとり、またひとり、と路地の木戸をくぐって市兵衛の店に黙々と入り、それから何人かが出ていきと、安左衛門店の路地に陰鬱な物々しさが絶えなかった。

市兵衛の店は、小弥太と織江の消息を気にかけた路地の住人や、土もの店の市兵衛の顔見知りが、入れ代り立ち代り顔を出した。

ついさっきまでは、界隈の名主の名代と家主の安左衛門と町内の役人らが見舞《みま》いに訪ねてきていて、日が落ちてから、市兵衛を力づけて帰っていった。外が明るいうちは、安左衛門店の住人の子供らが表戸の外に集まり、大人たちの様子をうかがっていたが、

「暗くなるから、おまえたちはもうお帰り」

と、自身番の店番に追い散らされた。

路地から子供たちの姿が消えると、夜の暗がりが、重たい固まりになっておりてきたのだった。

日暮れ前に矢藤太が、宰領屋で雇っている下女をともなって訪ねてきた。

矢藤太は、子供の身を案じて顔を見せる客らに、市兵衛に代って斯《か》く斯《か》く云々《しかじか》と応対し、勝手で立ち働く下女が茶をふる舞った。

市兵衛は台所奥の四畳半の文机《ふづくえ》につき、日が暮れて暗くなったのも気づかぬかのように明かりも灯《とも》さず、刻々と空しくすぎてゆくときに心を苛《さいな》まれていた。

昼間、市兵衛は混乱していた。

顔見知りの店を次々に訪ね、小弥太と織江を見かけなかったかと訊ね廻った。

ふと、自身番に知らせねばと気づき、永富町の自身番へ飛びこんだ。

「それは大変なことだ。すぐに町内へ触れを廻します」

自身番の当番や店番が、「子供の姿が見えなくなった、安左衛門店の小弥太と織江の兄妹で、歳《とし》は……」と町内に触れ廻った。

それから、三河町の宰領屋へいき、矢藤太に事情を話した。

「市兵衛さん、わかった。神田町内は任せろ。おれとうちの者が、手分けして小弥太と織江を捜す。市兵衛さんは、紺屋町の文六親分へ知らせにいくんだ。文六親分なら顔が広いし、こういう場合の人捜しを心得ているはずだ。文六親分の指《さし》図《ず》に従うんだ」

「文六親分か。そうだった」

と、宰領屋を飛び出した市兵衛の背中に、「あとで、安左衛門店へ知らせにいく」と、矢藤太の声がかかった。

紺屋町の文六の店に着いたとき、ちょうど文六とお糸が、下っ引の兄き分の捨松、弟分の富平、そして良一郎を引き連れ、往来へ出てきたところだった。

「文六親分、お糸姐《ねえ》さん……」

市兵衛は往来の先から手をかざし、文六たちをふりかえらせた。珍しく慌てた様子で駆けつけた市兵衛に、文六は穏やかな貫禄を見せて訊きかえした。

「市兵衛さん、どうかしましたか」

「親分、小弥太と織江の姿が見えなくなったのです」

と、子供たちの姿が、昼前に消えた経緯を伝えると、文六の顔つきが急に険しく曇った。

「なんてこった」

文六は低くうめいたが、あとの指示は落ち着いていた。

「市兵衛さん、委細、承知しました。すぐに、あっしらは小弥太と織江捜しにかかります。みなも、わかったな。当分、小弥太と織江捜し以外はあと廻しだ。お糸、富平と良一郎に指図して、盛り場を中心にできるだけ人手をかき集めて、小弥太と織江の行方を江戸中隈《くま》なく捜し廻らせろ。人手の手配りはおめえがやれ」

「承知。親分はどちらに？」

歯ぎれよく訊きかえしたお糸に、文六は言った。

「おれと捨松は、佐久間町の宍戸の旦那に知らせにいき、ほかの廻り方の旦那方にも手助けを頼んでもらう。その足で、念のため信夫平八が一家四人で住んでいた赤城明神下へいって、訊きこみをする。ちょいと気になる。あっちのほうで、信夫平八一家の誰かと、ほんのちょっとでもかかり合いがあった人物にあたってみるつもりだ。その中にもしかしたら、小弥太と織江に話しかけていた侍か、侍風体の誰かにつながる手がかりが、見つかるかもしれねえ」

「なるほど。そうですね。ならば、わたしは銀町の正蔵店でもう一度詳しく訊きこみをしてみます。信夫さん一家と少しでもかかわりのあった人物がいれば、そちらの筋からたどっていくことに……」

市兵衛が言うと、

「いや。市兵衛さんは店に戻って、動かないほうがいい。その侍か侍風体が小弥太と織江をさらったなら、市兵衛さんに何か言ってくるかもしれません」

と、文六は止めた。

「それに、もしかしたら侍風体の狙いは、小弥太と織江じゃなく市兵衛さんかもしれねえ。市兵衛さんに遺恨があって、仕かえしか嫌がらせで、小弥太と織江はその出しに使われたと。そうなったときに、市兵衛さんがいないと拙《まず》い」

啞然《あぜん》とした市兵衛に、五人の目がそそがれた。

「そうか、わたしか。わたしが狙いか」

「それも考慮しておいたほうがいい、ということです。と言って、万が一そうだったとしても、自分を責めちゃあいけませんよ。遅くなると思いますが、探索の成りゆきが中途であっても、それまでの進み具合は、必ず今夜中にお知らせにうかがいます」

「市兵衛さん、あっしらに任せてくだせえ」

良一郎が励ますように言った。

「わかりました。親分の仰るとおりにします。わたしは店に戻ります。親分、お糸姐さん、みなさん、何とぞよろしくお願いします」

市兵衛は深々と頭を垂れた。


夜の五ツ（午後八時頃）近くなって、安左衛門店の路地の慌ただしい出入りが途ぎれた。

矢藤太が部屋に閉じこもった市兵衛を気遣い、下女に拵えさせた握り飯と味噌汁の椀を運んできた。

「市兵衛さん、何も食わねえのはよくない。少しは食ったほうがいいよ」

矢藤太に勧められたが、食べる気が起こらなかった。

界隈の各町内に触れ廻り、自身番や町役人らが昼から尋ね捜したものの、はかばかしい進展はなかった。小弥太と織江らしき子供を見かけた、という知らせすらもたらされなかった。

路地のどぶ板に雪駄《せった》を鳴らして、南町奉行所臨時廻り方の宍戸梅吉と、文六とお糸らが顔を出したのは、五ツを四半刻《しはんとき》（約三〇分）ほどすぎたころだった。

しかし、文六やお糸からも、小弥太と織江の消息をつかむ手がかりは聞けなかった。文六は昼間の岡っ引の険しさではなく、しみじみとした素ぶりを市兵衛に見せてこう言った。

「残念ですが、市兵衛さん、赤城明神下はあてがはずれました。赤城明神下で訊いて廻って思ったんですが、信夫平八と病気で亡くなったお内儀《ないぎ》は、江戸にきてから人づき合いを、あまりしていなかったようですね。二人が江戸へ出てきた事情を考えると無理もねえのかもしれませんが、改めて、寂しい暮らしだったんだろうなと感じました。人知れずわけのある夫婦に、幼い子供が二人、ひっそりと肩を寄せ合って暮らしていたんだろうなと思われます」

文六の言葉が、市兵衛の胸に沁《し》みた。

「ただ、信夫は手習所を開いておりましたから、手習に通わせていた界隈の親たちの話も聞けましてね。親たちは口をそろえて、信夫がいい手習師匠だったと言っておりました。信夫の教え方が丁寧《ていねい》で優しく、子供らもお師匠さまと信夫を呼んで、慕っていたそうです。赤城明神下で手習所を開いたころは、信夫はまだ若いきりっとしたいい男で、一方のお内儀も物静かな色白美人で、あの二人はどういうわけのある夫婦なんだろうねと、界隈でちょっと噂になったそうです。お内儀が病に臥せって、いい医者が神田のほうにいるから、手習所を閉じて神田へ引っ越すと聞いたときは、気の毒だし名残惜しいと思った人が多かったようです。とにかく、信夫とその一家を悪く言う評判は聞けませんでした。ですから、赤城明神下のころのかかり合いでは、小弥太と織江をさらうような、物騒な事情はまったく見あたりませんでした」

そのとき市兵衛は、ふと、小石川の牛天神龍門寺門前の多見蔵という男の名が脳裡をよぎった。多見蔵はある裏稼業の元締めだった。平八は妻の由衣にも知られずに、由衣の薬礼の支払いを済ませ、子供らをちゃんと食べさせるため、多見蔵の裏稼業の仕事を請け負っていた。

七月のあの日の昼下がり、つくつくぼうしの鳴き声が絶えず聞こえていた小石川の百間長屋の通りで、市兵衛は平八を斬った。

市兵衛は多見蔵を知らなかった。

多見蔵とはどういう男なのだ。多見蔵と平八は元締めと請け人だったが、二人のかかり合いはそれだけなのか。もしかしたら多見蔵は侍で、小弥太と織江に話しかけていた侍風体とは多見蔵ではないのか、と思ったのだった。

「文六親分、龍門寺門前の多見蔵と信夫さんのかかり合いに、小弥太と織江がいなくなった謂《いわ》れがあるとは、考えられませんか」

市兵衛が訊くと、文六の顔つきは途端に険しくなった。

「市兵衛さん、それはあっしの頭にも、ちらっとかすめました。多見蔵と信夫のかかり合いができたのは、赤城明神下にいたときですからね」

「小弥太と織江は、多見蔵の顔を知っているはずです」

「けど、多見蔵と信夫のかかり合いに子供たちの姿が消えた謂れがあるとは、あっしには思えねえ。だとしたら、なんのために子供をさらったのか意味がわからねえんです。小弥太と織江は、多見蔵を知っていた。だから、話しかけられても恐がらなかったし、温和《おとな》しくついていった。誰にも気づかれずに。確かに、あり得ることとです。だとして、信夫の忘れ形見の小弥太と織江をさらって、多見蔵は何をするつもりなんです。まさか、仕事仲間だった信夫の子供たちを、ひどい目に遭わせるつもりじゃねえでしょう。そうなら、もっと意味がわからねえ。て言うか、それじゃあ、ただの頭がおかしい野郎だ。そんな野郎が、元締めなんかできるわけがねえ。じゃあ、旅芸人の親方みたいに、裏稼業の芸を幼いうちから仕こむつもりですか。それとも、小弥太と織江をさらって、一番悲しむ誰かを悲しませるつもりですか。一番悲しむのは両親でしょう。両親はもういねえんだ。それとも……」

文六の言葉がそこで途ぎれた。市兵衛は沈黙し、待った。やがて、文六は物思わしげに続けた。

「どうであれ、多見蔵は考えにくい。あの男は町方の手を逃れ、とっくに江戸から姿をくらました。そう考えるのが普通です。多見蔵がどういう男か、あっしはよく知りませんが、そう考えるのがね」

そのとき、地黒にあばた面《づら》の宍戸が、わざとらしい咳払いをした。それから、下女が出した茶碗を、殊《こと》さら音をたててすすった。

多見蔵の捕縛を縮尻《しくじ》る失態を犯した宍戸は、市兵衛と文六が多見蔵へ話を向けたことが、気に入らないふうだった。宍戸は多見蔵の名前が出るたびに、自分の失態を思い出し、面白くなかった。

「ところで、唐木さん」

と、宍戸は文六に代って話を変えた。

「あんたのほうには、そののち、なんぞ、手がかりになりそうな知らせはなかったかい。例えば、子供をかえしてほしかったら、ああしろとかこうしろとか、さらった野郎から強請《ゆす》りが届かなかったかい」

「まったくありません。子供をさらった者の狙いが、分からないのです」

「むずかしく考えることはねえよ。子供の人さらいは、大抵、さらった子を売って金儲けしようってえ魂胆《こんたん》だ。そうだとすりゃあ、人さらいは何も言ってこねえだろう。さらった子の親から金をせしめようと欲なんぞかいたら、かえって足がつく。大抵の人さらいは、そんなやばい真似《まね》はしねえ。南町の廻り方の手を借りる話はつけた。明日は北町の廻り方にも頼むつもりさ。廻り方から江戸中の顔利きやら親分衆の手も借りて、明日中か、せいぜい明後日には子供を見つける目星は、つくと思うぜ」

宍戸は自信たっぷりの表情を見せた。

「お糸のほうでも、人手をかき集めて訊き廻らせておりますんで、もうちょっとの辛抱ですよ」

文六が言い添えた。

「はい。明日はもっと人手を集め、街道筋まで探索先を広げるつもりです」

「市兵衛さん、あっしは今日、お糸姐さんのお許しをもらって渋井《しぶい》さんに会ってきたんです。事情を話して、市兵衛さんが苦しんでいます、手を貸してくださいって頼んだら、渋井さん、細い目を丸くして吃驚《びっくり》していました。心配すんな、子供は必ず無事に見つけてやると市兵衛さんに言っとけって、あの人、口は軽いんですけど、真剣に言ってました」

お糸の後ろに控えている良一郎が言った。

「なんだ。おめえ、もう渋井に会ってきたのかい。子供は必ず無事に見つけてやるだと。渋井はいい加減なやつだからな」

宍戸が、少々嫌みな口ぶりで言った。

捨松と富平が、ぷっ、と噴き出し、良一郎は決まり悪そうに肩をすぼめた。

良一郎の実の父親は、北町奉行所定町廻《じょうまちまわ》り方《かた》同心の渋井鬼三次《きさじ》である。

良一郎が八歳のとき、渋井の女房のお藤《ふじ》が渋井に愛想《あいそ》をつかし、倅は絶対町方にはさせないと擦《す》った揉《も》んだの挙句、良一郎を連れて実家の日本橋の老舗《しにせ》扇子《せんす》問屋に帰り、そののち、同じ老舗の扇子問屋の主人・文八郎《ぶんぱちろう》の元に良一郎を連れて再縁した。良一郎はその老舗扇子問屋の跡継ぎである。

だが、良一郎は老舗問屋の商人になる修業には身を入れず、これにもちょっとしたわけがあるけれども、今は紺屋町界隈の顔利きでもある岡っ引の文六の下っ引を務めている十七歳の若い衆である。じつの父親の渋井を、親父とかお父っつあんとは呼ばず、あの人、とか、渋井さん、と突き放して呼ぶところに、良一郎のちょっとこみ入ったわだかまりが腹にある。

それからほどなくして、宍戸と文六らは引きあげた。

「じゃあ、また明日様子を見にくるよ」

と、それを機に矢藤太も手伝いの下女をともなって帰っていった。

市兵衛は、小弥太と織江のいない、行灯の薄明かりをひとつ灯しただけの店にぽつりと残された。

ひとりになると、店の薄暗さが改めて感じられた。

もう虫の声も聞こえない秋の終りが近づいている。腕組みをし、薄暗い宙に目を泳がせた。人の気配のしない静けさが、市兵衛の身に沁みこんできた。

子供がさらわれる、突然神隠しに遭う、という話は聞かなくはなかった。

小弥太は六歳だが、賢《かしこ》い子供である。いつも、四歳の織江のことを気にかけている。自分の歓心に誘われて、見知らぬ大人についていくような子ではない。

繁華な往来からはずれた小路とは言え、昼日中に無理やり小弥太と織江をさらったのなら、誰かが気づくか不審に思うはずである。

もし、狙いが小弥太と織江ではなかったとしたら。自分だったとしたら。

重苦しい懸念が脳裡から離れなかった。

だとしたら、わたしが誰に、いつ、何をした。わたしの何を狙うのだ。わたしの命なのか。それとも、ほかに何かあるのか。

市兵衛には、編笠をかぶり、焦げ茶の着流しに刀を差した侍らしき人物に、まったく心あたりはなかった。侍なら、浪人のように思われた。

小弥太と織江は、誰と話をしていたのだ。その誰かは、どういうかかり合いなのか。男の黒い影が、小弥太と織江を覆った。小弥太は黒い影に気づき、「あっ」と言ったのだろうか。織江は黒い影を見あげて、笑ったのだろうか。

その男の歳も風貌も素性も、そして性根も、市兵衛は知らない。

おまえは誰だ。どういう男なのだ。早くこい。早く……

市兵衛は闇を凝っと見つめ、眠れぬ夜をすごした。

第三章　修羅《しゅら》の町

一

八丁堀に架かる地蔵橋《じぞうばし》跡の往来《おうらい》の、紺屋町三丁目の文六だから《地蔵文六》と呼ばれることもあった。

六十三歳になった。白髪を小銀杏《こいちょう》に結い、堂々とした恰幅《かっぷく》に鈍茶《にびちゃ》の羽織《はおり》が文六の貫禄にさり気ない色気を添えていた。納戸色《なんどいろ》の小袖《こそで》を尻端折《しりはしょ》りにして、黒股引《くろももひき》を着けた頑丈《がんじょう》そうな長い両足で仁王立《におうだ》ちし、大きな目を凝《じ》っとこらすと、踏み締めた地面すら震え出しそうな凄《すご》みがあった。

お糸は四十一歳。親子ほど歳《とし》の離れた夫婦だが、お糸は文六の恋女房である。黒の着物を尻端折り、黒股引黒足袋雪駄《たびせった》の男装に、ぐるぐる巻きに束《たば》ねた長い黒髪を朱《しゅ》の三本の笄《こうがい》で止め、化粧っ気はないものの、厚い唇にそこだけは紅を差して拵《こしら》え、岡っ引の亭主・文六の下っ引を務めていた。

お糸は、文六と並んでも変わらぬ背丈があって、腕っ節も男勝りだった。

地蔵文六を守る《お糸地蔵》と、町奉行所でも知られていた。

二人が夫婦になってはや二十年。夫婦になった謂《いわ》れは措《お》くが、文六もお糸も神田の水で産湯《うぶゆ》を使った神田生まれ、神田育ちの神田っ子である。

風鈴蕎麦《ふうりんそば》のか細い風鈴の音は聞こえず、座頭の呼び笛もとうに途絶《とだ》え、遠い町の犬の長吠《ながぼえ》が、更《ふ》けゆく秋の夜空にうそ寂《さび》しげに響きわたった。四半刻《しはんとき》（約三〇分）ほど前、夜廻《よまわ》りの鳴らす鉄杖《てつじょう》の音が消えてから、巷《ちまた》の眠りはいっそう深まっていた。

八丁の土手に植えた松林の影が、神田八丁堀に沿って黒々とつらなっている。

その松林の中に、物憂《ものう》げにうずくまる人影がひとつ、二つあった。

人影は松の幹に隠れ、地蔵橋跡の往来の紺屋町の方角を黙然と見守っていた。ときおり、ひそひそとした風のそよぎのように聞こえてくるのは、人影のどちらかがもらした吐息《といき》だった。

黒く広がる夜空は雲に覆《おお》われ、月も星も見えなかった。だが、泥水を流したような暗闇の先に、往来の道筋だけがうっすらと浮かんでいた。

言うまでもなく、人通りなどあるはずのない刻限である。

と、うっすらと浮かぶ道筋の先より、闇から浮かび出るように、新たな影が小走りにやってくるのが見えた。

小走りになっても、慣れた足どりが足音を消していた。

林の中の二つの影が、やおら身を起こした。

「石庵、ここだ」

往来をくる石庵へ、忍ばせた声を投げた。

石庵は小走りを止め、ふむ、と鼻息をもらした。念のための用心をするかのように暗闇の周囲を見廻しつつ、土手の松林の中へ入ってきた。

二つの影は石庵に向き合い、暗がりを透《すか》して頷《うなず》きかけた。

「文六の店は文六とお糸だけだ。手下は二人とも、離れで寝ている。夜更《よふ》けまで酒を呑《の》んでいやがった。夜廻りの声が聞こえて、布団《ふとん》に入った様子だ。手下らの寝息を確かめてから戻ってきた」

声をひそめ、石庵が言った。

「よかろう。文六は爺《じじ》いだ。若い女房と言っても、お糸も四十をすぎた大年増《おおどしま》。

二人とも寝入っているのは間違いねえ。静かに、寝入ったまま片づける。文六はおれと淳之助でやる。石庵はお糸だ。お糸は元はあらくれだったらしい。女だからと言って油断はするな。手早く片づけたら、即座に引きあげる。名前を呼ぶんじゃねえぞ。いつもどおりにやれ。いいな」

経司郎の指図に、淳之助と石庵が低くうなった。

「顔を隠せ」

三人は奇特頭巾《きどくずきん》をつけた。黒い着物を尻端折りにし、着物の下は手甲脚絆《てっこうきゃはん》に黒足袋の草鞋《わらじ》がけである。

経司郎が懐《ふところ》に呑んだ匕首《あいくち》を確かめ、淳之助と石庵もそれに倣《なら》う。

三人は声もなく松林を出て、土手をくだった。地蔵橋の往来を北へ、紺屋町三丁目に向かった。黒い影はたちまち闇にまぎれ、姿を没した。

文六の裏店《うらだな》は、金山《かなやま》稲荷の手前の小路を、稲荷境内《けいだい》の瑞垣《みずがき》に沿って藍染橋のほうへ折れる。

あたりの下見は何度もした。文六の店が町内のどこら辺にあるか、闇にまぎれて見えなくとも、頭に入っている。三人の歩みに戸惑いはなかった。

文六の住まいは、小路を北へ折れた紺屋町三丁目の路地の、突きあたりの一軒家である。柾《まさき》の生垣が囲い、小広い庭がある。
十二、三年前は三軒屋の裏店だったのが、火事があって明地《あきち》になり、文六が隠居をしてからもお糸と不自由なく暮らせるようにと、明地を顔見知りの地主から沽券《こけん》ごと買い受け、南側と東側に庭のある二階家に建て替えた。
西側に金山稲荷の境内、北側は武家屋敷の土塀と接している。

三人は生垣の木戸の引戸をそっと引き、前庭の飛び石伝いに表戸の庇下《ひさしした》へためらいもなく歩んでいった。互いの顔もわからないくらいの暗闇の中に、三人の光る目が、獣《けもの》のように忍び寄ってくる。

経司郎が板戸に耳を寄せ、念のため、店の中の物音を確かめた。

戸内からは、ほんのかすかな物音も聞こえない。

経司郎は、淳之助と石庵に光る目で目配《めくば》せを送った。

二人は目配せに頷きかえすと、板戸をはずしにかかる。戸締りはさほど厳重でないことが、下見でほぼ見当がついていた。

板戸をはずし、前土間に入った。はずした板戸は、ちょっと見にはずしたと気づかれぬよう、戸口にたてかけておいた。

裏の勝手へ通る折れ曲がりの前土間があり、寄付《よりつ》きに閉じた障子戸が、暗がりの中にうっすらと白みを見せている。

寄付きから二階へ階段をのぼり、二階は襖《ふすま》で間仕切した三畳と四畳半の、南向きに出格子窓を開いた二間続きであることも、前もって調べがついている。

経司郎は匕首を抜き放った。右後ろの淳之助と左後ろの石庵へ、沈黙の合図を送った。二人は同じく匕首を抜き、首肯《しゅこう》した。

寄付きの障子戸を両開きにし、三人は寄付きの畳を静かに踏んだ。経司郎、淳之助、石庵の順で、寄付きから階段を軋《きし》ませた。

階段をあがると、板廊下に沿って引き違いの襖が閉じられていた。襖ごしに部屋の静けさを確かめた。それから、襖をゆっくり引いた。人気《ひとけ》のない暗闇があった。暗闇の先に、間仕切の引違いの襖がもうひとつ見えた。

畳《たたみ》をわずかに撓《たわ》ませて進み、そこでも襖に耳を寄せた。

凍《こお》りついたような、冷たい静寂が襖ごしにかえってきた。

寝入っていやがると思いつつ、一瞬、静かすぎるとも感じたのは、経司郎の用心深さだった。ただ、手はずどおりに進んでいた。ここまできて、その程度の懸《け》念《ねん》で引きかえすことは、考えられなかった。

遠い空に、犬の長吠がまた聞こえてきた。

襖を引くと、わずかに敷居を擦る音が耳障りだった。

暗い四畳半に敷《し》いた布団の黒い影がわかった。

布団の上から押さえつけ、文六の胸ぐらへひと突きに突き入れる。それで終りだと思ったときだった。

「てめえら、おれに用か」

暗がりの奥から、太い声が投げつけられた。

「あっ」

石庵が声をもらした。

暗闇しかなかった奥に、大きな人影が徐々に浮かびあがってくる。

さすがは腕利きの岡っ引文六。気づかれていたとは、食えねえ老いぼれだぜ、と経司郎は腹を据《す》え、投げかえした。

「文六、命をもらう」

「そうかい。てめえら、ただの押しこみじゃあねえのかい。お糸、抜かるな」

文六がお糸に言った。お糸の影は見えなかった。しかし、

「あい」

と、歯ぎれよい女の声がかえった。

文六の手に十手《じって》らしき影が見える。

経司郎は息をつめ、大きく一歩を踏み出した。

左右に淳之助と石庵が続いた。

次の瞬間、床を震わせ、闇を押し開くように文六の影へ突進した。

真っ先に、経司郎のふりかざした匕首が、闇に舞い躍り、叩《たた》きつけられた。

文六が十手をひるがえし、それを打ち払う。

かちん。

鋼《はがね》を叩きつけ、高らかな音をたてた。

しびれるほどの膂力《りょりょく》が、打ち払われた匕首を通して、経司郎の腕に伝わった。

「老いぼれが」

思わず、頭巾の下のくぐもった声を吐き捨てた。

続いて襲いかかった淳之助の匕首を、文六はすかさず十手をかえして受け止めた。鋼が咬《か》み合い、悲鳴のような歯軋《はぎし》りを鳴らした。

「くたばれ」

淳之助が怒りの声を発した。

その途端、素早くたてなおした経司郎の匕首が、わきから文六に襲いかかる。

闇がうなって、切先が文六の肩を咬んだ。

「てめえ」

文六は牡牛《おうし》のように吠えた。

匕首と十手を咬みあわせた淳之助の腹へひと蹴《け》りを入れ、同時に十手を経司郎のこめかみへ叩きつけた。

十手が鈍い音をたててはじけ、経司郎の顔面が歪《ゆが》んだ。

奇特頭巾が吹き飛ばされた。

経司郎はくずれかけた身体《からだ》を踏ん張って堪《こら》えた。そこへ、再び文六の十手が打ちこんでくる。

首筋に十手の痛打を受けた。

「畜生」

よろめきながら、経司郎は叫んだ。

一瞬遅れて匕首をふるった。だが、身体がよろめいたため、闇を裂《さ》いただけだった。間仕切の襖を倒し、経司郎は三畳間に横転した。

横転しながらふりかえると、さらに追い打ちをかける文六の背後から、石庵が腰に溜《た》めた匕首を突き入れたところだった。

「親分っ」

暗闇の中にお糸の喚声《かんせい》が甲走《かんばし》る。

文六はふりかえりながらぎりぎりに身体を躱《かわ》し、石庵の匕首をにぎった手首を押さえ、顔面へ十手を浴びせかけた。

だが、石庵も文六の手首をつかんで、十手の一撃を防ぐと、雄叫《おたけ》びをあげて二つの身体が衝突した。

文六と石庵は、押しこんだりひねったりと、激しい組み打ちになった。

その隙《すき》を逃さず、経司郎は素早く身を起こし、匕首をにぎりなおした。

咄嗟《とっさ》に、文六は石庵と組み合ったまま身体を反転させ、咆哮《ほうこう》をあげて石庵を押しこみ、自分と石庵の身体ごと、経司郎へぶつかっていった。

文六の猛烈な突進に、三つの身体が肉と骨を軋《きし》ませ打ちあたり、重なり合ったまま廊下側の襖を押し破った。そして、床を震わせて階段のおり口までたちまち押しこまれた。

文六の捨身も同然の攻勢に、経司郎と石庵の足がもつれた。

文六の圧力を堪《こら》えて踏み締めた足が、一段、二段と階段をすべり落ちた。経司郎の身体は仰《の》け反るように傾き、そこへ石庵の身体がのしかかってくる。

経司郎は堪えきれなかった。

「わあ」

石庵ともつれ合って、階下の寄付きへ転がり落ちていった。凄《すさ》まじい音をたてて店が振動し、寄付きに転がった経司郎と石庵は、うめき声をあげてくねり、のた打った。しかし、

「ず、ずらかるんだ」

と、経司郎は懸命に起きあがり、石庵に叫んだ。

石庵も起きあがろうと、もがくように畳を這《は》っていた。

一方、二階の階段のおり口に残った文六も苦痛に顔を歪めた。片膝づきに坐《すわ》りこみ、肩の疵《きず》を押さえた。倒れそうになるのを、廊下の壁に寄りかかって堪えた。疵を押さえた文六の指の間から、血があふれ出た。

「親分、富平と良一郎を呼ばなくていいのかい」

お糸が文六の後ろでささやきかけた。

階段をゆっくりとのぼる軋みが、物《もの》の怪《け》の吐息のように暗闇を透して足下に伝わってくる。

「お糸、今、大声を出して助けを呼んだら、やつらを逃がしちまう恐れがある。岡っ引がてめえの店に押しこみに入られて、どんなやつらかも知らずに逃がしちゃあ、身は安全かもしれねえが、面子《メンツ》がたたねえじゃねえか。元々、危ない橋を渡るのが岡っ引の仕事だぜ。腹を据えろ」

「わかったよ、親分」

「賊《ぞく》は三人だ。正面からくるのはせいぜい二人。あとのひとりは、わきや後ろを狙ってくる。おめえはそいつを倒せ」

「承知」

お糸は、それ以上は言わなかった。

表戸をはずした物音で、目が覚めた。文六がお糸を小声で起こし、お糸もすぐに布団から跳ね起きた。文六は太縞《ふとじま》の帷子《かたびら》、お糸は朱の長襦袢《ながじゅばん》だった。お糸の長い黒髪が、肩から背中に垂れている。

秋の夜更けの冷気が、温もりの中にいた二人の肌を冷した。けれど、押し寄せる新たな昂揚《こうよう》が、夜更けの冷たさを感じさせなかった。

文六が前に立ち、お糸は文六の真後ろについて、文六の分厚い背中に左の掌《てのひら》をあてがって身を低くした。二人は、宍戸より許されている自前の鍛鉄《たんてつ》の十手を右手にさげている。

「きた」

文六の低い声がささやいた。

三畳間の畳を撓ませ、賊が踏みこんできたのがわかった。

お糸は、掌が汗ばむのを覚えた。

続いて寝間の襖が引き開けられ、三体のくっきりとした影が、ぞろりと踏みこんでくるのを夜目に認めた。

「てめえら、おれに用か」

文六が太い声を投げつけ、影の動きが止まった。

「あっ」

賊の驚いた声が聞こえた。

不気味な沈黙をおき、影のやや高い声が投げかえされた。

「文六、命をもらう」

「そうかい。てめえら、ただの押しこみじゃあねえのかい。お糸、抜かるな」

「あい」

お糸がかえした途端、経司郎と淳之助と石庵の影が躍りかかった。

間髪容《かんはつい》れず、文六の背後から飛び出したお糸は、石庵の影に立ち向かった。

文六の十手と経司郎の匕首が、かちん、と火花を散らした瞬間、暗闇の中で、
お糸の豊満な大柄と骨張った石庵の身体がまともに体あたりをした。

石庵の冷たい身体の動きが、一瞬、怯《ひる》みを見せながら、お糸の十手をにぎった手首をつかみ、お糸も石庵の匕首をかざした手首をとっていた。

石庵は肩を繰りかえしお糸の胸にぶつけ、激しくお糸を押しこんでくる。お糸はそれを受け止め、押しこみを堪える。

十手と匕首が、揉み合いの中で低い天井を擦った。

黒い奇特頭巾にくるまれた光る目が、お糸を睨んで燃えていた。

「あは、あまっ子《あざけ》が、容赦《ようしゃ》しねえ」

石庵がお糸を嘲った。その隙を狙《ねら》って、お糸はすぐ目の前の、光る目と目の間に額《ひたい》を打ちあてた。

ごん、と鳴った。

石庵の頭が仰《あお》のけにゆれ、力なく戻ってきた瞬間、つかんだ手首を引き廻しながら、怪力に任せて投げ飛ばした。

お糸の怪力に石庵の身体が浮きあがり、暗闇を一回転した。

四畳半の一方の壁に、違い棚があって、棚に花活《い》けが飾ってある。お糸は赤いあざみの花を活けていた。

一回転した石庵は、悲鳴をあげ、違い棚に叩きつけられた。

違い棚の棚板を壊し、あざみの花活けを叩き落として棚下の戸袋へ落下し、そこで一度はずんで畳に転がった。

しかし、その瞬間、お糸は淳之助と匕首と十手を咬みあわせていた文六の肩へ、経司郎がわきから斬りつけたのを見た。

「てめえ」

文六が怒声を放ち、正面の淳之助の腹へ蹴りを入れ、すかさず十手をかえし、わきの経司郎のこめかみへ叩きつけた。

文六の一撃が、経司郎の奇特頭巾を吹き飛ばした。

腹を蹴られた淳之助は、出格子《でごうし》窓までよろめき、背中を窓にたてた板戸にぶつけたが、即座に体勢をなおし、再び文六の背後から襲いかかった。

咄嗟《とっさ》に、お糸は反転した。

淳之助の前に立ちはだかって、十手をふり廻した。

いきなり現れたお糸に意表をつかれ、淳之助はお糸の十手を払い、よけるのが精一杯だった。

お糸は続いて打ちかかり、また打ちかかりと、休みなく攻めたて、淳之助は退りながら、それを払い続ける。

淳之助は、またしても出格子窓の板戸へ追いつめられた。

次男の淳之助は、三兄弟の中で一番小柄な痩身だった。お糸のほうが身体が大きく、はるかに力も勝っていた。

四打、五打、と堪えたところで、匕首が十手にからめとられた。

匕首と十手をからめ合ったまま、大柄なお糸が淳之助の上からのしかかって押しこむと、淳之助の背中で、二人の重みに板戸が撓み、軋んだ。そして、けたたましい笑い声のような音をたてて破れ始めた。

淳之助は下からお糸の喉に手をかけ、締《し》めつけにかかった。

「文六は終りだ」

と、歯を食いしばって言った。

お糸がふりかえると、立ちあがった石庵が文六の背後を狙って、腰に溜めた匕首を突き入れようとしていた。

「親分っ」

お糸は叫び、即座に淳之助の顎《あご》を鷲《わし》づかみにし、淳之助の痩身を持ちあげながら、全身の力をこめて突き退《の》けた。

持ちあげられた淳之助の身体が、板戸をくだき破り、打ち倒して、出格子の手《て》摺《す》りにぶつかった。

淳之助は仰のけになって、手摺りを軸にゆっくり回転して瓦《かわら》屋根に落ちた。そして、軒庇《のきびさし》の瓦屋根を石のように転がり、庭先へ転落していった。

そこへ、庭の一角の離れの富平と良一郎が、騒ぎに気づき走り出てきた。

お糸は富平と良一郎に叫んだ。

「呼子《よびこ》を吹け。呼子を……」

そのとき、

「淳之助っ」

と、呼びかけた声をお糸は聞いた。

すぐに、庭先へ転落した淳之助を両わきより抱えた三人の賊の影が、飛び石伝いに逃げていくのが見えた。

「賊を逃がすんじゃないよ」

お糸は二階の出格子から賊の影を指差し、また叫んだ。

と、親分は？　とふりかえった。

夢中で戦い、文六を気遣《きづか》うゆとりを失っていた。

文六は肩を押さえ、階段のおり口のそばに坐りこんで壁に凭《もた》れていた。お糸は慌てて文六のそばに走り寄った。

「親分、き、疵は。ああ、血が……」

疵を押さえた文六の白い指の間から、暗闇に黒く見える血があふれていた。

「あんた、あんた」

親分ではなく、あんた、と、うな垂れた文六を抱え呼びかけた。

店の外で、富平と良一郎の吹き鳴らす呼子が響きわたった。

「大丈夫だ、お糸。ほんのかすり疵さ。どじを踏んじまったぜ。おめえは、大丈夫だったか」

文六は頭を力なく持ちあげ、お糸を見つめた。

「あたしは無事だよ。どこも、なんともないよ」

「そうか。おめえが無事なら、いいんだ。済まなかった。危ない目に遭《あ》わせちまった。やっぱり年だ。不甲斐《ふがい》ねえ」

「そんなことないよ。あたしの親分は、本途《ほんと》に凄《すご》いよ。自慢の亭主だよ」

お糸は目を潤《うる》ませた。

文六は小さく笑い、町内には呼子が次々と吹き鳴らされた。

二

神田川に架かる新《あたら》シ橋《ばし》を向《むこう》柳原《やなぎわら》へ渡った佐久間町四丁目裏地に、南御番所の臨時廻り方同心・宍戸梅吉が妾《めかけ》のお佐和を囲う裏店がある。

宍戸の岡っ引を務める文六は、ここのところ、数寄屋橋《すきやばし》の南町奉行所より、お佐和の店に顔を出すほうが多かった。八丁堀の町方の組屋敷へいく用はなおさら少なく、癇性《かんしよう》持ちのお内儀《ないぎ》へも、宍戸がお佐和を囲うようになってからは、ご機嫌うかがいの挨拶《あいさつ》にいく機会さえなかった。

宍戸は見廻りを大方、岡っ引の文六とお糸らに任《まか》せ、昼間の多くのときを、佐久間町四丁目裏地のお佐和の店に入《い》り浸《びた》った。

お佐和の店にいるときは、浴衣《ゆかた》に縞の半纏《はんてん》を着け、長火鉢《ながひばち》の前で傍《かたわ》らにお佐和をはべらせ、まるで隠居のように茶を呑み、ときには燗酒《かんざけ》をちびりちびりと楽しみつつ、煙管《キセル》を吹かし、日がな一日をすごすのだった。

翌日昼前、文六は晒布《さらしぬの》で疵ついた腕を吊《つ》った恰好《かっこう》で、お糸に捨松、富平と良一郎を引き連れ、お佐和の店に顔を出した。

定服を浴衣と半纏に着替え、長火鉢の前でお佐和を傍らにはべらせ、くつろいでいた宍戸は、文六の恰好を見て驚いた。

「文六、そりゃあどうしたんだ。何があったんだい」

と、目を丸くし、文六からお糸らを見廻した。

「面目《めんもく》ねえ話です。旦那、じつは昨夜……」

文六が昨夜の一件の一部始終を話すと、宍戸は地黒のあばた面をぽかんとさせ、すぐに気をとりなおして質《ただ》した。

「だ、誰にやられた」

「そいつは、今のところ、不明です。もっとも、こういう仕事柄、人の恨みを買うのは、今に始まったわけじゃありませんから」

「まあ、そりゃそうかもな。で、その疵で動き廻って大丈夫なのかい」

「こんな目に遭わされて、店で休んでなどいられませんよ。賊は三人。あっしの命を狙って、店に押しこむ荒っぽい手口は、素人《しろうと》じゃねえ。素人にあんな真似《まね》はできません。相当手慣れた玄人《くろうと》です。恨みを買ってそうな一件を、あれかこれかと考えているところなんですが、思いあたる悪行《あくぎょう》が多すぎて、見当がつきません。ひとつひとつあたっていくしかありませんね」

文六は不敵に笑って見せた。

疵を縫《ぬ》った医者には、深手ではないものの、三、四日は動かないほうがいい、と言われたが、昨夜のような一件があって、のんびりと疵の養生などしていられる文六ではなかった。

「それしか、手はねえな」

宍戸が思案顔をひねった。

「それで、旦那。岡っ引のあっしがそいつらの恨みを買ったなら、そいつらは旦那にも恨みを抱いていてもおかしくはねえ。念のため、用心をなさったほうがいいんじゃあ、ありませんかね」

「あっ」

宍戸は思わず声に出し、もっともだというふうに何度も首をふった。

「お佐和、こうしちゃあいられねえ。着替える。き、着物を出せ」

宍戸はお佐和に手伝わせ、文六らの目の前にもかかわらず、にわかにくつろいだ浴衣を定服に着替え始めた。そして、

「文六、何から始める」

と、着替えながら言った。

「あっしは捨松と、三人組が呼んだ、じゅんのすけ、という名の賊をあたるつもりです。珍しい名じゃありませんが、辛抱強くあたっていけば、どっかで聞き覚えがある野郎はみつかるはずです。見つからなきゃあ、見つかるまであたるだけですよ。賊のひとりの奇特頭巾を叩き飛ばしましたが、暗闇でしたから面はわかりません。ただ、淳之助と呼ばれた賊は、どちらかというと小柄で、痩せた身体つきのようでした。そうだろう、お糸」

　文六はお糸へ顔をひねった。

「あい。あたしは淳之助と組み合いましたから、暗い中でもわかりました。あたしより小柄で、俊敏そうでした。けど、そんなに強いとも思えなかった。おそらく中年の年ごろの、言葉つきからして侍でないことも確かです」

「小柄な中年の男か。するってえと、お糸も賊とやり合ったのかい」

「お糸が淳之助という賊を、二階の出格子から庭へ叩き落としたんです。仲間が助け起こすとき、淳之助、と思わず名を呼んだんで。お糸の働きがなきゃあ、あっしはとっくにお陀仏《だぶつ》でした」

「そいつは凄い。さすがお糸地蔵。身体を張って、親分を守ったわけだ。やるじゃないか。なあ、お佐和」

宍戸は、後ろから黒羽織をかけるお佐和に、袖《そで》を通しながら言った。

「ほんとに、大したもんですねえ。女房の鑑《かがみ》ですわね。ほほ……」

お佐和が湿り気のある口調をくねらせ、お内儀気どりで笑った。

「よし。支度《したく》はできた。文六、いくぜ」

宍戸は着流しの博多帯に刀を差して、文六を促した。

「旦那、どちらへ？」

「決まっているじゃねえか。淳之助の筋から、三人組の探索にあたるのさ」

「ちょいと、旦那にお願いがあるんです」

宍戸は「なんだい」と呟き、長火鉢の前に坐りなおした。

「さっきも言いましたように、あっしと捨松は淳之助の筋を追います。お糸は富平と良一郎を連れて、小弥太と織江捜しの続きをやらせます。子供らの行方も気がかりです。放ってはおけません」

「あ、そうか。そっちの件もあったな。おれには何をしてほしい」

「へい。こちらへうかがう途中、小弥太と織江捜しの人の手分けを考えていたとき、ふと、龍門寺門前の多見蔵を思い出したんです」

「多見蔵だと？」

宍戸は不審の色を浮かべた。

「七月末のあの日、町方は龍門寺門前の多見蔵のねぐらに踏みこみましたが、残念ながら、肝心の、元締めの多見蔵には逃げられ、あっしら、多見蔵の探索は続けておりますものの、たぶん、多見蔵はもう江戸から姿をくらましただろう。少なくとも、ほとぼりが冷めるまでは江戸から遠く離れているだろうと、思っておりました。ですが、もしかして多見蔵がまだ江戸のどこかに身を隠していたら、とこちらにくる道々、思ったんです」

「多見蔵がまだ江戸にいると、文六は思うのかい」

「いえね、もしも多見蔵がまだ江戸にいたとしたら、町奉行所の探索が厳しいのはわかっているのに、一体、何が狙いなのかなと考えたんです」

「ま、まさか、多見蔵が三人組をか……」

宍戸が目を瞠《みは》り、文六は頷いた。

「親分、昨夜の三人組は、多見蔵が送りこんできた賊なのかい」

お糸が横から訊くと、文六は戸惑いを浮かべつつも言った。

「そうじゃねえかと、いう気がしてならねえんだ。お糸も聞いただろう。淳之助ら三人組は、文六、命をもらうと、暗闇の中で腹の据《す》わった声で言った。三人組は相当腕利《き》きの玄人《くろうと》に間違いねえとしても、あそこまで腹の据わったやつらは、玄人でもそうはいねえ。昨日の夜は、やるかやられるかだと、本気で覚悟を決めた。長いこと岡っ引を務めて、恨みを買ったり貸し借りがあるやつらの中に、あそこまでやれるやつらが思い浮かばねえ。けどな、三人組は金で殺しを請《う》け負う玄人で、三人組とおれたちは見ず知らずの他人同士で、おれと三人組の間には恨《うら》みも貸し借りもないものの、三人組が誰かに頼まれ、ただ、おれとお糸を始末にきたんだとしたら、腑《ふ》に落ちるんだ」

「そうだったね。昨夜の三人組は、ただ、恨みを晴らしにきたとか、何かの腹癒《はらい》せで押しこんだとは、思えないものね」

お糸は、昨夜の賊を思い浮かべ、自分に言うようにかえした。

文六は宍戸に言った。

「元締めの多見蔵なら、そういう仕事の請け人は、信夫平八のほかにも抱えていたでしょう。だとしたら、多見蔵はなんの恨みで、あっしとお糸を狙ったんですかね。確かにあっしは岡っ引だし、お糸はあっしの女房で相棒だ。旦那の指図で殺しの探索をやり、どぶ鼠《ねずみ》のように嗅《か》ぎ廻ってようやく龍門寺門前の多見蔵にたどり着いた」

「そうか」

宍戸は長火鉢の縁台を派手に鳴らした。

「文六の言いてえことはわかった。文六とお糸の命を狙ったのは、多見蔵の差金かもしれねえと、親分は睨んでいるんだな。つまり、多見蔵は龍門寺門前のねぐらを町方に嗅ぎつけられ、踏みこまれた。命からがら身ひとつ、かろうじて逃げ遂《おお》せたものの、町方にしてやられ、どうにも腹の虫が収まらねえ。なんぞ仕かえしをして、町方にひと泡《あわ》吹かしてやりてえ。多見蔵は逆恨みにそう思った。そこで、多見蔵の狙う相手は文六とお糸だ。なんと言っても、龍門寺門前のねぐらを嗅ぎつけたのは、文六の手柄。親分を陰で支えたお糸地蔵の手柄だ。文六とお糸を始末して、借りはかえすぜと町方に見せつける。多見蔵の差金だとしたら、そうとしか考えられねえ。多見蔵の狙いはそれだ」

文六は眉間に深い皺《しわ》を刻《きざ》み、むっつりと考えこんだ。

「よし。ならこっちは、多見蔵をもう一度洗いなおすことにする。やつは江戸から離れず、未だどっかに身をひそめて、こっちの隙《すき》をうかがっていやがるってわけだ。江戸中の裏町、盛り場、場末のいたるところまで、虱潰《しらみつぶ》しにしてやるぜ。なあ、お糸。親分の勘《かん》を信じよう。文六の勘はあたるんだ」

宍戸が自信を漲《みなぎ》らせ、お佐和の淹《い》れた茶を一服《いっぷく》した。

「親分、あたしらは小弥太と織江の行方《ゆくえ》を追っていって、いいんだね」

「お糸は富平と良一郎を指図して、小弥太と織江の探索を今のまま続けろ。三人組の足どりを追うのは、おれと捨松でやる。三人組より、子供らのほうが気にかかる。お糸は、そっちのほうを頼むぜ」

「任せておくれ。唐木さんに昨夜の一件を話していいのかい。それとも……」

「いや。今はまだ、唐木さんには昨夜の件は伏せておけ。唐木さんは小弥太と織江の身を案じて、ずいぶん苦しんでいる。余計な話を聞かせて、わずらわせちゃあ気の毒だ。仮令《たとえ》、昨夜の三人組が多見蔵の差金だったとしても、唐木さんは多見蔵とかかり合いは、ないも同然だ。唐木さんに話すのは、もう少し事情が明らかになってからでいい」

文六が言い、お糸は「わかった」と頷いた。

宍戸が茶を飲みながら、お糸へ言い添えた。

「小弥太と織江は、ただの人さらいの仕業《しわざ》さ。神隠しに遭ったのさ。唐木には気の毒だから口に出さなかったが、子供らはもう諦《あきら》めるしかねえんじゃねえか」

「諦める?」

文六が上目遣いに宍戸を睨んだ。

「あ、いや、諦めるんじゃねえよ。つまり、むずかしいことになったと、言いたいだけさ。よし。まずは大急ぎで、昨夜の三人組の一件と多見蔵がまだ江戸に身をひそめている見こみがあると、南北廻り方に伝える必要があるな」

大急ぎでと言いながら、宍戸は悠長に湯呑の茶を含んだ。すると、

「親分、だったら、あっしらの命も多見蔵に狙われているってことですよね」

と、後ろに控えている捨松が小声で言った。

「多見蔵が、龍門寺門前のねぐらを嗅ぎつけた親分とお糸姐さんを恨んで、仕かえしに親分とお糸姐さんの命を狙ったのなら、親分の下っ引のあっしや富平や良一郎の命も、狙っているんでしょうね」

捨松と並んだ富平と良一郎は、膝《ひざ》に手をそろえ、すぼめた肩に首を埋めた。

文六は後ろに控えた三人へ横顔を向け、不敵な笑みを浮かべた。

「それはない、とは言わねえ。もしも、という用心はしたほうがいいだろう。だが、間違いなくおめえらより前に、おれとお糸だ。あるいは、あっしらをお指図

する旦那が……」

先だ、と言う前に、宍戸は口に含んでいた茶を、ぶふっ、と部屋中に噴きこぼしたのだった。

三

その昼さがり、北最上藩石神伊家馬廻り役助の金木脩は、上屋敷内本家のその日の勤めを終えて長屋へ戻ってきたとき、上屋敷の内塀と長屋の間の往来に、作事方の小暮二三助の姿を認めた。

地味な羽織袴姿の二三助は、ちょうど脩の長屋の前庭を囲う板塀の前あたりで、何かを思案するように腕組みをし、目を伏せて佇《たたず》んでいた。

大家の武家屋敷の長屋には、大抵、表戸の前に板塀などで囲われた小さな庭があり、長屋住まいの侍たちの中には、その前庭に野菜畑を作って、食用の野菜を栽培したりしていた。

あ、あの人か、と脩は二三助を見やり、どうせ普段は言葉も交わさぬ相手だから、会釈《えしやく》だけして長屋へさっさと入ろうと思った。

すると、二三助も勤め帰りの継裃《つぎかみしも》姿の脩を見つけ、腕組みを解き、膝に手をそろえて脩へ辞儀《じぎ》を寄こした。

脩は戸惑いを覚えた。

中原一門の金木脩と宝蔵一門の小暮二三助は、殿さまの参勤交代の供侍の要員に加えられ、ともにこの春出府したが、家中で対立を深めている中原一門と宝蔵一門の立場ゆえ、邸内で顔を合わせても、会釈をするぐらいで、言葉を交わしたことはまったくなかった。

のみならず、二三助は脩より十以上年上で、気安く言葉を交わせる間柄でもなかった。二三助も普段は、脩におざなりな会釈をかえしてくるだけで、目を合わすことさえ、殆《ほとん》どなかったのだ。

それが、どういうわけか、二三助から辞儀を寄こされ、脩はまごついた。

脩は立ち止まり、継裃の膝に同じように手をそろえ、辞儀をかえした。

それから、少々気まずい思いを畏まった素ぶりに隠して、二三助のほうへ、というより自分の長屋のほうへ歩みを進めた。

二間（約三・六メートル）をきるあたりまできて、脩は改めて会釈を投げ、二三助の傍らを通りすぎようとした。すると、

「金木さん、少々よろしいか」

と、いきなり二三助が声をかけてきた。意外だったし、驚いた。

「はあ？」

脩は思わず、間の抜けた返事をかえしていた。

「突然で驚かれたでしょうが、金木さんにお聞きしたいことがあるのです」

「は、はい。わたしにですか」

二三助は物憂い顔つきで、脩を見つめていた。

「宝蔵一門と中原一門はそれぞれの事情があって、親しい間柄とは言えません。しかし、それはそれとして、わたしは金木さんに含むことは何もありませんし、もし金木さんのほうで、わたしに気に入らないふる舞いをお感じなら、決して悪意ではありませんから、お許し願いたい」

「わたしも同じです。金木家は中原一門ゆえ、同じ殿さまに仕える家臣でありながら、宝蔵一門の方々とは役目上の事柄以外に言葉を交わしたことは殆どありません。ですが、宝蔵一門の個々の方々にまで、憎しみや反感を抱いているわけではないのです」

「そうですか。よかった。いずれ、若くして馬廻り役に出世なさる有能な若侍と評判の高い金木さんに、どういうふうにお訊《たず》ねしようか、迷っておりました。それで、無礼とは思いましたが、役目を終えられる刻限に、長屋の前でお待ちするしかないと考えたのです」

　二三助は目をそらし、自嘲するように顔を歪めた。

「小暮さん、お入りください。茶を淹れます」

　脩は、板塀の戸口へ手を差し向けた。

「あいや。これから出かけるところがあります。そこへいく前に、金木さんの話をうかがっておかなければならないのです。長くはかかりません。立ち話でお許し願いたい」

「小暮さんがよろしければ、わたしはかまいません。どうぞ、お訊ねください」

　脩がこたえると、二三助は真顔になった。眉をひそめ、短いためらいの間をおいて言った。

「出府してから、噂《うわさ》に聞きました。信夫平八どのと由衣どのは、国を出られて江戸で暮らしておられたのですな」

　脩はかすかな動揺を覚えつつ、「はい」と、さり気なさを装《よそお》って言った。

「平八どのも由衣どのも亡くなられた。二人とも病で。しかも、由衣どのが亡くなられたのは、この春にわれらが殿さまのおともで出府したあとの、夏の初めのことだったらしいですな。金木さんは、むろん、ご存じではなかったのですね」

「知りませんでした。わたしが平八と姉の事情を知ったのは、平八の亡くなった噂を聞いてからです」

「その噂は、南町奉行所の町方と親しくなった家中の江戸屋敷勤番の者が、斯《か》く斯《か》く云々《しかじか》のことがあった噂が奉行所内で流れているが、その夫婦は元はそちらの北最上藩の欠け落《かお》ち者らしいじゃないかと、町方から酒席の場で聞かされたそうです。欠け落ち者などと、いやな言い方をして申しわけない。わたしはそのように、又聞きをしたものですから」

「いいのです。信夫平八と姉の由衣は欠け落ち者です。それに相違ありません」

「なんということだ。あの美しい由衣どのが亡くなられたとは、まことに悲しい。人の世の無常を感じます」

二三助は面差しを儚《はかな》げに宙へ投げ、吐息をもらした。

「七年前でしたな。由衣どのと宝蔵家本家の竜左衛門との縁談がまとまった、と聞いたときは、じつのところ信じられなかった。北最上城下一の才媛と評判の高かった由衣どのが、竜左衛門ごときとはいくらなんでも不釣合いだと、竜左衛門は宝蔵一門のわが従弟《いとこ》でありながら、あの美しい由衣どのがお気の毒だと、内心は思っておったのです。由衣どのは、宝蔵一門と中原一門を和解させるための生贄《いけにえ》にされたのだなとすら、思いました」

　脩は二三助の思いがけない言葉に、かえしようがなかった。

　二三助は、なおも目を宙へ泳がせ言った。

「ですから、由衣どのが、徒衆《かち》の、身分違いもはなはだしい信夫平八どのと逐電《ちくでん》したと聞いたときは、驚き呆《あき》れたどころではありませんでした。なんと言うか、人の知恵や力などのとうていおよばぬ不思議な定めに、不可解な因縁に胸がつまされたのを覚えています。しかも、その話を聞いたあと、竜左衛門が由衣どのと平八どのを成敗すると追いかけ、逆に平八に斬られて、かろうじて一命をとりとめたと知ったときは、なんと無様な、なぜ死ななかった、と思いました。由緒ある武門の誉れ、一門の面目や正統な血筋などと自惚《うぬぼ》れたところで、中身は所詮《しょせん》こんなものだと、笑えました」

　と、二三助は怪訝《けげん》な表情を見せている脩に気づき、語調を変えた。

「失礼しました。つまらぬことを申しました」

「いいえ。いいのです。宝蔵一門の方に、そのように言っていただけるとは、思いもよらなかったものですから……」

「竜左衛門は、あれはあれで可哀想《かわいそう》なところがあるのです。もうちょっとましな気質に生まれていれば違っていたろうに。従弟なのに、あの男はわたしも好きになれなかった。本途《ほんと》に、いやなやつだった」

倏は何も言わず、二三助を凝《じ》っと見つめている。

「お聞きしたいのは、由衣どのと平八どのは、二人の子を儲《もう》けていると聞いております。その子たちは今、どのように」

「生前の平八が、亡くなる直前まで親しくしていたある方の世話になっております。先日、その方の店を訪ね、由衣と平八の子供たちと初めて会いました。六歳の兄と四歳の妹で、それぞれに由衣や平八の面影がありました」

「由衣どのと平八どのの残した子供たちを、金木家は北最上へ連れていき、金木家のご隠居さまご夫婦が、金木家の子としてお育てになる意向と噂に聞きましたが、それはまことですか」

「まことです。わが父母が、殊に母の千歳が、なんとしても由衣の子を見たい、育ててやりたいと、言うておるのです。由衣と平八が江戸の町家に暮らし、すでに二人の子の父母になっているらしいという知らせは、この春の初め、北最上のわが家に届いておりました。わたしが殿さまのお供で出府いたし、一年の江戸勤番が決まっておりましたので、父母より、由衣と平八をひそかに訪ねよと、言われておりました。むろん、そのときは由衣と平八の病は知りませんでした。欠け落ちをした不忠者ですから、由衣と平八を国元に戻すための、不届きな望みを持ってのことではありません。姉の由衣がどんな暮らしをしているのか、二人はどんな子供らを儲けたのか、見てきてほしい。もしも親子が暮らしに困っているなら、家中には知られぬようこっそりと、少しでも援助をしてやりたいと、母の存念はそのようなものでした」

「もっともな、親心だと思います」

「由衣と平八は赤城明神下という町家に住んでいる、と聞いていたのですが、二人を捜していた者が訪ねますと、一家はすでに赤城明神下を引き払っており、引っ越した先は神田のほうらしいと教えられたのみでした。わたしは出府してから、江戸の町家の様子は何もわからぬものの、勤番明けには神田方面へひとりで出かけ、一家の引っ越し先を訊ね廻っておりました。金木は勤番明けになるとこっそりひとりで出かけるのは怪しい、女ができたか、不埒《ふらち》な者らとつき合っているのではないか、などと言われているのは耳に入りました。ですから、ごく親しい者らに、じつは、とわけを明かしたことはあります」

「信夫平八どのが亡くなった噂が邸内に伝わって、それから、平八どのと由衣どのが江戸に住んでいたことや、由衣どのもすでに亡くなっていたこと、子供が二人いたことなどが、次々とわかってきたのです。それで、金木さんが勤番明けにひとりで出かけていたのは、平八どのと由衣どのが江戸にいることを知って、二人を訊ね廻っていたのではないかと、察しがつきました。あいや、だからと言って、欠け落ち者を訪ねてどうする気だと、金木さんを糾弾《きゅうだん》する気は、毛頭ありませんでしたがね」

二三助は脩を見つめ、面映《おもは》ゆそうな笑みを寄こした。

往来を家中の朋輩《ほうばい》らが通りかかり、長屋の板塀の前で立ち話をする脩と二三助を不審そうに見やりつつ、通りすぎていく。二人は朋輩らと、「やあ」とか「失礼」などと、会釈や言葉を投げ合った。

午後の陽射《ひざ》しが、長屋と内塀の間の白い往来に、高くのびた邸内の樹木の影を落としている。鳥の声が邸内のどこかに聞こえる。

脩と二三助の言葉が途ぎれ、しばしの沈黙が続いた。

出かけるところがあるはずなのに、二三助の様子には、肝心なことを言い出すのを迷っているふうに見えた。

「わたしが姉のことを知ったのも、平八の亡くなった噂が邸内に流れてからです。小暮さんと同じです」

二三助を誘うように、脩は言った。

「金木さん、由衣どのと平八どのの残した子供らを引きとり、面倒を見ているのは、永富町の唐木市兵衛と言うご浪人ではありませんか」

「ご存じだったのですか。そうです。唐木市兵衛と言う方です。生前の平八と親しい交わりを持っていた方です。子供たちが父親のようになついておりました」

「たまたま昨夜、町方と親しい勤番の者が、町方からまた聞かされたそうです。町方が言うには、唐木市兵衛さんが面倒を見ている信夫平八どのの子供らが、昨日、人さらいに遭ったそうなのです」

「ええっ」

脩の声が、日盛りの下の往来に響きわたった。往来に佇む二人のほかに人影はなく、重苦しいほどの静かな午後のときがわだかまっていた。

「小弥太と織江が、人さらいに遭ったのですか。それは、本途《ほんと》なのですか。間違いなく、永富町の唐木市兵衛さんの……」

「信夫平八どのが町奉行所とどういうかかわりがあるのか、子細は承知しております。ですが、その話は間違いないと思われます。だからわたしは、金木さんにそのことについて訊きにきたのです」

「小暮さん、申しわけない。わたしはすぐに、永富町に出かけなければなりません。小暮さんの話は後日うかがいます。失礼いたします」

「お待ちください。違うのです。その子供たちの行方について、金木さんに訊ねなければならないことがあるのです。金木さんは、宝蔵竜左衛門が、今、江戸にいることを知っていますか。竜左衛門が、やはり欠け落ち同然の身になって江戸に流れ着き、賭場の用心棒稼業に身を落とし、無頼《ぶらい》なその日暮らしを送っているのです」

二三助が脩を制して言った。

「竜左衛門は、由衣どのと平八どのが亡くなったことは知っています。しかし、今なお由衣どのと平八どのへの遺恨を捨てきれず、もしかすると……」

と、それから二三助が続けた言葉を、脩は唖然《あぜん》として聞いた。そして、機先を制せられたかのように動けなくなった。

四

一刻《いっとき》（約二時間）後、二三助と脩は、吉岡町一丁目の路地のどぶ板を踏み、路地奥に向かっていた。路地奥に、片引きの腰高障子に縄暖簾《なわのれん》を提《さ》げ、朱色の軒《のき》提灯《ぢようちん》を吊るした一膳飯屋が見えている。

脩は萌葱《もえぎ》の小袖に紺袴に着替えていた。羽織袴姿の二三助が先をゆき、脩は菅《すげ》笠《がさ》を目深にかぶって、二三助に従っていた。

報恩寺橋《ほうおんじばし》から石原町へ通る往来と三ツ目通りが交わる辻から、三ツ目通りを四半町（約二七メートル）ほど南へとって、東の吉岡町一丁目側へ曲がる半間（約九〇センチ）幅の路地だった。

吉岡町一丁目南隣の武家屋敷の土蔵で開かれている賭場の貸元・兼三郎に、その一膳飯屋を教えられた。

一膳飯屋は引戸が開けられていて、薄暗い土間の長腰掛に片膝を乗せ、たくしあげた着物と下着の裾から土間へおろした、青白く骨張った膝頭と脛《すね》が、縄暖簾の下にのぞいていていた。

軒に吊るした赤提灯の片側に、縦格子の明かりとりがあって、煮炊きの火を熾《おこ》した薄墨色の煙が格子の間からのぼっていた。煮炊きの鼻に粘りつくような甘辛い匂いも、一膳飯屋に近づくにつれ次第に強くなった。

夕方の刻限には、まだだいぶ間があった。狭い路地の軒の上に、白くたなびく雲と青空が見え、一膳飯屋の提灯にも火は入っていない。

店の前まできて、二三助は立ち止まり、薄暗い店をのぞくようにして、しばし動かなかった。そして、縄暖簾を両開きにした。縄暖簾を両開きにしたまま、

「おりました」

と、脩へ顔をひねった。

脩は二三助に続いて、煮売屋の低い軒をくぐった。

長腰掛が縦に一台、横向きに奥に二台並べただけの、狭い店土間だった。

明かりとりの下に据えた竈《かまど》の火が、薄暗い店土間に亡霊のようにゆれていた。

手拭を吹き流しにかぶった着流しの亭主が、竈の前にかがんで、二三助と脩を無愛想《ぶあいそう》に見あげ、ぞんざいに言った。

「酒か。飯か」

「この男に少し用があるだけだ。すぐに済む」

二三助は亭主を見おろし、冷やかにかえした。

亭主は、ああ、と力なくうなった。憮然《ぶぜん》とした顔を竈の火へ戻し、まげた両膝へ腕をだらりと乗せ、つまらなそうに動かなくなった。

二三助は、長腰掛の男へ向きなおった。

客は、月代《さかやき》を伸ばし無精髭《ひげ》を生やした浪人風体がひとりだった。杯《さかずき》を持ちあげた恰好で、二三助の後ろの戸口のそばに佇む脩を、凝っと見あげていた。

膝の前の膳に、ちろりと煮つけの鉢が並び、鉢のそばに食べ滓《かす》のついた箸が投げ捨てられていた。脇差は帯びず、黒鞘《くろざや》の刀を長腰掛のわきに無造作にたてかけていた。

「竜左衛門、訊きたいことがある」

二三助が短く言った。

竜左衛門は脩から二三助へ目を向け、力なく口を開き、

「何を……」

と、訊きかえした。

「おまえ、平八と由衣の子供らを、さらったのか」

二三助は、声を凄ませるように低くした。

「ああ？　平八と由衣の子供らだと。平八と由衣とは、欠け落ち者の平八と由衣か。あの不届き者めらの子供らが、どうしただと」

「だから、子供らをさらったのは、おまえの仕業かと訊いておる」

「平八と由衣の子供らが、さらわれたのか。人さらいに」

「そうだ。昨日の昼間だ。おまえがやったのか。正直に話せ」

竜左衛門は、呆然《ぼうぜん》と二三助を見あげた。それから、戸口をふさぐ脩へまた見かえった。手にした杯をすすり、濡《ぬ》れた唇を掌でぬぐった。

「さらったが、それがどうした。二三助になんのかかり合いがある」

竜左衛門は脩から目をそらさず、嘲《あざけ》るように言った。

二三助は、一瞬、動揺を見せ、こみあげる怒りに顔を歪めた。

「なんと言うことだ。子供らを、どうした。どこにいる」

怒りを懸命に抑えた声が、かすれた。

「大川へ捨てた」

「なんだと。お、大川へ……竜左衛門、血迷うたか」

怒声が店を震わせた。

「慮外者《りょがいもの》め。おまえが打ち首になるのは勝手だが、国元の宝蔵一門は、おまえのような罪人を出した不始末によって、天下の極悪人の一門と知れわたり、御公儀よりも石神伊家になんらかのお沙汰《さた》が、間違いなくあるだろう。宝蔵家は殿さまの怒りを買い、厳しいお咎《とが》めがくだされるは必定《ひつじょう》。おまえは、宝蔵家になんということをしてくれた」

「それがどうした。宝蔵一門がどうなろうと、知ったことか。天下の恥さらしだと。そうよ。おれは恥さらしよ。おれの素っ首《そくび》が刎《は》ねられて、宝蔵家が改易になったら、親父どののもわが宝蔵家を継いだ兄上も、邪魔者扱いにした竜左衛門の素っ首が、宝蔵家と同じ値打ちだったと知って、腰を抜かして驚くだろう。ははは、様《ざま》あみやがれだ」

竜左衛門は投げつけ、不快な甲高い笑い声をまき散らした。

「おのれ、立て。くるんだ」

二三助が、竜左衛門の染みに汚れた着物の肩口を鷲《わし》づかみにした。

竜左衛門は酔いの所為《せい》か、あるいは無気力なのか、二三助に肩口をつかまれてよろけた。そのはずみで、腰掛に載せた片足が膳にあたって、煮つけの鉢とちろりがか細い音をたてた。

「何をする。どこへいく気だ。放せ」

二三助に引《ひ》き摺《ず》られて、竜左衛門は腰を浮かした。

「子供を捜しにいく。捨てたのは大川のどこだ」

「放せ、阿呆《あほう》が。手遅れだ」

「ならば、おまえは子供らを捨てた場所で腹を切れ。おれが介錯《かいしやく》してやる」

「二三助ごときのなまくら刀で、介錯などご免こうむるわ。偉そうに、二三助が介錯だと。そんな腕もないくせに」

竜左衛門と二三助は罵《のの》り合い、もみ合いになった。長腰掛がゆれ、たてかけた刀の鍔《つば》を鳴らして土間に転がった。

「やめろ。喧嘩《けんか》なら外でやれ」

亭主が竈の前にかがんだまま、怒鳴《どな》った。

脩は戸口に佇み、もみ合いを止めるのをためらっていた。

二三助は竜左衛門の肩口を引っ張り、外へ引き摺り出そうとする。竜左衛門は不自由な右手を垂らした恰好で、左手で二三助を払いのけようと抗《あらが》った。だが、竜左衛門は二三助の力に引き摺られ、着物の糸のきれる音がした。

「嘘《うそ》だ、嘘に決まってるだろう。血の廻《めぐ》りの悪い田舎《いなか》侍が。放せ」

「放さぬ。おれとこい。宝蔵一門に泥を塗ったおまえは、ご先祖さまに死んで詫《わ》びるのだ。せめて、侍らしく死ね」

「何が侍らしくだ。気が触れたか。顔も知らぬし、どこに住んでいるかも知らぬがきを、おれがどうやってさらうんだ。冗談だというぐらい、ちょっと考えればわかるだろう。誰か。こいつは気が触れておる。亭主、人を呼べ、人を……」

その途端、もみ合う二人の身体が長腰掛にぶつかり、膳を賑《にぎ》やかに落として長腰掛を倒した。

「何しやがる。勘弁《かんべん》しねえぞ。弁償しやがれっ」

亭主が竈のわきの薪《まき》をつかみ、恐ろしげな剣幕で立ちあがった。

脩は、黙って見守っていられなかった。

「小暮さん、気を鎮めてください。これまでに。何とぞこれまでに。もう十分わかりました。子供らをさらったのは宝蔵さんではありません。この人にそんなことはできません。見ればわかります」

と、もみ合う二人の間に割って入った。

脩の言葉に、二三助の動きが止まった。竜左衛門は二三助の手を肩口からはずすため、身をよじりながら声を甲走らせた。

「よ、よかろう、二三助。侍らしく、刀で決着をつけようではないか。正々堂々と勝負しろ。負けはせぬぞ。ご先祖さまは正しいほうの味方だ。おまえは、子供のときから、できが悪かったし、剣術も下手だった。おまえなど、左手一本で十分だ。こい、田舎侍」

言いながら、竜左衛門は、転がった刀を拾い、抜き放った。

「抜け、田舎侍」

言った途端、二三助の拳《こぶし》を顔面に喰《く》らった。

竜左衛門は、顔面を歪めて腰くだけになり、よろけた。そこへまた、二三助の拳骨《げんこつ》を続けて浴《あ》び、「くわあっ」と叫び、仰《の》け様に転倒した。

「小暮さん、引きあげましょう。これ以上、ここにいても無駄です」

脩はなおも言った。

二三助は怒りを抑えかねる一方、竜左衛門の不甲斐《ふがい》ないあり様に呆れていた。

「はんかくさい」

と、投げつけた。

竜左衛門は、ようやく身体を起こし、息を喘《あえ》がせ力なく、奥の長腰掛に凭れかかった。二三助は、土間に転がった刀を竜左衛門のほうへ蹴った。刀が土間にがらがらと音をたてた。

「おまえを見ていると、こっちまでみじめになる」

だが、竜左衛門は土間に腰を落とし、長腰掛に凭れた恰好で薄笑いを浮かべて脩を見あげていた。だらしなく開けた唇から血を垂らし、小刻みに震える右手の甲でぬぐった。

「そうか。思い出したぞ。金木脩だな。金木了之助の次男の、由衣の弟の脩だろう。賢《かしこ》ぶった生意気な、本途《ほんと》に不快な若僧だった。おまえの糸瓜《へちま》みたいな顔を、覚えているぞ。そうか、馬鹿な二三助とつるんで、おれを嘲りにきたのか。おれを馬鹿にしにきたのか」

「竜左衛門さんを蔑《さげす》みも馬鹿にもしません。あなたに会いにきたのは、もしや子供たちをという疑いがあったから、小暮さんに案内していただいたのです。竜左衛門さんを蔑み、馬鹿にしているのは、あなた自身ではありませんか」

「ちい。相変わらず透《す》かした物言いをしおって。胸糞《むなくそ》悪い。かたわらいたい。おまえが、姉の由衣の不始末の代わりに宝蔵家に詫びて、腹を切っておればこんなことにはならなかった。そこまでやっていたなら、金木脩の透かした物言いも、存外本物であったかと、褒《ほ》めてやったのにな」

「竜左衛門さんに、褒めていただかなくてもけっこうです。金木家の者はみな、あなたに申しわけない気持ちを持ってはいます。しかし、今のあなたに、同情はできません。わたしを恨むのは筋違いだ。竜左衛門さん、お邪魔いたしました。もう二度とお会いすることはないでしょう。失礼いたします。小暮さん、お世話をかけました。いきましょう」

俻は二三助を促した。

「亭主、店を荒らして済まなかった」

と、二三助は二朱銀を亭主に投げた。

二朱銀を両手で受けとった亭主は、むっつりとした顔つきを二三助にかえし、両肩をすくめた。

「竜左衛門、国へ帰り、伯父《おじ》上と伯母《おば》上と、兄の万右衛門に詫びを入れて、やりなおしたらどうだ。今のままでは、遠からず、野垂《のた》れ死《じ》にだぞ」

二三助は、竜左衛門へ見かえって言った。

「しゃら臭いやつめ。二三助、おれにもおいていけ。おれの酒を、台なしにしただろう」

竜左衛門は土間から起きあがらず、気だるげに言った。

「それはわたしが……」

脩は財布から二朱銀を出し、竜左衛門が寄りかかった長腰掛の片隅においた。

それから身をひるがえし、騒ぎを聞きつけ店の前に集まった住人の間を縫い、二三助とともに路地を出た。

五

同じ日の夕刻、牛込筑土八幡宮と三念坂《さんねんざか》の往来を隔てた津久戸前町のある裏店を、編笠に焦げ茶色の着物を着流し、二刀を帯びた浪人風体が訪ねていた。

その店は、数年前から三兄弟が住んでいた。三兄弟は定まった生業《なりわい》を持たず、牛込御門橋から神楽坂をのぼった界隈の、寺院や神社で毎日開かれる賭場では名をちょっとは知られた博奕渡世《ばくちとせい》でしのぐ、無頼なその日暮らしを送っていた。

津久戸前町は、町家と言っても代官所と町奉行所の両支配で、何か事件でも起こらない限り、町方が見廻りにくることは普段はなかった。

裏店の家主は、店賃さえ滞《とどこお》りがなければいいので、博奕渡世の三兄弟がどういう事情でこの町に流れてきたのか詮索《せんさく》する気はなかった。よって、家主だけが承知している仮人別に、生国は上州《じょうしゅう》の山奥のどこかの村の名と、生業は軽子坂《かるこざか》下の揚場町《あげばちょう》の軽子人足と書きこんで、もう何年もたっていた。

三兄弟がそれで済んだのは、七戸ある裏店の住人がすべて家主の仮人別だったし、仮人別を作る家主はまだましなほうで、江戸は仮人別さえない住人のほうが多数だったからである。

三兄弟を訪ねた浪人風体は、肩幅があって、厚い胸板を反らした屈強そうな身体つきだった。赤く燃える西の空をねぐらに帰る烏《からす》の影が舞い、筑土明神八幡宮で遊んでいた子供らの声も消え、住人のささやかな夕餉《ゆうげ》の匂いが路地に淡く流れるころ、浪人風体は割長屋の三兄弟の表戸を、静かに叩いた。

店は、勝手を兼ねた表土間に寄付きの三畳と、奥に六畳のある二間で、隣家の影の墨色と夕空の茜《あかね》色が腰障子を染める六畳に、浪人風体と三兄弟が凝《じ》っと向かい合っていた。

浪人風体は、編笠と刀を右わきにおいて端座《たんざ》し、対座する三兄弟は肩をすくめて畏《かしこ》まっていた。四人の前には、茶も白湯《さゆ》もなかった。ただ、一灯の行灯《あんどん》の明かりが、翳《かげ》りを深める部屋の隅に重ねた布団を、うっすらと照らしている。

「そうでしたか。それは残念でした。いたし方ありません。すべてが上手くいくとは限りません。ご苦労でした」

しばしの沈黙ののち、浪人が言った。

「元締め、面目ねえ」

「いいのです、経司郎さん。むずかしい始末だと、初めからわかっていました。相手は名うての岡っ引・文六と女房お糸です。だめで元々。上手くいけば、と思っていたくらいですから」

元締めと呼ばれた多見蔵は、経司郎のこめかみから頬骨《ほおぼね》へ残る、赤黒い打ち身の筋をいたわるように言った。

「それより、淳之助さんの具合はいかがですか。起きて大丈夫なのですか」

多見蔵は隣の淳之助に向いた。

「へい。さっきまで、横になっておりました。ゆっくりなら、なんとか歩けるようになりました。あっしがどじを踏んだばっかりに、こんな羽目になっちまいました。兄きとあっしが、文六を仕留める手はずだったんです。もうちょっとのところで、兄きが文六を仕留めるところへ、いきなりお糸が割りこんできやがった。で、あっしはこの様です」

「縮尻《しくじ》ったのは、あっしの所為《せい》です。女だからと油断したつもりはねえが、あっしが首尾よくお糸を倒してりゃあ、淳兄いの邪魔はさせなかった。くそ、あのあまっ子が……」

　と、石庵が淳之助を庇った。

「お糸がそこまでやれるとは、思っていなかったのです。文六と一緒に、お糸ももう少し調べておくべきでした。わたしも、お糸を所詮は女と見くびっていましたのでね」

　多見蔵が言うのを、淳之助は腰を擦りながら頭を垂れ、石庵は腫《は》れた顔面に指先をあて、聞いている。

「おめえらの所為じゃねえ。すべては、おれがへまをした所為だ」

　経司郎は、血走った目を多見蔵へ向けた。

「元締め、あっしは文六の肩に斬りつけたんです。けど、今になって、あのとき身体ごとぶつかっていかなかったのが、悔《くや》まれてならねえんです。まずは文六を疵つけて弱らせ、それから止《とど》めをと、悠長なことを考えたのが甘かった。捨身で身体ごとぶつかって、ひと突きにすべきでした。ほんのわずかな機会でも、できるときにできるだけのことをしておかなきゃあ、あとに何があるかわからねえ。一寸先は闇だ。元締めのあてをはずして、申しわけねえ。この不始末は必ずとりかえします。次は必ず。今少し、ときをくだせえ」

「よろしく、お願いします」

多見蔵は平然と言ったが、すぐに、「しかしながら……」と言い添えた。

「経司郎さん、淳之助さん、石庵さん、一刻も早く、ここは引き払ったほうがいい。文六らは血眼《ちまなこ》になって追ってきます。すぐに身支度をして、今夜中に江戸を出てください。ほとぼりが冷めるまで、少なくとも三年は江戸を離れ、文六とお糸の始末は改めて考える、ということでいいのではありませんか」

経司郎は、面目なさそうにうな垂れた。

「ぐずぐずしては、いられませんよ。急いで旅だつ用意にかかってください。わずかですが、これは餞別《せんべつ》です」

多見蔵は、白紙のひと包みを経司郎の前においた。

「元締め、これはいけねえ。こいつはいただけません。あれだけの大金を前払いでもらっておきながら縮尻ったうえに、高飛びの餞別までいただいちゃあ、みっともないったらありゃしません。前払いでいただいた金が、まだ十分に残っております。こいつは仕舞ってくだせえ」

経司郎が押しかえした。

「わずかと、言っているでしょう。気にかけるほどではありません。他国で新しくやりなおすとなると、何かと、思いもよらぬかかりが要《い》り用になります。どうぞ、そういうときの足しにしてください。さあ、持っていきなさい」

多見蔵がまた押しかえし、経司郎は黙然と頭を垂れた。

「先だって、元締めは江戸を離れて二度と戻ってこねえと仰っていましたね。いつごろ、江戸を出られるんで」

と、石庵が腫れた顔面を痛々しく歪めて訊いた。

「そうですね。あと、数日もあれば六道の買い手と話がまとまりそうなのですが、事情が変わってきましたから、おちおちしていられません。そっちは諦め、わたしらも今夜か、遅くとも明日中には江戸を出ることにします」

「明日ですね。元締め、多見蔵さん、あっしらのようなならず者は、どうせいつかは首を刎ねられ、どっかの獄門に曝《さら》す身です。けど、多見蔵さんのお陰で、このお江戸でちっとはましな思いができました。いつか地獄へいったときに、おれにもこういうときがあったんだぜと、地獄の獄卒《ごくそつ》に話して聞かせる、いい土産《みやげ》話になります。おありがとうございました」

経司郎が畳に手をついて言い、

「おありがとうございました」

と、淳之助と石庵がそろって続いた。

焦げ茶色の着流しに二刀を帯び、編笠で顔を隠して浪人風体に拵えた多見蔵が、津久戸前町の三念坂をくだったとき、夕暮れどきが迫って暗くなりかけた道の向こうから、御用提灯《ごようちょうちん》をかざした一団が、早足で向かってくるのが見えた。

御用提灯をかざした町奉行所の中間ふうの二人が先頭に立って、その後ろに、黒羽織の定服の町方と、晒布で片腕を吊るした羽織に尻端折りの大柄な岡っ引が続き、さらに十数名の中間《ちゅうげん》や下っ引らしい若い衆らが、それぞれ、六尺棒や十手や得物のような棒を携《たずさ》え、従っていた。

多見蔵は、御用提灯の後ろの町方にすぐ気づいた。

牛天神の境内でつくつくぼうしの声が騒ぐ先々月の七月末、龍門寺門前の多見蔵の裏店に踏みこんできた町方のひとりだった。

町方と並ぶ片腕を吊った岡っ引は、夕暮れの薄暗がりでも白髪とわかる髷《まげ》を結って、恰幅のいい体軀に大きな目の険しい風貌で文六と知れた。文六の真後ろに、黒装束の男装ながら、頭の束ね髪に朱の笄を挿したお糸に違いない下っ引がついていた。

しまった。もう足がついたか。さすがは文六、率《そつ》がないな。

経司郎ら三兄弟に、知らせにいく間はなかった。多見蔵は観念した。

道端に身をよけ、編笠を伏せるようにして、無言のまま不穏な足音を響かせる一団をやりすごした。

多見蔵は気づかれなかった。牛込の武家地に囲まれたこの界隈で、侍のひとりや二人といき合っても、不審な刻限ではなかった。

一団が三念坂をのぼってゆくのを、多見蔵は見送った。少し、考える間をおいた。しかし、仮令《たとえ》、危険でも確かめておくべきだと思った。

多見蔵は、一団より四半町ほど遅れて、再び三念坂をのぼっていった。

三兄弟の裏店の路地に入る木戸に、御用提灯と数人の人影が見えた。路地の出入り口を押さえているのに違いなかった。あとの一団は、すでに路地へ踏みこんでいるらしい。

だが、路地はまだ静まっていて、人の声や物音は聞こえてこなかった。

むしろ、夕餉《ゆうげ》どきが済んでいない刻限の、のどかな気配が感じられた。

異変に気づいた界隈の住人がちらほらと出てきて、路地に入る木戸から離れた通りに集まり出していた。

多見蔵は見物の野次馬にまじり、木戸を見守っているしかなかった。

「あれは南町だね。捕物かい」

「じゃねえか」

「あそこの店に、誰か怪しいのがいたかい」

「さあ、知らねえ」

「捕物にしちゃあ、ちょっと地味だね。捕り方も少ないし」

「そう言えば、妙に静かだな。ただの訊きこみじゃねえか」

「訊きこみだけなら、あんな人数は要らないよ。捕物に決まってるよ」

「どうせ捕物なら、南北そろい踏みで、ぱっと派手にやってもらいたいね」

などと見物人が言い合い、今か今かと捕物が始まるのを待っていた。

と、路地のほうから少々声高な男らの遣りとりが聞こえた。

「始まった」

見物人が言った。

次の瞬間、板戸を叩き割り、人数が店に踏みこむ足音が起こった。

怒声と罵声が飛んで、物が倒れ得物を打ち合い、荒々しく床を踏み鳴らして、
わあわあと喚声があがった。

続いて、路地を駆ける地響きが伝わってきた。呼子が鋭く吹き鳴らされ、物と物がぶつかって店が震え、住人の子供の泣き声が甲走った。すると、

「逃がすな」

と、木戸を押さえていた数人が、一斉《いっせい》に路地へ飛びこんでいった。

何かが転がり、押し潰され、絶叫と悲鳴が入り交じり、滅多打《めったう》ちの殴打を浴びせる鈍い音が不気味に聞こえた。それらの物音や声に合わせ、木戸の外に、提灯の明かりが射《さ》したり陰ったりしてゆれていた。

その間も呼子が、絶え間なく吹き鳴らされている。

やがて、布を裂くような金きり声が暮れゆく空に長いひと筋を引いて走ると、路地の騒ぎは急速に収まった。

呼子の音はかき消え、子供の泣き声が温和《おとな》しくなり、路地に静寂が戻った。

「もう終りかい」

「もう終りだよ」

「短かったね」

「短いね」

見物人がひそめた声で、物足りなそうに、くすくす笑いを交わした。

「引ったてろ」

と、路地で太い声が起こった。

再びざわめき、木戸の外へ射した提灯の明かりがゆれた。

御用提灯をかざした中間を先頭に、南町の紺の捄縄に縛《いまし》められた三兄弟が、石庵、淳之助、経司郎の順に木戸を出てきた。

石庵は諸肌《もろはだ》脱ぎで、身体中に殴打の跡が走っていた。淳之助は着物の袖が引き千ぎられ、顔に青黒い痣《あざ》が残り、鼻血を出していた。後ろの経司郎は、一番激しく痛めつけられたと見え、髪はざんばらに乱れ、顔中がみみず腫れのうえに、血まみれの化け物のようだった。

着物の前身頃は乱れて割れ、むき出しの足を痛々しく引き摺り、血がいく筋も垂れていた。

「うわあ……」

と、見物人の間からどよめきがあがった。

御用提灯の後ろに、一団を指図する宍戸が得意げに胸を反らして通りを進んできた。三兄弟が引ったてられていくその後ろに、晒布の文六やお糸らが続き、通りの両側によけた見物人の間を通りすぎていった。

誰もが意気揚々として見えた。

多見蔵は、それを見届けてから、宵《よい》の帳《とばり》のおりた暗がりへ姿をまぎれこませるように帰路についた。牛込御門から四谷御門へ出て、鮫ヶ橋坂、安鎮坂、権田原《ごんだわら》から六道の辻を目指した。

夜道をゆく物憂い草履《ぞうり》の音だけが、多見蔵につきまとっていた。

だが、四半町ほど後方の暗がりに、町家や武家屋敷の物陰を伝って一個の人影がつきまとっていることを、多見蔵は気づいているのか、いないのか……

第四章　死闘千駄《せんだ》ヶ谷《や》

一

「旦那、宍戸の旦那、あっしです。浅次《あさじ》でやす」

宍戸梅吉は、佐久間町四丁目裏地と同四丁目元地の境の往来《おうらい》で、柳橋《やなぎばし》の第六天《だいろくてん》門前の浅次に呼び止められた。

「おう、浅次か。昨日はご苦労だったな」

宍戸は声のほうへ見かえり、地黒のあばた面《づら》を、昼さがりの陽射《ひざ》しの下でゆるませた。往来の先の、妾《めかけ》のお佐和を囲う裏店《うらだな》へゆくとき、宍戸は誰も従えず、大抵ひとりである。

町奉行所の廻《まわ》り方が市中の見廻りに出る際は、自前で使う手先の岡っ引がいなくても、紺看板《こんかんばん》に梵天帯《ぼんてんおび》の奉行所の中間《ちゅうげん》を、挟箱《はさみばこ》をかつがせ従えているものである。だが、宍戸ほどの老練な廻り方になると、多少の融通《ゆうずう》は利《き》かせられる。見廻りを気心の知れた岡っ引に任《まか》せ、その間、自分は気ままに、ということもできなくはなかった。

宍戸の場合、それが多少ではなく、かなりあるだけである。

「旦那も、昨夜は見事なお手柄、お疲れさまでございやした」

浅次が往来の人通りの間を小腰をかがめて縫《ぬ》ってきて、追従《ついしょう》を言った。着流しに半纏《はんてん》の浅次の後ろに、小太りの背の低い男が、鼠色《ねずいろ》の着流しの裾《すそ》を引《ひ》き摺《ず》ってついてきた。

「なあに、あの程度のことは手柄でもなんでもねえさ。まだ極めて怪《あや》しい、という一味を引っ捕らえただけさ。そいつがもしかしたら、多見蔵を引っ捕らえる手がかりになるかもしれねえがな」

「そうなりゃあ、あの極悪人の多見蔵も、いよいよ年貢の納めどきってわけだ。すべて、旦那のお手柄ですね」

「この前はちょいと油断して、おれとしたことがどじを踏んじまった。それを帳消しにするだけのことよ。手柄だとお奉行さまに褒《ほ》められて、ご褒美《ほうび》をいただけるとしても、ご辞退申しあげるつもりさ」

宍戸は嗄《かす》れた笑い声を、往来にまき散らした。

「さすが、南町一と言われる腕利きの廻り方の言うことは違いますね。それじゃあ、経司郎ら三兄弟の尋問は、文六親分らが……」

「本材木町《ほんざいもく》の大番屋で、寝る間も惜《お》しんで責め問《どい》の最中だ。文六は三兄弟を牢屋敷に打ちこむ前に、全部吐《は》かせるつもりだ。三兄弟が、元締めの多見蔵から仕事を請《う》けていた請け人と見ている。おれもそう思うぜ」

「急がねえと、多見蔵を逃がしちまいますね」

「ああ、わかってる。昼前まで大番屋で粘《ねば》っていたが、三兄弟そろって、なかなかしぶといやつらだ。さすがに、おれも疲れたよ。いろいろと気苦労が多くてよ。ちょいとの間、骨休みをしようとおもってな」

「じゃあ、お佐和ねえさんとこで？」

浅次は往来の先へ手をかざし、にやついた。

「まあな。ひと働き済ませた自分への、ご褒美さ」

あは、と宍戸は地黒のあばた面をゆるませた。

「いいですね、旦那。腕利きの町方のうえに色男ときちゃあ、女のほうが放っとかねえ。羨《うらや》ましいねえ」

「なあに、浅次も昨日の一件では手柄をたてたひとりさ。三兄弟が多見蔵のねぐらを吐きやがったら、おめえらの褒美も考えてやるぜ。楽しみにしてな」

宍戸は、浅次から後ろの小太りの男へ、魚のような目を向けた。

「ありがとうございやす。で、その多見蔵のねぐらのことなんですがね。旦那に少しばかり、耳よりな話があるんですよ」

宍戸は、ゆるめた面を真顔にした。

「こいつは鉢助《はちすけ》と言いやしてね。柳橋の置屋あたりでこまごました用を言いつかって小銭を稼いでいる地廻りなんですがね。見た目は悪いが、あっしの弟分みてえな男なんです」

浅次は鉢助へ顎《あご》をしゃくって、にやついた顔で続けた。

浅次は柳橋の博奕打《ばくちう》ちだが、文六のような町方の御用聞に、賭場や岡場所、広小路のような盛り場、あるいは市中の裏町や江戸の場末の噂《うわさ》や評判、裏町をうろつく不審な人物などのねた話を差口して、けちな小遣い稼ぎをやっている、御用聞には重宝がられている男だった。

昨日、文六の下っ引の捨松から、淳之助という名の男に心あたりはないか、淳之助は、おそらく三人組のひとりで痩《や》せた小柄な身体つきの、と金になりそうな話を聞かされた。誰か淳之助の名に聞き覚えでもあるやつがいたら、至急、文六親分に知らせて欲しい、淳之助の手がかりを教えてくれたらいい稼ぎになるぜ、と捨松はだいぶ急いでいるふうだった。

浅次は淳之助の名に心あたりはなかったが、たまたま顔を合わせた鉢助に訊くと、牛込の軽子坂上の西照寺《さいしょうじ》の賭場で、淳之助という博奕打ちと、一年ほど前、言葉を交わしたことがあると言った。

「確かに、おれと大して変わらねえ背丈だったから、ちびだったな。おれと違って痩せた野郎だった」

鉢助は言った。

「そうかい。よし、もしかしたら金になるかもしれねえ。確かめにいこう」

浅次は、鉢助を誘って牛込の西照寺の賭場にいき、そこで淳之助という男のことを訊《たず》ねると、津久戸前町の裏店の博奕打ちの三兄弟、経司郎と淳之助と石庵をすぐに教えてくれた。

三兄弟は、神楽坂上や軽子坂上の神社や寺院の賭場では、名が知られていた。

もしかしたら、いきなり図星じゃねえのか、と浅次は思った。

二人は、津久戸前町のその裏店へ入る木戸まできて、三兄弟が住む路地奥の一戸を確かめた。

「鉢助、おめえは筑土神社の境内《けいだい》に隠れて、あの店を見張ってろ。三人が出かけたら、あとをつけて、どこへゆくか確かめろ。おれは文六親分に知らせてくる。いいか。おめえの言った淳之助が目あての野郎だったら、好きなだけ呑ませてやるから、しっかり見張っているんだぞ」

筑土神社の境内の藪《やぶ》に隠れて、店の路地奥までうまい具合に見通せた。

「わかった。見張ってるぜ」

浅次は鉢助を筑土神社に残し、急いで神田へ戻った。

文六たちは、手分けして淳之助という男の訊《き》きこみをし、午後の八ツ半（午後三時頃）から七ツ（午後四時頃）までに一旦、紺屋町の文六の店に戻り、それぞれの訊きこみの結果を報告し、次の指図を受けることになっていた。

また、小弥太と織江の捜索を続けているお糸らも、やはりその刻限に紺屋町に戻って、子供らの捜索の進み具合を文六に報告することも、決められていた。

そうして、文六らが店に戻り次の訊きこみ場所はと談合していた七ツ前、浅次が飛びこんできた。

言うまでもなく、その日の夕暮れどき、津久戸前町の裏店で行われた捕物騒ぎの中に、浅次も棒を得物《えもの》にして加わっていた。

捕物はさほど長くかからず終り、経司郎、淳之助、石庵、の三兄弟が縛《いまし》められて引ったてられていくときになっても、筑土神社に隠れて見張っているはずの鉢助は、姿を見せなかった。

いやになって逃げ出しやがったな。せっかく小遣い稼ぎができたのによ。馬鹿な野郎だぜ、と浅次は首をひねった。

淳之助の一件で稼いだ金は、浅次が独り占めにすればよかった。おまけに、文六が御用聞を務める南町の宍戸の旦那からも、浅次、よくやった、褒めてやる、と声をかけられた。

その夜は賭場で朝方まで遊び、稼いだ金は殆《ほとん》ど使い果たした。まだ暗い朝方、柳橋と浅草橋の間の第六天門前の裏店に戻り、万年床にくるまってひと眠りし、鉢助が戸を叩《たた》く音に起こされたのは昼近くなったころだった。

「兄い、もしかして、淳之助よりすげえねたをつかんだかもしれねえぜ」

戸を開けると、まぶしい陽射しの下から鉢助が飛びこんできて、いきなり言った。浅次は寝足りない目を擦《こす》り、不機嫌面を隠さなかった。

「おめえ、どこにいってた。見張りを言いつけたのに逃げ出しやがって。せっかくご褒美がいただけたのに、台なしにしやがってよ」

「ええ？　違うんだよ、兄い。逃げ出しゃしねえよ。夕べ、おれはいたんだよ。淳之助ら三兄弟が引ったてられていくのを、ちゃんと見てたんだ。兄いだって得意そうにしてたのを、知ってるさ。けど、見物人のふりをして、やつに気づかれないようにしてたからさ」

「おめえ、何を言ってんだ。やつって誰だ」

浅次は眠そうに目を擦るふりをして、鉢助の間抜け面をうかがった。

「けど、兄い。ご褒美がいただけたのに台なしにしたってえのは、どういう話だい。淳之助を見つけたのはおれだぜ。淳之助を見つけたから、稼ぎになったんだろう。津久戸前町の淳之助でよかったんだろう。おれのご褒美は、ちゃんとあるんだろう。あるはずだよな」

鉢助は、濁った目を丸く見開いて浅次を見あげた。

「あるさ。あるに決まってるだろう。あとでわけを話してやる。淳之助よりすげえねたってえのはなんだ。やつって野郎にかかり合いがあるねたなんだな。そっちのほうを先に聞かせろ」

「そう、そうなんだよ。筑土神社で裏店を見張ってたら、夕方になって、編笠《あみがさ》をかぶって、渋い茶色の着物を小洒落《こじゃれ》て着流した二本差しが、三兄弟の店を訪ねてきやがったのさ」

「二本差し？　侍かい」

「そうだ。侍だよ。胸の分厚い、背の高い野郎だった。誰だあいつって、妙な胸騒ぎがした。野郎は四半刻《しはんとき》（約三〇分）ほどして、三兄弟の店から出てきやがった。で、おれは考えた」

「おめえの頭でか」

「ちゃかすなよ。おれの稼ぎ分は、ちゃんといただくぜ」

「わかってるよ。いいから続けろ」

「裏店を見張るか、編笠の二本差しをつけるか、考えて、勘《かん》が働いたのさ。あの野郎をつけたほうが、淳之助より稼ぎになるねたが見つかるに違いねえ。おれはつけるほうに賭けたってわけだ。で、つけていったら、兄いらの御用提灯《ごようちょうちん》のくるのが見えたんだが、その後ろのほうから、編笠の二本差しが戻ってくるじゃねえか。咄嗟《とっさ》におれは身を隠し、三兄弟の店を見張ってたことがばれねえように、近所の住人が捕物見物するふりをして、二本差しのそばに立って、様子をうかがうことにしたのさ」

浅次は唇を強く結んで、それから口を挟《はさ》まなかった。

津久戸前町の捕物が終り、三兄弟が引ったてられていくのを凝《じ》っと見送ると、編笠の侍は静かに立ち去っていった。

鉢助は着物を尻端折《しりはしょ》りにからげ、四半町（約二七メートル）ほど後ろから物陰に身をひそませつつ、侍をつけた。侍はずいぶんと遠くまで、宵の帳《とばり》のおりた道を戻っていった。

四谷御門をすぎ、鮫ヶ橋坂、安鎮坂、権田原をすぎ、もう千駄ヶ谷の町の明かりが見えるところまできて、鉢助はさすがにくたびれ、あまりの遠さに呆れた。

侍は六道の辻《つじ》を抜け、武家地の中に町家が軒をつらねる、千駄ヶ谷町の飛び地の片側町の一軒の店に入っていった。

武家屋敷ではないところを見ると、やっぱり野郎は浪人か、と鉢助は思った。

店は土蔵造りの総二階で、往来に表戸がなく、店のわきから路地へ折れたところに表戸があった。表戸の軒に、薄鼠《うすねず》の半暖簾《はんのれん》がさがっていた。鉢助はけちな地廻りだが、子供のころは人並みに手習所に通い、字が読めた。

《六道》と暖簾に黒く染めてあった。

質札の反古紙《ほごがみ》をはたきのように束《たば》ねて吊《つ》るした目標《めじるし》で、質屋とわかった。
質屋にはしばしば通っているので、目標は知っていた。侍が質屋に居候《いそうろう》して
いるのか。どういうかかり合いだと、鉢助はそこでも考えた。
質屋は暗くなってから客がくる場合があるので、遅くまで店は開いている。
と、そこへ若い手代ふうの男が出てきて、暖簾を仕舞《しま》いにかかった。
鉢助は思わず路地へ小走りに駆け入り、若い手代に、「兄さん、こいつを質に」
と根付《ねつけ》を見せた。根付をつける煙草《たばこ》入れも印籠《いんろう》も持っていなかったが、柳橋の町
家の質屋で三十文ほどの質草になる根付を持っていた。
柿の木で彫った、ちょっと上等な根付だった。
一文無しのどうしようもなくなったときに質草に入れ、それだけは質流れしな
いように守り札のように大事にした。
「相済みません。もう店仕舞いなので……」
手代は困惑顔を見せて言った。
「兄さん、そこを、なんとかお願えします。これしかねえんです。素寒貧《すかんぴん》なんで
す。お頼みしやす」
鉢助は腰を折り、根付を頭の上へ押しいただくように差し出した。

手代は仕方なく、という風情《ふぜい》で鉢助を店の前土間に入れた。

店の間に帳場格子のある普通の質屋の佇《たたず》まいだった。怪しげなところはなかった。だが、店の間の奥の内証から亭主らしき男が顔をのぞかせた。

「お客さんかい」

と、手代に訊ね、鉢助を見つめた。

鉢助は肩をすくめうな垂れ、しかし上目遣《うわめづか》いに亭主を見た。

焦げ茶色の着流しを、大柄の厚い胸に着け、独鈷《どっこ》の博多帯を締《し》めていた。津久戸前町の三兄弟の店を訪ねた、侍に違いなかった。編笠の下に隠れた顔を、鉢助はちゃんと確かめていた。

「この根付を、どうしてもと仰《おつしや》って」

手代は鉢助の根付を掌《てのひら》に載せていた。

「見せてごらん」

亭主は店の間に出てきて、店の間のあがり端《はな》に端座《たんざ》した。侍らしさはまったく感じられず、いかにも商人の素ぶりだった。手代の掌の根付を大事にとり、ためつすがめつした。それから、前土間で身を縮めている鉢助に微笑み、

「少し疵がついておりますが、よい品ですね。いかほどお要《い》り用なのですか」

と、張りのある低い声で言った。

「ひ、百文でお願いできりゃあ、ありがてえ」

鉢助は、思いきってふっかけた。根付によっては、数両する品もある。

「ほう、百文ですか。お客さん、これはどちらで？」

鉢助は、じつはあっしは柳橋の茶屋の若い者で、ある芸者衆と大店の旦那との間をとり持って、旦那から褒美にいただいたものだと、茶屋の若い者は嘘《うそ》だが、褒美は本途《ほんと》の話だった。

今日は知り合いに、近くのお武家屋敷の賭場で絶対儲《もう》かるからと誘われ、わざわざ足を延ばしてきた。ところが、目《もく》ろみとは大違いで素寒貧になっちまい、この様に、とこれもいい加減に言った。

鉢助の話を、亭主が怪しんだふうには思えなかった。

笑みを絶やさず、しばし鉢助を見つめ、ゆっくり頷いた。

「季之助、百文で受けて差しあげなさい」

そう言って、根付を店の間のあがり端におき、内証に消えた。

鉢助は、なぜかやったと思った。

案外な百文で質入れできたからではなく、自分が自分の力以上の何かをやってのけているような気になったからだった。

二

「あの質屋の亭主は、絶対何かとんでもねえ裏があるに違いねえ。ただの質屋じゃねえ。それだけは確かだ。質屋なら侍の扮装《ふんそう》ぐらい、簡単にできるはずさ。なんのために侍の真似《まね》をして、津久戸前町の淳之助らの店を訪ねたんだ？　しかも編笠で顔を隠して、怪しいじゃねえか。あっしが思うに、あの質屋の亭主は、淳之助らのお頭《かしら》なんじゃねえか。お頭の指図で、淳之助ら三兄弟が悪事を働いたんだよ。どんな悪事を働いたのかは、知らねえが」

浅次は口をへの字に結んで、考えこんでいた。そして、こいつはちょいと運が廻《めぐ》ってきたのかな、と思った。

「兄い、どうだい。すぐに文六親分に知らせて手柄をたてれば、淳之助を見つけた手柄のほかに、もっと豪華なご褒美がいただけるんじゃねえかい」

「千駄ヶ谷の質屋の六道か」

浅次は、物思わしげにそれだけ言って、また考えた。

「そうだよ。さっき言ったじゃねえか。じれってえな。このねたは、文六親分に知らせりゃあ、きっと高く売れるぜ。そんな気がしてならねえ。さあ、兄い。いこうぜ」

「鉢助、まあ待て」

「なんだよ、兄い」

「文六には知らせねえ」

浅次は、文六親分ではなく、文六、と呼び捨てた。そして、九尺二間《くしゃくにけん》の裏店の黄ばんだ腰高障子を睨《にら》んだ。

「南町の宍戸の旦那のところへ、直《じか》に知らせにいくんだ。佐久間町四丁目の裏地に妾のお佐和を囲った裏店がある。旦那は必ずくる。旦那にこのねたでおれたちが役にたつところを見せて、ご褒美のほかに、おれたちを旦那の使う御用聞に加えてもらうのさ」

「おれたちが、御用聞に。けど、旦那の御用聞は文六親分がいるじゃねえか」

「御用聞はおれで、鉢助はおれの下っ引だがな。文六はもう歳《とし》だ。そろそろ隠居をしてもいいころだ。文六が粘りやがっても、当分はかまわねえ。旦那がおれたちに御用聞の手形を出してくれりゃあ、それでいいんだ。町方限りの手形がありゃあ、今までとは違うぜ。それを持って町内をひと廻りすりゃあ、御用聞の浅次さん、手下の鉢助さんと呼ばれて、よろしくお願いしますと、これで一杯やってくだせえと、どの店でも包んでくれて、けっこうな稼ぎになること受け合いだ。そうなりゃあ、呑み食いに不自由はねえし、住まいだって、紺屋町の文六の店ぐらいのところにだって、住めるようになるんだぜ」

「紺屋町の文六親分の店みてえなところに、おれも住めるのかい?」

「住めるとも。どうだい。そっちがいいに決まっているだろう」

「ああ、い、いいな。宍戸の旦那にこのねたを持っていこう」

「よし。すぐに出かける。いくぜ」

一刻(約二時間)後、宍戸梅吉と浅次、鉢助の三人は、千駄ヶ谷に近い小役人の組屋敷が並ぶ六軒丁の往来から六道の辻へ抜け、六道の辻の先、千駄ヶ谷町の飛び地へ向かった。界隈《かいわい》は御先手組の組屋敷も多く、往来の先には御鉄炮場もあって、試し撃ちの轟音《ごうおん》が、とき折り地鳴りのように、どどん、どどん、と聞こえてきた。

やがて、片側町の町家の並びに質屋《六道》の店が見えてきた。

鉢助には、昼間見る質屋・六道は、昨夜見たときより総二階土蔵造りの白い漆《しっ》喰《くい》の壁がまぶしく、豊かな商家を感じさせた。

表戸は往来に面していないが、往来に向いている二階の連子格子の大きな窓があって、昨夜はわからなかった。

「あ、あの白い店でやす」

鉢助は、宍戸の背中に声をかけた。

宍戸は「ああ」とこたえ、三人は店の前の往来まできて、二階の連子格子の窓を見あげて歩みをゆるめた。

人通りは殆どなく、のどかな秋の午後のときが流れている。

「旦那、どうします。亭主の顔を確かめますか」

浅次が言った。

「うん？　うん。確かめる。確かめなきゃあな」

「旦那、暖簾が出てませんぜ」

鉢助が、路地へ曲がった先の表戸に昨夜は架かっていた暖簾が出ていないことに気づいて言った。

「休業ですかね」

浅次も路地の先をのぞき、宍戸へふりかえった。

鉢助が路地へ飛びこみ、足音を忍ばせるような小走りで戸前へ近づいた。

両引きの鉄鋲《びょう》打ちの戸が閉じられていて、戸の隙間から中をのぞいたが、暗くて何も見えなかった。鉢助は戸に耳を近づけ、中の人の気配を探った。店は静かで、物音ひとつ聞こえなかった。

浅次と宍戸が、訝《いぶか》しそうに路地へ入ってくる。宍戸は朱房の十手で肩をほぐすように叩き、白い漆喰の壁を、あてが外れた風情で見あげている。

狭い路地からも、秋の空が見あげられた。

鉢助は両引きの戸を、軽く叩いた。繰りかえし叩き、叩くたびに店の中の物音を探った。

「相すいませえん。六道さあん、いらっしゃいませんかあ。今日はお休みですかあ」

顔に似合わぬ猫なで声を作って呼びかけた。

鉢助は宍戸へ見かえり、首を左右にふった。

「もしかして、逃げられたか」

鉢助に代って浅次が、鉄鋲打ちの両引きの戸の隙間をのぞきこんだ。

「裏口はねえのかい」

宍戸が、路地の奥のほうを見やって言った。

「ちょいと、裏へ廻ってみやす」

鉢助が戸前から離れ、路地の奥へいきかけた。

途端《とたん》、浅次の一寸先で両引きの戸が勢いよく引き開けられた。

「うん？」

浅次は暗闇を目の前にして、身体が固まった。暗闇の中に人影が見えた。次の瞬間、拳《こぶし》が突き出され、みぞおちにあて身を喰《く》らった。息がつまり、あっという間に気が遠くなった。

宍戸は両引きの戸がいきなり開いて、浅次が腹を押さえ、身体を折り畳《たた》んで暗い店の中へ倒れこんでいくのを、咄嗟には事情が呑みこめず、小首をかしげたのだった。

「宍戸梅吉、久しぶりだな」

すぐ後ろから声がかかった。

ふりかえり、多見蔵と目が合った。大柄な多見蔵が、宍戸を見おろし、薄気味悪く笑っていた。ようやく、事情がわかった。往来から少し入った路地だが、袋小路にいることが知れた。

「お、おまえ」

と、それ以上の言葉は発せられなかった。十手をふるう間もなかった。刀の柄でみぞおちをひと突きにされ、十手を落として喘《あえ》いだ。

膝を折ってくずれかけたとき、羽織の後ろ襟《えり》をつかまれ、暗い店の中へ引き摺りこまれ、土間に転がされた。

浅次と二人で腹を抱えて苦痛に喘ぎ、土間にのた打った。

三人の中では鉢助がもっとも敏捷《びんしょう》だったが、多見蔵の抜いた刀から逃げられなかった。浅次と宍戸が相次いで店の中に消えた瞬間、冷たい刃が鉢助の首筋に押しあてられた。

刃に首筋を疵《きず》つけられたのが、かすかにひりつく痛みが走ってわかった。

「ひえ」

思わず声が出た。小便をもらしそうだった。昨夜の亭主の顔が、鉢助を見つめて薄く不気味な笑みを浮かべていた。

「お客さん、昨日、質に入れた根付を、もう出しにきましたか」

亭主に言われ、首を左右に震わせた。

「ちち、違います。おら、おら……」

何も見ていない、何も知らない、と訴えるかのように、強く目を閉じた。

どどん、どどん。

御鉄炮場の地鳴りのような試し撃ちの音が、聞こえてきた。

三

楓川《もみじがわ》の西堤に、本材木町一丁目から八丁目まで、土手蔵が延々とつらなっている。本材木町一丁目の北が江戸《えど》橋、八丁目の南が白魚《しらうお》橋である。

その本材木町三丁目と四丁目の境あたりに、三四の番屋がある。すなわち、町奉行所の入牢《じゆろう》証文が出るまでの仮牢であり、奉行所の詮議が始まる前のとり調べが厳しく行われる大番屋である。

津久戸前町の、経司郎、淳之助、石庵、三兄弟は三四の番屋に引ったてられ、その日の夜から厳しい責め問が行われた。

拷問《ごうもん》は、人殺し、火付、盗賊、関所破り、謀書謀判の五罪の白状を引き出すために行われ、海老《えび》責め、吊し責め、笞《むち》打ち、石抱《いしだき》があった。牢屋敷の拷問蔵の責めと詮議所などでの責めは、表向きは分かれていたが、実情は掛の役人の裁量に任されていた。

なぜ文六とお糸の命を狙《ねら》った、誰に頼まれた……と、経司郎、淳之助、石庵、三兄弟にむごたらしいほどの責め問が続けられた。

あまりに激しい責め苦に、淳之助と石庵はもだえ苦しみ悲鳴をあげ、絶叫を大番屋に響かせ、やがて気を失った。しかし、すぐに水が浴《あ》びせられ、無理やり息を吹きかえさせられ、また責め続けられた。

だが、淳之助、石庵とも、容易に口を割らなかった。

一方、兄の経司郎は地面を穿《うが》つようなうめき声を吐《は》き出したが、二人の弟よりも激烈な責め苦にも、悲鳴すらあげず耐えた。責め問を続ける町方や番屋の張番が、呆《あき》れるほどの強靱《きょうじん》さだった。

文六は、三兄弟が多見蔵の指図で、文六お糸の命を狙ったのに違いないと睨《にら》んでいた。七月の末、龍門寺門前のねぐらを嗅《か》ぎつけた文六と女房のお糸に、多見蔵は仕かえしを狙い、三兄弟を押しこませた。

ほかに自分とお糸の命が狙われる理由は、考えつかなかった。

文六は、多見蔵ほどの男がそこまでやる真意を確かめたかった。

ただ、本途《ほんと》にそれだけのために多見蔵はこんな危険を犯したのか、というぼんやりとした疑念も、ないわけではなかった。

ひょっとしたら、今はもう忘れているが、昔の古い遺恨が命を狙われた理由なのかもな、と恐いもの知らずだった若かった日々に思いを廻らしたりもした。

こいつらの打ち首は、まぬがれない。どうせ打ち首になるなら、誰かを庇《かば》うため、口を割らずに死んでいく覚悟を決めているのか。客の正体は明かさない。それがこいつら玄人《くろうと》の性根か。

もしも、こいつらが仕事を請《う》けた相手が多見蔵だったなら、多見蔵とはそこまでする値打ちのある男なのか。

と、文六は物憂《ものう》く思い続けた。

その夜から翌日の一昼夜、責め問に耐えかねて三兄弟が白状するときを、文六は三四の番屋で待った。

三兄弟は責め問に耐え、口を割らなかった。

ところが、強靱に責め問に耐えていた兄の経司郎が、翌々日の夜明け、早々に白状を始めた。それは文六の睨んだとおり、三兄弟は元締めの多見蔵より、文六お糸の始末を請けた、という白状だった。

「あっしら三兄弟は、文六さんやお糸さんに恨みつらみはございません。文六さんとお糸さんの命を狙ったのは、これがあっしらの生業《なりわい》だからでございます。仰《おお》せのとおり、元締めの多見蔵さんのお指図《さしず》でございます」

自分たち三兄弟は、元締めの多見蔵がまだ旅の薬売りだったころからの請け人で、自分たちのような請け人を多見蔵は幾人か抱えているのは間違いないが、請け人同士は、多見蔵以外顔を知らない。

この七月、多見蔵の正体が露顕《ろけん》し、龍門寺門前の裏店に町方が踏みこみ、多見蔵が捕り方の手を逃れて姿を消し、それからおよそひと月半余がたった今日までの経緯を経司郎はつぶさに白状した。

そして、多見蔵が文六お糸の命を狙った理由が明らかになったとき、

「なんということだ」

と、思わず声が出た。

そうだったのか、と多見蔵に意表を突かれた気がした。経司郎ら三兄弟に文六とお糸の命を狙わせた理由は、多見蔵の遺恨ではなかった。小石川の百間長屋で斬られた信夫平八の、仇を討つためだった。

では、小弥太と織江をさらったのは、もしかすると多見蔵の仕業《しわざ》か、唐木さんが言っていたあれか。なんと迂闊《うかつ》な……

文六は、老いぼれて血の廻りの悪くなった自分の頭を小突いた。

経司郎ら三兄弟が、多見蔵から聞いた話はこうだった。

龍門寺門前の店を岡っ引の文六に嗅ぎつけられていたとは、迂闊にも気づきませんでした。ある日、龍門寺門前の裏店に突然、町方に踏みこまれ、からがら逃げ遂《おお》せました。九死に一生を得た心地《ここち》です。そのあと、何を間違えてこういう始末になったのか調べたところ、どうやら雇《やと》っていた婢《はしため》が文六らに、わたしの素性や暮らしの様子、どんな客が訪ねてくるかなどを訊かれていたらしいのです。婢はわたしが何者かも知りませんから、それで足がつくはずはなかった。婢は文六に口封じをされ、文六がわたしを探っている事情を、わたしには黙っておりました。それは仕方がありません。婢は何もわからぬまま、そうさせられていただけですから。ただ、婢は文六にある仕事をさせられたのです。神田の銀町のある人物に、わたしの伝言と偽《いつわ》り、急な仕事が入ったので龍門寺門前の店に至急きてほしい、と伝えにいかせられたのです。

奉行所の捕り方が龍門寺門前の店に踏みこんだ当日の、つくつくぼうしの鳴く七月末の暑い午後でした。その人物は婢の伝言を疑わず、神田から龍門寺門前への道を急いだ。文六とお糸は下っ引らを率《ひき》いて、おびき出したその人物を、小石川の水戸屋敷わきの百間長屋の通りで待ち伏せ、ひっ捕らえようとしたのです。たぶん、ひっ捕らえようと……

そのときの経緯は、捕り方の手からかろうじて逃れた半月後、井草《いぐさ》の郷里に戻っていた婢にこっそり会いにいき、訊き出したのです。まさか、わたしが現れるとは夢にも思っていなかった婢は、ひどく怯《おび》えました。わたしは婢を、今度こんなことをしたら命はないぞと、可哀想《かわいそう》だが少々脅《おど》し、同時に鼻薬を嗅《か》がせて、すべては、文六の指図だったことがわかったのです。

ですが、文六がなぜ龍門寺門前の裏店で、好《す》き者《しゃ》ふうに暮らしている多見蔵に疑いの目を向けたのか、その人物をなぜおびき出したのか、それはわからなかった。文六におびき出された銀町のその人物も、経司郎さんたちと同じ、わたしの仕事を請け負っていた方です。

名は信夫平八。貧乏暮らしで苦労したせいか、ずいぶん老《ふ》けて見えましたが、歳は三十代の半ばにも達していなかった。北最上藩の徒侍《かちざむらい》だったと聞きました。

結ばれることを許されぬ女人と欠け落ちするため、人を斬って江戸に逃れてきたのです。許されぬ罪を犯した身と自分を責め、自分を恥じ、頑固なほど生真面目《きまじめ》で、融通《ゆうずう》を利かせられず、罪深い茨《いばら》の道であっても真っすぐに歩むことしかできない、そういう侍でした。

赤城明神下で手習所を始め、妻となった女とひっそりと暮らしておりました。倅《せがれ》と娘ができ、貧乏ながらもどうにか暮らしていた。ところが、妻が重い胸の病を患《わずら》った。医者の診療代と薬代で、どうにか暮らしていた日々はたちまち破綻《はたん》したのです。子供らに食べさせることすらできないあり様に陥《おちい》ったのです。

信夫さんを見かけたのは、この春の初めです。暮らしのために龍門寺門前町に刀を売りにきて、その戻り、牛天神に妻の病気が癒《い》えるようにと、お詣《まい》りをしていたときでした。二人の子供を連れておりました。倅も娘もまだ幼く、本途《ほんと》に玉のように可愛《かわい》い子たちでした。信夫さんが娘を片腕に抱きあげ、倅の手を引いているのです。痩《や》せ衰《おとろ》えてはいても、隆とした身体つきでね。ひと目で使い手とわかりました。尾羽《おは》打ち枯らしても、不器用ではあっても、信頼のできる確かな顔つきに見えました。おのれのことなどいっさい顧《かえり》みず、妻と子のためにならおのれの生き死になどとうに捨てている顔つき、とでも言うのでしょうか。

わたしは、信夫さんに声かけずにはいられなかった。可愛い子供さんですねと話しかけました。信夫さんがいきかけた後ろから、名前と住まいを信夫さんに伝え、無礼をお許しくださいい、しかし、わたしのような者でも、暮らし向きのことでお役にたてることがあるかもしれません、いつでもお訪ねくださいと告げたのです。信夫さんは、怪訝《けげん》そうに見かえしておりました。

龍門寺門前の裏店に訪ねてこられたのは翌日です。子供らに、食べ物を与えねばなりません。妻の病を治すのに、薬代が要《い》るのです、と土間に跪《ひざまず》いて仰った。胸を締めつけられました。経司郎さん、地獄に生きる者は地獄を知っています。この人はすでに地獄の中に生きている、妻と子のためになら地獄に落ちる覚悟があるのだと、あのとき、わたしは感じたのです。

文六とお糸らが、小石川の百間長屋の通りで、信夫平八さんを待ち伏せました。しかし、信夫さんは捕まえられたのではありません。信夫さんは亡くなりました。捕らえられては、おりません。百間長屋の通りで斬られ、その場で命が果てたのです。むろん、岡っ引の文六に斬られたのではありません。あの日、信夫さんを百間長屋の通りで待ち伏せていた文六らの中に、今ひとり……

「元締めの店は、六道の辻から西へ半町（約五四・五メートル）ほどいった、御鉄炮場に近い千駄ヶ谷町の質屋《六道》でございます。嘘偽《うそいつわ》りはございません」

経司郎は洗いざらい白状した。

「多見蔵のねぐらは、千駄ヶ谷町の質屋・六道だ。捨松、お糸らを集めろ」

文六は叫んだ。


町奉行所の捕り方の出役は、一刻を争ったため、夜を待たず、昼を廻った刻限に千駄ヶ谷町の質屋《六道》に向かった。南町の当番与力が指揮をとり、物々しい装備と扮装に拵《こしら》えた南北合わせて三十名を超える捕り方だった。

それぞれの町方が自前で抱える岡っ引や下っ引も、多数加わっている。

普段は十手を持たない下っ引らには、町奉行所より長短の目明し十手がわたされる。捕物道具は、呼子、梯子《はしご》、捄縄、目つぶし、万力鎖《まんりきぐさり》、手鎖、鉄拳、角手、鉤縄《かぎなわ》、突棒、さす股《また》、袖《そで》がらみ、などである。

むろん、その前に町方が使う手先のうちの何人かが、行商などに変装して千駄ヶ谷町へ乗りこみ、様子を探っている。

半刻《はんとき》（約一時間）後、南北町奉行所の捕り方は、千駄ヶ谷町の質屋・六道の土蔵造り総二階の店をとり囲んだ。

　秋の午後の陽射しが、六道の漆喰の白壁にまぶしく照り映えている。

　まだ日の高い昼さがりの突然始まった捕物に、周辺の御先手組や小役人の組屋敷、御家人屋敷、旗本屋敷、また大名屋敷の勤番の侍たちや奉公人らが、六道の辻から西の千駄ヶ谷方面へゆるやかにくねる往来の東西に、賑《にぎ》やかに集まって捕物見物を始めた。

　中には、賊が逃げてきたら一刀の下に斬り捨てる、と意気ごむ侍もいた。

　お城では、勤めがまだ終っていない刻限ながら、組屋敷や御家人屋敷の主たちは、多くが三番勤めの小役ゆえ、勤めのない日は家で内職に励んでいる。

　そんな刻限に、町方の珍しい捕物が始まったのである。見物人が集まらないわけがなかった。

　指揮をとる与力の指図で、捕り方の同心が、「御用である……」と決まり文句の口上を高らかに述べると、即座に掛矢が表戸を叩き割って、雄叫《おたけ》びと喚声とともに町方や岡っ引らはいっせいになだれこんだ。

　土蔵造りの裏手の細道に背戸があり、そこからも閉じられていた板戸を叩き割って町方は突入した。

捕り方の一隊は、一階の床を踏み鳴らし、ゆるがし、納戸や押入は言うまでもなく、床下のすみずみまで探し廻り、また一隊は二階の板階段を震わせ駆けあがり、部屋から部屋へと走り廻り、天井裏まで探るはずだった。

だが、それぞれが勢いよく店になだれこんでからほどなく、急に二階の騒ぎが静かになった。

「なんだ。どうした」

「おおい、何があった」

「見つけたか」

捕り方たちが口々に喚《わめ》き、二階へ駆けあがった。

すると、二階の奥の仏間に捕り方たちが集まり、拍子抜けしたように立ちつくし、ひそめた声を交わし合っていた。

「おい、どうしたのだ」

一階から駆けあがった同心のひとりが、仏間の何かを囲んでいる捕り方たちに質した。見るのかい、というふうな無気力な素ぶりで、捕り方たちが囲みを開いた。三人の男たちが、仏間に寝かされているのが見えた。

捕り方たちの開いた口が、ふさがらなかった。

三人は猿轡《さるぐつわ》を嚙《か》まされ、両手両足を厳重に縛《いまし》められ、ひとりひとりが数珠《じゅず》つなぎになり、ひとりが動くとあとの二人を引き摺る恰好で、容易に身動きできないあり様だった。

しかも、下帯ひとつの裸で、寒さしのぎに上布団がかぶせられていた。

それは、のちの訊きとりでわかったことだが、三人は、多見蔵と若い手下が六道を出た前夜の真夜中すぎから、その恰好で、およそ半日近く、呑まず食わずで放っておかれたのだった。

三人とも我慢できずに小便をもらしていて、臭気が漂《ただよ》っていた。だが、町方の踏みこみが遅れていたら、もっとみじめなあり様になっていたと思われた。

南町の臨時廻り方の宍戸梅吉、第六天門前町の博奕打ちの浅次、同じく地廻りの鉢助の三人である。宍戸は両刀と朱房の十手が首からぶらさげられ、鉢助の下帯には、百文で質入れした根付がくくりつけてあった。

三人の着物や帯は、壁の衣紋掛《えもんかけ》にきちんとかけてあった。

宍戸は捕り方の朋輩《ほうばい》らに、猿轡をはずされ、縛めを解かれると、汚れた下帯ひとつのまま端座して号泣した。

文六は、お糸や捨松、富平を促し、階下へおりた。

「おれたちが側にいると、旦那はつらいだろう」

と、文六は店の間のあがり端《はな》に腰かけ、ほかの者も前土間で手持ち無沙汰《ぶさた》な様子で待った。二階の宍戸の号泣は、しばらく続いた。

「親分、疵はどうだい」

お糸が文六に声をかけた。

「疵は大丈夫だ。けど、ちょっと疲れた。また、やられたな」

文六はお糸を見あげて言った。

「しょうがねえっすよ、親分」

捨松が言って、残念そうに顔を歪めた。

「あいつら、わかっていたんだ」

「わかっていたって、何がです？」

「経司郎と淳之助と石庵さ。昨日一日、責め問を持ちこたえりゃあ、多見蔵がここを引き払うのがわかっていたのさ。だから、昨日まではあんなに耐えていたのに、今朝になって急に、すらすら白状しやがった。畜生、うまいこと踊らされたな。多見蔵の次の手は……」

文六は、捕り方が両引きの表戸を打ち割った外の路地へ、老練な眼差《まなざ》しを投げていた。路地は日陰になって、今しがたまでの捕物騒ぎが収まった静けさが、冷たく沁《し》みこんでいた。

「よし。ぐずぐずしていられねえ。みな、いくぜ」

文六は胸騒ぎを覚え、立ちあがった。

「親分、どちらへ」

お糸が言った。

「お糸、おれとおまえの次に、多見蔵に命を狙われるのは、おそらく唐木市兵衛さんだ。いき先は、永富町の唐木さんの店さ」

「市兵衛さんが、多見蔵にどうして？」

「道々話す」

文六は、六道の前土間から路地へ出て、お糸、捨松、富平が後ろに続いた。

「富平、良一郎はどうした」

路地を千駄ヶ谷町の往来へ出て、六道の辻のほうへ向かいながら、文六の大柄な背中が富平に訊いた。富平と良一郎は、十九歳と十七歳の若い衆である。

「あたしがあの子に、子供たちの捜索の進み具合を、永富町へ知らせにいかせたんだよ。市兵衛さんが何もわからず知らせを待つだけというのは、つらいだろうと思ってね。良一郎をいかせてから捕物が始まったんで、呼び戻している間がなかったのさ」

お糸がこたえた。

「そうか。それなら仕方がねえ。もっとも今日の午後、一番働いているのは良一郎かもな。何しろこっちは、あっちへいきこっちへいきと、ただうろうろしているだけだからな」

文六が後ろの三人へ顔をひねり、自嘲するように苦笑を見せると、元気のなかったお糸ら三人が賑やかに笑った。

お糸が真顔に戻り、文六の背中に言った。

「親分、多見蔵が次に狙うのは、市兵衛さんなのかい」

「おそらく、いや、間違いなくそうだ。唐木さんに一刻も早く多見蔵の狙いを伝え、こっちの手だてを講じる必要がある」

「親分、なぜ市兵衛さんなんだい。多見蔵は親分にねぐらを嗅ぎつけられた腹癒《はらい》せに、仕かえしに親分と女房のあたしを狙ったんだろう。市兵衛さんじゃあ、仕かえしにならないいんじゃないの。どうやら、宍戸の旦那に仕かえしはないようだから、次に狙うとしたら、また親分とあたしじゃあ……」

お糸がなおも訊いた。

「お糸、違うんだ。今朝の経司郎の白状でわかったんだ。小弥太と織江をさらったのも、多見蔵の仕業《しわざ》だ。ただし、金目あての人さらいじゃねえ。多見蔵は小弥太と織江を唐木さんからさらって……」

文六の背中が戸惑いを見せた。だが、すぐに言った。

「小弥太と織江は、信夫平八の子だ。平八は、元締めの多見蔵が仲介する裏稼業の人斬りを請け負った。お内儀の薬礼《やくれい》を稼《かせ》ぎ、小弥太と織江を飢《う》えさせねえためだった。唐木さんが、小石川の百間長屋の通りで平八を斬った。おれたちはあの場に立ち会い、あの場で起こったことの一部始終を見ていた。唐木さんが斬らなきゃあ、おれたちが平八をお縄にする手はずだった。本途《ほんと》は有無《うむ》を言わせずひっ捕らえるのが筋だが、罪のねえ小弥太と織江を不憫《ふびん》と思い、宍戸の旦那のお慈悲でああなったわけだ。わかるな」

「そうだったね、親分」

「考えてもみろ。てめえの裏稼業を嗅ぎつけた岡っ引を恨みに思って、高が岡っ引の始末に、玄人《くろうと》の三人組を金で雇うか。そんな危ない橋を渡る値打ちが、おれたち岡っ引ごときの命に、あるとは思えねえ。やられた仕かえしだ？　がきの喧《けん》嘩《か》じゃああるまいし。そんなけつの穴の小さな了見の小悪党だとしたら、多見蔵に元締めなんか、務まるはずがねえんだ。おれが多見蔵なら、小癪《こしやく》な岡っ引がやるじゃァねえかと思うだろう」

　六道の辻から権田原、安鎮坂へと四人は道を急いだ。

「岡っ引に仕かえしなんぞ、多見蔵ほどの大悪党のやることじゃァねえ。小弥太と織江は、平八と一緒に多見蔵に会ったことがあって、多見蔵の顔を知っていたんだ。平八が百間長屋の通りで唐木さんに斬られたとき、おれたちもあの場にいて、平八の話を聞いた。それは間違いねえ。織江は小さくて覚えていなかったとしても、小弥太なら多見蔵を覚えていたはずだ。もしかしたら、父親と一緒に、二度か三度は多見蔵と会っていたかもしれねえ」

「じゃァ、小弥太と織江がさらわれたことと、一昨昨日《さきおととい》の夜の三人組のおしこみにかかわりがあるのかい」

　お糸が言うと、文六は疵が痛むかのように身体をわずかにかしげた。

「親分……」

　お糸が、文六を気遣って声をかけた。

「いいんだ。疵の所為《せい》じゃァねえ」

文六はかしげた身体をなおし、なおも歩みを続けた。

「もしも、多見蔵と信夫平八が、裏稼業の元締めと仕事の請け人というかかり合いだけじゃなく、互いの心の垣根を超えた、同情やら憐《あわ》れみかもしれねえし、互いを認め合う男心か意気に感じる友の情かもしれねえが、互いに修羅《しゅら》の道に踏みこんだ者同士の契《ちぎ》りがあったとしたら、多見蔵は平八を斬った唐木さんに、深い恨みを抱いているだろう。友の仇《かたき》を討ちたいと、思っているだろう。だから、友の仇を討つため、三人組の玄人にあの場にいたおれとお糸の始末を頼んだ。のみならず、小弥太と織江もさらった。そうに違いねえのさ」

「親分、多見蔵は小弥太と織江をさらって、どうするつもりなんだい」

「多見蔵は、平八の子の小弥太と織江を、てめえの子にする気だ」

「ええっ。自分の子に？」

「おれの勝手な推量だから、辻褄《つじつま》は合っていねえ。筋が通るわけでもねえ。けれど、そう考えれば腑《ふ》に落ちるんだ。今はわからねえが、いずれ、ああそうだったのか、とわかるような多見蔵の狙いが……」

しかし、文六、お糸、捨松、富平の四人が永富町の安左衛門店に着いたとき、市兵衛と良一郎の姿はなかった。

四

きた、と市兵衛は顔をあげた。

腰障子に午後の翳《かげ》りが射した四畳半の静寂に、かすかな兆しが感じられた。

市兵衛は文机から立ち、台所を抜けて寄付《よりつ》きにいった。

静まりかえった寄付きに佇んだ市兵衛に、どぶ板を懸命に踏む小さな足音が聞こえている。

寄付きから土間におりた。

表戸の腰高障子に、童子の影が映った。影はたちまち障子に近づいた。表戸が素早く引かれ、小弥太と目が合った。小弥太は市兵衛を見あげ、

「あっ」

と言った。だが、次の言葉が出てこなかった。

小弥太は、小さな痩せた肩を大きく震わせていた。顔に汗をかき、荒い呼吸を繰りかえしていた。沢山言うことがありすぎて、何から言っていいのかわからないような様子だった。

「お帰り、小弥太。よく無事で戻ってきた」

市兵衛は笑いかけた。

するど、小弥太は土間に飛びこみ、市兵衛にすがりついた。それから、大声を放って泣き始めた。

市兵衛は表戸を閉じ、泣きながら何かを言おうとしている小弥太の、髪の乱れを掌《てのひら》でなでて整《ととの》え、額《ひたい》や首筋の汗をぬぐってやった。

「いいんだ、小弥太。ゆっくり話しておくれ。織江のことだな。織江は元気でいるのかい？」

小弥太は市兵衛にすがりついて、泣きながらこたえた。

「市兵衛さんがいないので、時どき、泣いてる」

「そうか。小弥太、お腹は空《す》いたか」

小弥太は首を横にふった。

「喉《のど》は渇いているか」

今度は頷いた。

よし、と市兵衛は小弥太を抱きあげ、寄付きにあがり、台所へいった。台所のあがり端に小弥太を坐《すわ》らせ、勝手へおりて土瓶《どびん》のぬるい茶を湯呑に酌《く》んだ。

「さあ、お飲み」

小弥太は湯呑を両手でとり、細い喉を震わせ、ひと息に飲み乾《ほ》した。

「まだ飲むかい」

小弥太は頷き、市兵衛はまた茶を酌んだ。

それも飲み乾してから、小弥太は涙をぬぐい、ゆっくり呼吸を繰りかえした。

やがて、小弥太の呼吸は穏やかになった。

「遠くから、駆けてきたのかい」

小弥太は、こくり、と首をふった。

「よく知らないところから。でも道はわかる。多見蔵さんは千駄ヶ谷だって」

「千駄ヶ谷から、ずっとか」

「疲れたけど、我慢して走った。織江が、早く帰ってやらないと寂《さび》しがるから」

「偉かったな。多見蔵さんが、小弥太と織江を連れていったのだな」

「多見蔵さんは、お父さんのお友だちだよ。お父さんと一緒に仕事をしていたんだって。前に会ったことがあるから、顔は知ってた。多見蔵さんは、おじさんの家へおいで、お父さんの話をしようって、誘ってくれたんだ。わたしは、市兵衛さんに聞いてからって言ったんだけど、市兵衛さんにはあとで伝えておくから大丈夫だよって。多見蔵さんは、さあ、いこうって、織江を抱きあげたんだ。だから、わたしもついていった」

　市兵衛は頷いた。

「千駄ヶ谷の、どこへいったのだ」

「多見蔵さんのお店の二階。大きなお部屋がひとつと、小さなお部屋が二つあって、好きなように遊んでいいけど、外へ出ちゃあいけないって言われた。多見蔵さんと三人で、店の中でずっと遊んでた。時どきは、暗くなってから外へもいった。田んぼと大きなお屋敷ばっかりのところだった。多見蔵さんのお仲間の、季《とき》之助《のすけ》という若い人とも遊んだ。ご飯は四人で食べた。多見蔵さんが出かけて、季之助さんと三人のときもあった」

「多見蔵さんと季之助さんは、優しかったかい」

「うん。でも、寝るとき、織江が帰りたいって泣くんだ。そしたら、多見蔵さんは、織江を抱いて眠るまでお話をしてくれた。多見蔵さんは、ずっと昔、薬売りの商人だったんだ。遠い国の町や村を薬売りの旅をして、いろんな町や村や、いろいろな人の話を沢山知っているんだよ」

「千駄ヶ谷へいけば、多見蔵さんの店はわかるかい」

「わかる。けど、いまはそこじゃないよ。田んぼの中を流れている川のそばで、水車が廻って、杵《きね》がとんとんと粉をついている小屋に、織江も多見蔵さんも季之助さんもいる。昨日の夜、その小屋に引っ越した」

川が流れ、粉をついている水車小屋……

市兵衛は千駄ヶ谷の野を思い浮かべた。

小弥太は市兵衛を、凝《じ》っと見あげた。そして、続けた。

「多見蔵さんが、市兵衛さんに伝えてくれって言ったんだ」

「そうか。小弥太は、多見蔵さんに伝えるようにと、頼まれたのだな」

「うん。多見蔵さんは、わたしと織江のお父さんのことで、市兵衛さんと話をつけないといけないことがあるから、市兵衛さんに、ひとりできてほしいって。暗くなったら、織江を連れて旅に出ないといけないので、必ず暗くなる前にきてほしいって言ってた」

「わかった。小弥太、織江を連れ戻しにいこう。多見蔵さんのいる小屋へ、案内してくれるかい」

小弥太はまた、こくりと首をふった。そして、目をそらさず言った。

「あのね、市兵衛さん。多見蔵さんから聞いたんだ。市兵衛さんはわたしと織江のお父さんを斬ったって。お父さんは市兵衛さんに斬られて死んだんだって。本《ほん》途《と》なの、市兵衛さん。本途にお父さんを斬ったの」

　市兵衛は勝手の土間に佇み、小弥太を見おろした。

　すると、小弥太のつぶらな目から、涙がひと筋、二筋とこぼれ、童子のふっくらした頰を伝った。

「それは本途だ。小弥太と織江がもう少し大きくなってから、本途のことを話そうと考えていた。わたしがどうしてお父さんと斬り合いになったのか、そのわけもちゃんと話すつもりだった。おまえたちのお父さんもわたしも、お互いに憎いと思ったり、恨んだりして斬り合ったのではない。斬り合いたくはなかった。けれど、そうしなければならなかった。そうするしかないわけがあったのだ。小弥太と織江のためにだ。小弥太、そのわけを話すのは、おまえたちがもう少し大きくなるまで待ってほしいのだ。もしも、わたしに何かがあって話せなくなっても、文六親分やお糸さんに訊けば、きっとそのわけを教えてくれる。だから、それまで待ってくれ」

　小弥太は、小さな手の甲で頰を伝う涙をぬぐった。そして、三度目も、こくりと、理解するのではなく何かを感じとったかのように頷いた。

「すぐに握り飯を拵え、味噌汁《みそしる》を作る。小弥太はそれを食べて力をつけるんだ。その間にわたしは支度をする」

市兵衛は、涙でぬれた小弥太の頬を両掌でくるんで言った。

半刻後、市兵衛と小弥太は店を出た。

路地で店の住人のおかみさんらと出会い、小弥太を見たおかみさんらは、「あら、小弥太さんじゃないか」「無事だったのかい」などと口々に言った。

「これから織江を連れ戻しにいかねばなりません。詳しい事情は、のちほどお話しします。急ぎますので、今はこれにて」

と、市兵衛はおかみさんらに言い残し、どぶ板を鳴らした。

神田川堤へとり、お茶の水を越え、四谷御門を目指した。

天道はまだ高かったが、晩秋の昼下がりの空を急ぎ足で西へ傾いていく。

小弥太は市兵衛に遅れまいと、小走りで傍らを駆け続けている。

「小弥太、疲れたら言っておくれ。休み休みしながらいこう」

「ううん、平気。織江は寂しくて泣いているよ。早くいってやらなきゃあ」

「そうか。そうだな。偉いな」

市兵衛は小弥太の手をとった。小弥太の小さな手が、市兵衛の手をしっかりとにぎりかえしてきた。

市兵衛は、総髪に結った髷《まげ》を、風になびかせた。古びて少々あせた紺羽織の裾を、白い天道の陽だまりの道に、羽のようにひるがえした。

四谷御門から四谷伝馬《てんま》町一丁目の往来へ曲がり、四谷大木戸《おおきど》へ向かった。

四谷大木戸をすぎると内藤新宿《ないとうしんじゆく》で、新宿追分《おいわけ》から五街道のひとつの甲州街道と青梅街道へと分かれる通りである。

四谷大木戸は、道の両側に石垣を築き、土留めの段々になった坂道がゆるやかにのぼっていた。

左手に玉川御上水改めの水番屋があり、玉川御上水は水番屋のわきで南へ流れる古川へ分かれ、東へ流れる本流は水番屋より地下の水道となる。

市兵衛と小弥太は、大木戸の坂道の手前を六番町の往来へ折れた。

このあたりは、東側に大御番組の武家屋敷が門をつらね、西側は内藤家の下屋敷の樹林に覆われた敷地が長々と続く。玉川御上水から分流した古川は、内藤家下屋敷の広大な邸内を通って、千駄ヶ谷を横ぎり、渋谷《しぶや》方面へと流れていく。

六番町の往来を、内藤家の敷地の樹林に沿って折れると、古川端《ばた》に出る。古川に板橋が渡してあり、板橋を渡った川端に板葺屋根の水車小屋があった。

水車がゆっくりと廻る小屋から、ごとん、ごとん、杵が気だるげに臼《うす》を打つくぐもった音が聞こえている。

市兵衛は小屋のそばで足を止め、西に傾きつつある天道を見あげた。大きな息を吸い、静かに吐いた。

「市兵衛さん、多見蔵さんが待っているのは水車小屋だけど、ここじゃないよ」

小弥太が心配そうに市兵衛を見あげた。

「わかっている。でも、少し休もう」

小弥太は市兵衛に手を引かれ、小屋の軒下に入った。

「ここで休んでおいで。わたしたちをつけてくる人がいるのだ」

「ええ？」

と、小弥太は目を丸くした。

六番町の往来から、良一郎が駆け足で板橋を渡ってくる。

市兵衛は小屋の陰から出て、良一郎に声をかけた。

「良一郎さん、どこへいくつもりですか」

良一郎は、いきなり声をかけられて驚き、橋の上で足を止めた。市兵衛へ照れ臭そうな笑みを寄こした。

「なんだ、市兵衛さん、気づいていたんですか」

「神田から気づいていましたよ。道を急いでいましたし、良一郎さんに事情を話すわけにはいかないので、そのうちに諦めて引きかえすだろうと思っていたのですが……」

市兵衛は往来に出て、橋の袂《たもと》に立った。

「なんだ。じゃあ、初めから気づいていたんですか。あっしはお糸姐《ねえ》さんから、小弥太と織江の捜索の進み具合を、市兵衛さんへ知らせにいっておいでって言われ、永富町まできたんです。そしたら、市兵衛さんと小弥太がどっかへいくみたいに通りを急いでいるのを見つけて、あれ、ありゃあ小弥太じゃねえかと、吃驚《びっくり》したけれど、なんだかちょっと様子が変だし、織江の姿は見えないし、不審に思って、確かめるつもりでついてきたんです。ここまできたら、市兵衛さんと小弥太の姿が急に見えなくなったんで、走ってきたところです」

良一郎は、小屋の陰から往来に出てきて市兵衛と並んだ小弥太に、顔つきをやわらげ、気安く声をかけた。

「よう、小弥太、無事だったのかい。心配したぜ」

「良一郎さん、今日は」

　小弥太は辞儀をした。

「良一郎さん、詳しい事情は話せません。小弥太の案内で、これからわたしひとりでいかなければならないところがあります。心配をかけて申しわけないが、ここまでにしてくれませんか。文六親分とお糸姐さんに、わけはあとで話すと、伝えてほしいのです」

「わかりました、市兵衛さん。それは親分と姐さんに伝えます。けど、それはそれとして、これからいくのは、織江のいるところでしょう。頭は悪いけど、あっしにだってそれぐらいの察しはつきます。織江の身が心配なのは、あっしだって同じですよ。織江を連れ戻しにいくなら、あっしにだって少しは手伝わせてくださいよ。決して、市兵衛さんの足手まといにはなりません。市兵衛さんの指図どおりにします。お願いです。あっしも連れてってください」

「良一郎さん、ありがとう。その気持ちだけで十分です。だが、これからいくところは、命の危険にかかわるかもしれないのです。わたしひとりでやらなければならないことなのです。良一郎さん、帰りなさい」

「命の危険にかかわるなら、なおのことですよ。市兵衛さんと小弥太を見かけたのに、しかも、二人が命の危険にかかわるところへ向かうのに、じゃあ、またって、あっしひとりに帰れって、言うんですか。そんなの、水臭いじゃありませんか。こんな幼い小弥太だって、いかなきゃならないからいくんでしょう。あっしはいい加減な不良だけど、仮令《たとえ》不良でも、こんなときにいかなきゃあ、男がすたりますよ。渋井さんがこんなときに、すごすごと帰りますか。それでも友だちですか。渋井さんだったら、当然、おれもいくぜと、放っとけねえぜって言うでしょう。あっしだって、渋井さんの倅ですから」

橋の上で陽射しを浴びている良一郎を見つめ、市兵衛の胸が鳴った。

繰りかえすが、良一郎は、市兵衛の友である北町奉行所定町廻り方の渋井鬼三次のじつの倅である。確かに、あの渋井さんならこういうとき、「市兵衛、おれもいくぜ。おれが勝手にいくんだから気にすんな」と言うだろう。

良一郎は今、母親のお藤が良一郎を連れて再縁した老舗扇子問屋の主人・文八郎の倅で、渋井を渋井さんとよそよそしく呼ぶ。だが、間違いなく、良一郎は渋井の倅なのだと、市兵衛は思った。

市兵衛は、つい、真顔をほころばせた。

「小弥太、良一郎さんにも一緒にきてもらっていいか」

小弥太は市兵衛を見あげ、うん、と頷いた。

「では、良一郎さん、手伝っていただけますか」

「合点《がってん》承知です。お指図をお願いします」

良一郎は尻端折りの着物の下の細長い素足を、橋板にはずませた。

「慌《あわ》てないで。必ず、わたしの指図に従ってください。仮令、わたしの身に何があっても、必ずですよ。約束してください」

「は、はい。約束します。必ず、市兵衛さんの言いつけを、守ります」

市兵衛は首肯し、小弥太の手をとって道を急いだ。

五

千駄ヶ谷は、茅《かや》の覆い繁《しげ》る低湿地である。一日に千駄の茅を積みだしたから千駄ヶ谷である。なだらかな丘陵地がつらなり、茅の茂る原野だけではなく、田畑も広い。大名の広大な下屋敷の屋根が邸内の森の中にのぞき、黒鍬などの公儀の身分の低い武家屋敷も甍《いらか》を並べている。

千駄ヶ谷町は、それらの大名屋敷や武家屋敷が建ち並ぶ武家地に囲まれ、あちらに十数軒、こちらに数軒、向こうに何十軒、と町家が形成されている。

広い武家屋敷地にも明屋敷《あき》が多く、茅が繁って放置された明地もあるが、多くが植木屋に使われて、植木屋の多い土地でもある。

千駄ヶ谷に入ると、小弥太は市兵衛の手を離し、市兵衛と良一郎を導くように小走りを先へ先へと進めた。

千駄ヶ谷の武家地の大名小路、黒鍬丁《くろくわちょう》の往来を抜け、茅野と田畑の畦道《あぜみち》をとって、北から南へ流れる小さな川の堤に出た。小川は玉川御上水の分流で、板橋が架かり、橋を渡った道に沿って松林が植えられていた。田畑の先に井伊《いい》家下屋敷の土塀が長々と廻り、邸内の深い森が彼方の空をきりとっている。

小弥太は橋を渡らず、細流の土手道を南へ曲がった。

「市兵衛さん、もうすぐだよ」

いきながら、市兵衛にふりかえって言った。

「わかった」

土手道の傍らを、細流が鈴を転《ころ》がすような音をたてていた。そして、その鈴を転がす音にまじって、かすかに、杵が臼を打っていた。

それは、気だるく物憂い、老いた人の咳《せき》のように聞こえてくる。

前方の細流に板橋が架かっていて、数間の手摺《てす》りもない簡素な板橋を渡った川端に、茅葺屋根の水車小屋がようやく見えた。

流れはまるで、水面を生きているかのように細かく震わせていた。水車をゆっくりと回転させ、両側の低い土手に繁る蘆《あし》は、陽射しを受けて眠っている。

後方になった井伊家下屋敷のほかにも、土塀が森と林を囲う大名屋敷や、神社や仏閣の堂宇《どうう》も、茅野の原と、はや稲刈りのすんだ田んぼと畑の彼方のあちこちに散見できた。

遠くの茅野の原で、茅を刈っている農夫らしき小さな人影が働いている。

市兵衛は水車小屋を見ながら、土手道を進んだ。

やがて、焦げ茶の着物に黒の細袴を着け、二刀を帯びた侍風体が、水車小屋からのどかな風情で出てくるのを認めた。侍に続き、小さな織江の姿が見えた。

織江の後ろに、織江を庇《かば》うような、これも侍風体の若い男がいた。

と、前をゆく小弥太が駆け出した。

「織江っ」

駆けながら呼びかけると、織江が両手を差しあげ、躍りあがるようにふった。

「お兄ちゃん」

小さな声がかえってくる。

「市兵衛さん、いました。織江があそこにいましたね」

市兵衛のすぐ後ろで、良一郎が声を上擦《うわず》らせた。

「良一郎さん、わたしが倒れたら、亡骸《なきがら》はこの羽織でくるんでください」

前方から目をそらさず歩みつつ、市兵衛は紺羽織を脱いだ。

「ええっ」

と、良一郎は一瞬たじろいだが、すぐに気をとりなおし、市兵衛の羽織を受けとった。市兵衛の下は銀鼠《ぎんねず》の小袖に、羽織と同じ紺の細袴である。

「何があっても、ただ、それが終るまで見ているのです。うろたえては、なりません。それが終ったあとのことは、良一郎さんに任せます。江戸へ帰ったら、何が始まりどのように終ったかを、そうですね、渋井さんにでも話して聞かせてください」

なおも歩みながら、下げ緒《お》を襷《たすき》にかけ、袴の股《もも》だちをとった。

「い、市兵衛さん……」

良一郎はそれ以上言わなかった。

小弥太が板橋を渡って、織江の傍らに駆け寄っていった。織江としっかりと手をつなぎ、小弥太と織江を後ろから守るように、若い侍が両手を広げ、二人の肩へ手を廻した。

焦げ茶に細袴の侍は、小弥太と織江へのどかに頷きかけた。それから、板橋のほうへ歩み出した。

堤道を進む市兵衛に目を向けると、板橋の袂に立ち止まった。

市兵衛が板橋を挟《はさ》んで向かい合うのを、腕組みをして待った。黒い紐《ひも》の襷をかけて袖を絞り、前襟の間から鎖帷子《くさりかたびら》をのぞかせていた。

「良一郎さんはここで」

市兵衛は良一郎に指示を与え、堤道に残した。

天道はだいぶ西に傾いたものの、秋の空にまだ高い。

橋の袂まできて歩みを止め、四間（約七・二メートル）ほどの板橋を挟んで侍と対峙《たいじ》した。

「唐木市兵衛、きたな」

橋の向こうから、先に声がかかった。

「多見蔵か。小弥太と織江をとり戻しにきたのだ」

「唐木市兵衛が信夫平八を斬ったと知ったときから、おまえと必ず会うと、決めていた」

「多見蔵に会いたいと思ったことはない。無頼《ぶらい》な生き方をする、そういう者だと思っていただけだ。旅の薬売りを始めるその前は、侍だったのか」

「そういうときもあった。どうでもいい昔のことだが」

「わたしにも、多見蔵がどのように生きようがどうでもいいことだ。これまでもこれからも、かかわる気はない。小弥太と織江をかえせ」

「この子たちはわたしの子として、わたしが育てる。おまえは、この子たちの父親の仇だ。この子たちはおまえに育てられることによって、いずれ大きな苦しみを味わうことになるだろう。おまえは、もっともこの子たちに近づいてはならぬ者だ。信夫平八の子供たちを、苦しませるわけにはいかない」

「多見蔵、大人が思うほど子供の心は一様ではないし、大人が見くびるほど弱くもない。子供は自分を必要とする大人の心に、すぐ気づくだろう。束《つか》の間《ま》の憐《あわ》れみや同情で子の親にはなれぬ。小弥太と織江の父親にはなれぬ」

「算盤《そろばん》侍《ざむらい》だそうだな。しかも、《風の剣》を使う凄腕《すごうで》と聞いた。風の剣などと笑止だが、信夫平八を斬るほどの腕前は尋常ではあるまい。だが、どれほどの腕前だろうと、所詮《しょせん》は人。恐れるに足りぬ。おまえを討つために、江戸にとどまった」

「信夫さんは斬るしかなかった。信夫さんは、進むことも引きかえすこともできず、苦しみ抜いていた。自分を斬る者が現れることを、望んでいたのだ」

「斬るしかなかっただと？　子供らに誤魔化《ごまか》しを聞かせる気か。おまえが信夫平八の何を知っている。妻を病で失ってどれほど悲しみ、飢えた子供らの姿にどれほど自分を責め、どれほど苦悩して生きようとあがいていたか、おまえは知っているのか。信夫平八は、すでに地獄を知っていた。すでに地獄の中に生きていると、妻と子のために地獄に生きているのだと。唐木ごときに、信夫平八が生きていた苦しみが、わかるはずがない」

多見蔵は板橋へ一歩を踏み出した。黒足袋につけた草鞋《わらじ》が橋板を擦り、鈍い音をたてた。

しかし、市兵衛は動かず、なおも言った。

「多見蔵、おまえこそわかっていない。おまえは信夫さんに救いの手を差しのべたつもりだろうが、おまえの救いは、苦しみをより大きな苦しみを与えて忘れさせようとしたのにすぎない。わたしが信夫さんを斬ったことが、多見蔵の差しのべた救いより正しかったと言う気はない。どちらに道理があると言い合っても、意味はない。わたしはただ、小弥太と織江にとって、何がよいか、何がよりましかを考えた。だから、信夫さんを斬った。わたしのなすべきことをなしたと、信じている。わたしは小弥太と織江をとりかえせばそれでいい。さっきも言った。わたしは多見蔵という男とかかわる気はない。子供を無事にとり戻せば、それで終りだ。それ以外に、多見蔵という男と憎み合い争う謂《いわ》れはない」

「唐木はそうでも、わたしは違う。おまえを憎み、戦う謂れはある。短い間だったが、わたしは信夫平八と修羅の契りを結んだ。わが仲間となった。あの男は、わたしにないものを持っていた。ひた向きで潔《いさぎよ》い、武士らしい志《こころざし》を持っていた。信夫平八が斬られたと知ったとき、仇を討たねばと思った。信夫平八の仇を討たなければ気が済まぬ。それがわたしのなすべきことだとわかった。だから、わがなすべきことをなす。唐木市兵衛を斬る。抜け」

多見蔵は、腰の刀を前へ押し出すようにして、鯉口《こいぐち》をきった。静かに一刀を抜き放ち上段へとって、白刃《はくじん》に日を照り映えさせた。

水車小屋の杵の音が、物憂いときを刻んでいる。

「おまえと信夫さんの修羅の契りのために、小弥太と織江をさらったのか」

「これ以上の言葉は無用だ。小弥太、織江、よく見ておけ。おまえたちの父親の仇を討つ」

「小弥太と織江をかえさぬのなら、仕方がない。多見蔵を斬る」

市兵衛は言った。草履《ぞうり》を脱いで橋へ進みながら鞘《さや》をすべらせ、抜き放った刀を右わきへゆるやかにおろした。

「ひとりか。それともふたりか」

と、小弥太と織江の後ろに佇む若い侍へ目を向けた。

「季之助はわたしに忠実な仲間だが、これはわたしひとりでつけねばならぬ始末だ。季之助にかかわりはない」

「承知した。同じく、わたしの連れは良一郎と言う。この場を見届けるために連れてきた。多見蔵の恨みにかかり合いはない。よいな」

「おう、よかろう。いくぞ」

多見蔵の胸の分厚い長身が、大きな歩幅で橋板をゆるがし、一刀を高々とかざして市兵衛へ進んでいく。

市兵衛は右足を引きながら、八相《はっそう》にとって多見蔵を待ちかまえた。

橋の下にせせらぎと、水車小屋の杵の音が、老いた男の咳《しわぶき》のように聞こえている。

多見蔵の前進は次第に速さを増し、突進へと変わっていく。

市兵衛と多見蔵はたちまち肉薄し、二人の間《ま》は消えた。

戦いの始まりは、多見蔵の雄叫びと二刀の鋼《はがね》が打ち鳴る喚声だった。

多見蔵の雷光のようなひとふりが、天をきり裂いた。

市兵衛の八相から迎えた一刀が、それを受け止め、打ち払った。

鋼の絶叫は一瞬にして消え、天道の下の千駄ヶ谷の原野に、不安をかきたてる悲痛な余韻《よいん》を残した。

多見蔵は刀をかえし、踏み締めた橋板を軋《きし》ませ、二の太刀を薙《な》ぎ払うように市兵衛へ浴びせる。

それをかいくぐるように、市兵衛は身体を畳《たた》んで空を打たせ、瘦軀《そうく》を躍らせ袈《け》裟懸《さがけ》を見舞《みま》う。

咄嗟《とっさ》に、多見蔵は袈裟懸をはじき飛ばす。瞬時もおかず、日に照り映える白刃を頭上にとって、一撃を打ちかえす。

市兵衛は殆ど紙一重の間で受け止める。

途端、市兵衛の瘦軀に多見蔵の分厚い体軀が衝突した。激烈な圧力が、市兵衛の上体を撓《しな》らせた。

市兵衛は大きく引いた片足一本で、弓のように撓る身体を支えた。

次の瞬間、一旦撓った市兵衛の身体は命が吹きこまれて甦《よみがえ》り、しなやかに起きあがって、激烈な圧力を撥《は》ねかえした。

逆に、多見蔵の体軀が浮きあがった。

おおっ、と多見蔵は吠《ほ》えた。

後方の橋の袂近くまで突き退《の》けられ、転倒しかけた。だが、太く長い脚を引いてそれを堪《こら》えた。そして、再び橋板を軋《きし》らせ、市兵衛へ突進する。

突進しながら、多見蔵は左で小刀を抜き、大小の二刀を両手に高くかざした。

市兵衛も再び八相にかまえ、多見蔵の突進を迎え撃った。

「あいやあ」

と、天に吠えた多見蔵は、右に続いて左、さらに右から左と、矢継ぎ早に二刀を繰り出し、縦横無尽《じゅうおうむじん》に攻めたててきた。

多見蔵の咆哮《ほうこう》と汗が飛び散った。血をたぎらせ、肉を躍らせた。

一方、市兵衛の一刀は乱舞し、その攻撃をしたたかに受け止め、払いのけた。

市兵衛は一歩も退《ひ》かなかった。多見蔵の猛攻を堪えた。そして、むしろ、猛攻を堪えながら、徐々に、一歩、また一歩と、多見蔵を押しかえし始めた。

かあん。

鋼と鋼が、悲鳴のような絶叫を空へ走らせたとき、遠くの茅の原で茅を刈っていた農夫とその女房は、原野の彼方、水車小屋のそばの橋で、二つの人影の立ち合う様に気づき、茅を刈る手を止めた。

「お父《と》ん、あれはなんだ」

先に気づいた女房が、水車小屋と橋のほうを眺めて言った。

亭主も気づき、なんだ？　と身体を起こして見やった。

二つの人影は、もつれては離れ、人形のように乱れ動き、かん、かん、と小さな音が小犬が吠えているかのようだった。

「剣術の稽古かね」

「ありゃあ、喧嘩だよ。斬り合いをやっているんじゃねえか」

女房と亭主は、橋の二つの影を眺めながら言い合った。

また、夫婦のいる茅の原から東へはるかに離れ、玉川上水から分かれた細流の反対側の大名屋敷からも、細流に架かる板橋で斬り合う二人の人影は、田畑や茅の原の向こうに見えていた。

土塀に囲まれた大名屋敷の邸内の柿の木に、勤番侍が梯子《はしご》をかけて赤く生り始めた実を穫《と》ろうとしてのぼったとき、土塀ごしに田畑と茅の原の彼方を蛇行するめる細流に架かる小さな板橋で、斬り合いをしているらしい二人を見つけた。

「凄いな。真剣で斬り合っているぞ」

勤番侍は、白刃が天道の光に小さくきらめき、鋼を打ち合う、かん、かん、と聞こえてくる音でそれがわかった。橋のそばの水車小屋のわきや、細流の土手道に、子供もいる見物人らしい姿も見えていた。

「子供連れの侍と通りかかりの喧嘩なのか。子供は大丈夫か」

勤番侍は気にかけながらも、斬り合いの結末を見終るまで、梯子からおりる気はなかった。

激烈に打ち合う市兵衛と多見蔵の戦いに、水車小屋の傍らの織江は慄《おのの》き、隣の兄の小弥太にすがりついて目を懸命に閉じた。

小弥太も戦いの恐しさに、震えが止まらなかった。

季之助は身を固くして二人の戦いを見守り、堤道の良一郎は、瞬時も止まらぬ打ち合いを見つめ、ただ呆然《ぼうぜん》と佇むほかなかった。

そのとき、両者の打ち合いに一瞬の空白が生じた。多見蔵の絶え間ない猛攻に疲れが見えた。

市兵衛は猛攻を堪えながら、その隙を逃さなかった。

打ち払った刀を攻勢に転じ、斬りあげた。

切先が多見蔵の左上腕を裂いて、多見蔵の身体を仰《の》け反らせた。

多見蔵は大きく一歩を引き、右の大刀で市兵衛の追い打ちをはじきかえした。

そこで二人の動きがやっと止まった。

二人は合い引きになり、市兵衛は八相にかまえなおした。

多見蔵は荒々しい呼吸を繰りかえし、分厚い肩をゆるがせていた。二刀を両わきへ力なく垂らし、市兵衛を睨んだ。小刀を手にした左腕の、鎖帷子の袖から血が手の甲とつかんだ柄《つか》へいく筋も伝った。

血は小刀の刃を伝い、切先から橋板にしたたった。

汗が多見蔵のこめかみを流れている。

一方の市兵衛は、息ひとつ乱れていなかった。橋を挟んで対峙したときと少しも変わらず、平然と涼しげに、まるで、細流のせせらぎに耳を澄ませ、水車小屋でゆるやかなときを刻む杵の音に聞き入るかのように、相対していた。

こういう男だったか。

多見蔵は言いようのない胸苦しさを覚えていた。おのれ、と思った。

「唐木、それだけか」

多見蔵は嘯《うそぶ》いた。

「鎖帷子がなければ、多見蔵の左腕は落ちていた。二刀はもう使えぬぞ」

市兵衛は冷やかに言い放った。

「それがどうした」

多見蔵は血だらけの小刀を捨てた。

血の雫《しずく》が散った橋板に、小刀が虚《むな》しく転がった。

「おまえを斬るのに、片方の腕が残っていれば十分だ。いくぞ」

左腕をわきに垂らしたまま、多見蔵は片腕の大刀を上段へとった。西へ西へと傾く天道が、多見蔵の白刃になおも光をそそいでいる。

「多見蔵、決着をつけるか」

市兵衛は八相を正眼《せいがん》に変えた。

「市兵衛、これまでだ」

合い引きの両者の間が再び縮まっていき、息づまる緊迫が両者を包んだ。

両者の間が消え、衝突するかに見えた瞬間、二刀が交錯し、閃光《せんこう》を放った。

市兵衛の一刀は空に停止し、多見蔵の一刀は市兵衛の右下にゆれていた。のどかな静寂が、両者をとり巻いた。細流がせせらぎ、水車は回転し、臼を打つ杵の音が聞こえ、ときがゆっくりとすぎてゆく。

と、多見蔵の身体がわずかにゆれた。

刀が落ち、橋板を力なく鳴らした。それから、首をかしげたかのように見えた途端、多見蔵の両膝が折れ、潰れるように坐《すわ》りこんだ。

かしげた首から、多見蔵の頭が転がり落ちた。

頭が橋板を転がり、止まったとき、残った多見蔵の身体は、首から血を噴きながら俯《うつぶ》せになった。

織江は小弥太に顔を埋めて泣いていた。

小弥太は目をまばたきもせずに震え、季之助も良一郎も動かなかった。

市兵衛は刀をふって、血の雫を落とした。

鞘に納め、小弥太と織江の背後の季之助に言った。

「季之助さん、終りました。番屋にはわたしが知らせます。あなたは今すぐ立ち去りなさい」

すると、季之助はわれにかえったように、市兵衛を見かえした。そして、やおらこたえた。

「いえ。お頭より言いつかっております。わたしは、お頭の亡骸を埋葬しなければなりません。唐木さん、小弥太と織江をおかえしします。どうぞ、子供たちを連れて、お戻りください。そのようにするようにと、こうなったときのお指図も、お頭は決めておりました」

季之助は青ざめた顔を伏せ、小弥太と織江の背中を市兵衛のほうへ押した。

終章　ご褒美《ほうび》

雪の季節がくる前にと、北最上の金木家より人が江戸に遣《つか》わされ、小弥太と織江をともなって、早々に北最上へ旅だっていった。

金木脩と数度話し合った末に、小弥太と織江のためにも、北最上の金木家で小弥太と織江を育てるほうが、自分の元におくよりよいと、市兵衛は判断し決めた。

織江は泣いたが、市兵衛は言い聞かせた。

一方、小弥太は大人しくそれを受け入れた。

小弥太は賢《かしこ》い子である。子供心にも、親のない自分たちには仕方のない境遇なのだと、わかっていたのかもしれなかった。

のみならず、千駄ヶ谷の一件があってから、小弥太の様子は少し変わった。小弥太の様子の変化は、まだ大地の中にあってどのように若木を出すかも、どのように育つかもわからない樹木のような、人の心の芽吹きのときが近づいているのに違いなかった。

冬になって、市兵衛はひとりでは少々広い永富町の安左衛門店に、以前のような独り暮らしを始めた。

また、宰領屋の矢藤太の仲介で、神田銀町の青物御納屋《あおものおなや》役所の書役の勤めにも就いた。役所に二人勤めている周一《しゅういち》という書役が、江戸煩《わずら》いで仕事ができず、周一が戻ってくるまでの代役である。

前にも一度勤め、市兵衛に事情があって辞《や》めることになり、役所の行事役に迷惑をかけていた。だが、周一の代役は雇ってもなかなか続かないらしく、唐木さんなら、と行事役が言っていると矢藤太に勧められ、市兵衛は再び青物役所の臨時の書役に就いた。

前に勤めていたから、役所の勤め人とはみな顔見知りだし、仕事にも慣れていたから、困ることはなかった。相役の照助とも、歳《とし》の若い少々尖《とが》った気性を我慢すれば、気心がわかっているので、上手《うま》くやっていけた。

青物役所に再び勤め始めてほどなく、矢藤太から、裏猿楽町の大久保家が、足立郡六ヵ村の名主の、台所預かりになることが決まったそうだ、と聞かされた。

相談役で用人の大木駒五郎は、行方知れずになったらしい、とも矢藤太は言っていた。市兵衛は、そうか、と思っただけだった。

その日、仕事が終って帰り支度《じたく》をしていたとき、京橋北の柳町で診療所を開いている蘭医《らんい》の柳井宗秀《やないそうしゅう》が市兵衛を訪ねてきた。

夕七ツ（午後四時頃）どき、宗秀は役所と多町一丁目の境の青物新道から、御納屋裏手の引き違いの木戸門をくぐって勝手に入ってきて、仕事部屋の前の土間に立った。そして、

「やあ、市兵衛、勝手に入ってきた」

と、市兵衛を笑わせた。相役の照助は、宗秀が市兵衛の知人で蘭医と知っているが、断りもなく入ってきたので、怪訝《けげん》な顔つきを見せた。

「もう終りだろう。誘いにきた。《蛤屋《はまぐりや》》へいこう」

宗秀は、照助の様子に気づいているのかいないのか、大らかな様子で言った。

市兵衛は刀を帯び、土間におりた。

「ただ今」

「照助さんでしたな。ご一緒に、蛤屋へいきませんか。器量よしのお吉《きち》さんのいる、この先の……」

宗秀が青物新道のほうへ手をかざして照助を誘ったが、照助は照れ笑いをかえし、遠慮した。

「あたしは、先約がありますんで、そっちと。どうぞ、仲のよいお二人で」

「そうですか。残念ですな。ではまた次の機会に」

宗秀は照助へにこやかな会釈《えしやく》を投げ、「市兵衛、いこう」と、裏庭を囲う土塀の木戸門のほうへ向かった。

宗秀は、往診の診療道具を仕舞《しま》う柳行李《やなぎごうり》を提《さ》げていなかった。

「診療道具は、どうしたんですか」

市兵衛は、木戸門を抜けてから宗秀に並びかけて訊《き》いた。

「今日は往診の帰りではない。わざわざ、市兵衛に会いにきた。小弥太と織江がいなくなって、寂《さび》しがっているだろうと思ってな」

「そうですか。お気遣い、ありがとうございます」

「少しは気がまぎれるか」

「はい。友の情が身に沁《し》みます」

二人は夕七ツすぎの、まだ明るさの残った青物新道に笑い声を軽々とまいた。

新道に、乾物《かんぶつ》屋、瀬戸物店、傘屋、魚店、団子煎餅《だんごせんべい》屋、醬油酢《しようゆす》の小売りの店が軒を並べ、どの店もそろそろ店仕舞いにかかっている。

冬の夕刻はたちまち暮れ、子供たちの姿が、新道を走って帰っていく。

「昨日、渋井と会う機会があった。多見蔵の一件の始末を聞いた」

宗秀が歩きながら言った。

「そうですか。渋井さんともしばらく会っていませんね。良一郎さんとはとき折り顔を合わせますから、渋井さんと会っているような気がします」

市兵衛は、渋井の渋面《しぶづら》を思い出した。

「多見蔵の手下の、季之助と言う若い男が、熊谷《くまがや》で捕まったそうだ。多見蔵とともに、小弥太と織江をさらった男だ。数日中に、江戸へ護送されてくるそうだ。季之助の死罪はまぬがれぬところだがな」

「季之助は、多見蔵に心酔しているような男でした。若い命が惜しいですね」

「それから、南町の宍戸梅吉の処分だがな。あれだけの失態を犯したのに、あまり厳しいお咎《とが》めにならないそうだ。どうやら、文六親分が神田や日本橋の大店の商人らに手を廻して、商人らは文六親分が言うならと、お出入りのお役人方にお咎めを軽くするように頼んで、お役人方がお奉行さまを裏から動かしたのだそうだ。その表向きの理由が、多見蔵が唐木市兵衛という侍に討たれたのは、多見蔵が市兵衛が養っている信夫平八の子をさらい、宍戸梅吉がそれを追って追いつめた末に、自らの身の危険を顧《かえり》みず、あそこまでやって、面目《めんもく》を失うような事態になったからだ。しかし、宍戸のあのおのれを捨てたふる舞いがなければ、またしても多見蔵をとり逃がすことになった。結果として、宍戸の失態があったから、唐木市兵衛に多見蔵は倒された。よって、このたびの失態は、大目に見るとのことだ」

「そうなのですか。文六親分も、気遣いが大変ですね。大目に見るのですか。でも、それでいいのかもしれません。多見蔵の一件は、本途《ほんと》に終ったのですから。信夫さんも生きていたら、それでいいと、言うでしょう」

言葉少なく、市兵衛はかえした。

「でだ。ここからが今日来た理由のひとつなのだが、渋井さんによると、もしかしたら南町のお奉行さまから、市兵衛にご褒美《ほうび》が出るかもしれないそうだ。間違いなく出るかどうかは、まだ言えないそうだが、そんな噂《うわさ》が南町に流れているそうだ。そうなると、市兵衛、裃《かみしも》を着けて南町のお奉行さまのお目通りになるかもしれないぞ。どうする」

宗秀は愉快そうに言った。

「どうするって、ご褒美がいただけるなら、ありがたくいただきますよ」

「ありがたくいただくって、それだけか。もっと喜ばないのか。あまり嬉《うれ》しくなさそうじゃないか」

「嬉しいですよ。いただいてから喜びます」

市兵衛は言ったが、あまり心惹《ひ》かれているふうではなかった。

「そうだな。だからどうなんだと、思うよな」

宗秀は気抜けしたように微笑《ほほえ》んだ。

「だからわたしも、今日は市兵衛のご褒美に、蛤屋で馳走《ちそう》をしてやろうと思ったのだが、それも、だからどうなんだと思うよな」

「いいえ。先生のご褒美だって、いただけるならありがたくいただきますよ。嬉しいです。馳走していただければ喜びます」

市兵衛と宗秀は、高らかな笑い声を新道にまたまいた。

新道の先に、《さけめし》、《蛤屋》、と記した看板行灯《あんどん》が見え、蘇芳色《すおういろ》に笹小紋《ささこもん》の小袖を着けたお吉が看板行灯に火を入れているところだった。

お吉は、笑い声をまきながらやってくる市兵衛と宗秀へ見かえり、「あら」と呟《つぶや》き、夕空の下で、なぜか淡《あわ》い笑みを浮かべたのだった。

一〇〇字書評

切り取り線

購買動機（新聞、雑誌名を記入するか、あるいは○をつけてください）	
□（　　　　　　　　　　　　）の広告を見て	
□（　　　　　　　　　　　　）の書評を見て	
□ 知人のすすめで	□ タイトルに惹かれて
□ カバーが良かったから	□ 内容が面白そうだから
□ 好きな作家だから	□ 好きな分野の本だから

・最近、最も感銘を受けた作品名をお書き下さい

・あなたのお好きな作家名をお書き下さい

・その他、ご要望がありましたらお書き下さい

住所	〒				
氏名		職業		年齢	
Eメール	※携帯には配信できません	新刊情報等のメール配信を 希望する・しない			

この本の感想を、編集部までお寄せいただけたらありがたく存じます。今後の企画の参考にさせていただきます。Eメールでも結構です。

いただいた「一〇〇字書評」は、新聞・雑誌等に紹介させていただくことがあります。その場合はお礼として特製図書カードを差し上げます。

前ページの原稿用紙に書評をお書きの上、切り取り、左記までお送り下さい。宛先の住所は不要です。

なお、ご記入いただいたお名前、ご住所等は、書評紹介の事前了解、謝礼のお届けのためだけに利用し、そのほかの目的のために利用することはありません。

〒一〇一－八七〇一
祥伝社文庫編集長　坂口芳和
電話　〇三（三二六五）二〇八〇

祥伝社ホームページの「ブックレビュー」からも、書き込めます。
www.shodensha.co.jp/bookreview

祥伝社文庫

修羅《しゅら》の契《ちぎ》り　風《かぜ》の市兵衛《いちべえ》 弐《に》

平成30年5月20日　初版第1刷発行
令和2年9月15日　　　第5刷発行

著　者　辻堂《つじどう》 魁《かい》
発行者　辻　浩明
発行所　祥伝社《しょうでんしゃ》
東京都千代田区神田神保町 3-3
〒101-8701
電話　03（3265）2081（販売部）
電話　03（3265）2080（編集部）
電話　03（3265）3622（業務部）
www.shodensha.co.jp

印刷所　堀内印刷
製本所　ナショナル製本
カバーフォーマットデザイン　中原達治

Printed in Japan ©2018, Kai Tsujidou ISBN978-4-396-34414-6 C0193

祥伝社文庫の好評既刊

辻堂 魁
風の市兵衛
さすらいの渡り用人、唐木市兵衛《からきいちべえ》。心中事件に隠されていた奸計《かんけい》とは？
〝風の剣〟を振るう市兵衛に瞠目！

辻堂 魁
雷神 風の市兵衛②
豪商と名門大名の陰謀で、窮地に陥った内藤新宿の老舗。そこに〝算盤侍《そろばん》〟の唐木市兵衛が現われた。

辻堂 魁
帰り船 風の市兵衛③
舞台は日本橋小網町《こあみ》の醬油問屋「広国屋《ひろくに》」。市兵衛は、店の番頭の背後にいる、古河《こが》藩の存在を摑むが――。

辻堂 魁
月夜行《つきよこう》 風の市兵衛④
狙われた姫君を護《まも》れ！　潜伏先の等々力《とどろき》・満願寺《まんがんじ》に殺到する刺客たち。市兵衛は、風の剣を振るい敵を蹴散らす！

辻堂 魁
天空の鷹《たか》 風の市兵衛⑤
息子の死に疑念を抱く老侍。彼の遺品からある悪行が明らかになる。老父とともに、市兵衛が戦いを挑んだのは⁉

辻堂 魁
風立ちぬ㊤ 風の市兵衛⑥
〝家庭教師〟になった市兵衛に迫る二つの影とは？〈風の剣〉を目指した過去も明かされる、興奮の上下巻！

祥伝社文庫の好評既刊

辻堂 魁
風立ちぬ ㊦
風の市兵衛⑦

市兵衛誅殺《ちゅうさつ》を狙う托鉢僧《たくはつそう》の影が迫る中、市兵衛は、江戸を阿鼻叫喚の地獄に変えた一味を追う！

辻堂 魁
五分《ごぶ》の魂
風の市兵衛⑧

人を討たず、罪を断つ。その剣の名は——〝風〟。金が人を狂わせる時代を、〈算盤侍〉市兵衛が奔《はし》る！

辻堂 魁
風塵《ふうじん》 [上]
風の市兵衛⑨

唐木市兵衛が、大名家の用心棒に⁉ 事件の背後に、八王子千人同心の悲劇が浮上する。

辻堂 魁
風塵 [下]
風の市兵衛⑩

わが一分《いちぶん》を果たすのみ。市兵衛、火中に立つ！ えぞ地で絡《から》み合った運命の糸は解けるのか？

辻堂 魁
春雷抄《しゅんらいしょう》
風の市兵衛⑪

失踪した代官所手代を捜す市兵衛。夫を、父を想う母娘のため、密造酒の闇に包まれた代官地を奔る！

辻堂 魁
乱雲《らんうん》の城
風の市兵衛⑫

あの男さえいなければ——義の男に迫る城中の敵。目付筆頭の兄・信正《のぶまさ》を救うため、市兵衛、江戸を奔る！

祥伝社文庫の好評既刊

辻堂 魁　**遠き潮騒《しおさい》**　風の市兵衛⑲

失踪した弥陀ノ介の友が銚子湊で目撃された。そこでは幕領米の抜け荷が噂され、役人だった友は忽然と消え……。

辻堂 魁　**架け橋**　風の市兵衛⑳

相模の廻船問屋が市兵衛に持ってきた言伝は青からだった。女海賊に襲われた彼女を救うため市兵衛は平塚へ！

辻堂 魁　**曉天《ぎょうてん》の志**　風の市兵衛 弐《に》㉑

市中を脅かす連続首切り強盗の恐怖が迫るや、市兵衛は……。大人気シリーズ新たなる旅立ちの第一弾！

辻堂 魁　**修羅《しゅら》の契《ちぎ》り**　風の市兵衛 弐《に》㉒

病弱の妻の薬礼のため人斬りになった男を斬った市兵衛。男の子供たちを引きとり、共に暮らし始めたのだが……。

辻堂 魁　**はぐれ烏《がらす》**　日暮し同心始末帖①

旗本生まれの町方同心・日暮龍平《ひぐれりゅうへい》。実は小野派一刀流の遣《つか》い手。北町奉行から凶悪強盗団の探索を命じられ……。

辻堂 魁　**花ふぶき**　日暮し同心始末帖②

柳原堤《やなぎわらづつみ》で物乞いと浪人が次々と斬殺された。探索を命じられた龍平は背後に見え隠れする旗本の影を追う！